bUZZ BOOKS

Cărțile despre care toată lumea vorbește!

O colecție care cuprinde cele mai noi thrillere, cărți polițiste
și de suspans – romane aflate în topurile internaționale,
ecranizate sau în curs de ecranizare, traduse în zeci de limbi –
cărți provocatoare, pe care abia aștepți să le citești

ALEX MICHAELIDES

FECIOARELE

Traducere din limba engleză și note
DANA-LIGIA ILIN

LITERA
București

The Maidens
Alex Michaelides
Copyright © 2021 Astramare Limited
Toate drepturile rezervate

Design copertă: Will Staehle

Editura Litera
tel.: 0374 82 66 35; 021 319 63 90; 031 425 16 19
e-mail: contact@litera.ro
www.litera.ro

Fecioarele
Alex Michaelides

Copyright © 2021 Grup Media Litera
pentru ediția în limba română
Toate drepturile rezervate

Editor: Vidrașcu și fiii
Redactor: Andreea Năstase
Corector: Ionel Palade
Prepress copertă: Flori Zahiu
Tehnoredactare și prepress: Ofelia Coșman

Seria de ficțiune a Editurii Litera este coordonată
de Cristina Vidrașcu Sturza.

Descrierea CIP a Bibliotecii Naționale a României
MICHAELIDES, ALEX
Ordinul / Alex Michaelides; trad. din lb. engleză și note:
Dana-Ligia Ilin. – București: Litera, 2021
ISBN 978-606-33-7541-5

I. Ilin, Dana-Ligia (trad.; note)

821.111

*Lui Sophie Hannah,
pentru că mi-a dat curajul
de a-mi susține convingerile*

Zi-mi despre al tău prim „te iubesc"...
Nădejdi deşarte, nebunii;
Pân' ce morminte se clintesc,
Iar morţii prind a dănţui.

Alfred, Lord Tennyson, *The Vision of Sin*

PROLOG

Edward Fosca era un ucigaș.
Ăsta era un fapt. Nu ceva ce Mariana știa doar la nivelul intelectual, ca idee. Trupul ei știa. Simțea în oase, în sânge și în adâncul fiecărei celule.
Edward Fosca era vinovat.
Și totuși nu putea s-o dovedească, poate că n-avea s-o dovedească niciodată. Bărbatul acela, monstrul care omorâse cel puțin doi oameni, era foarte probabil să rămână nepedepsit.
Era așa de îngâmfat, așa de sigur pe sine. „Crede că a scăpat cu fața curată", își zise ea. Credea că a câștigat.
Nu era așa. Nu încă.
Mariana era hotărâtă să fie mai isteață decât el. N-avea încotro.
Avea să stea trează toată noaptea și să rememoreze tot ce se întâmplase. Avea să șadă acolo, în odăița aceea întunecoasă din Cambridge, întorcând problema pe toate părțile până ce găsea soluția. Se uita fix la rezistența încinsă a radiatorului de pe perete, o dungă roșie strălucitoare în întuneric, silindu-se să intre într-un fel de transă.
Avea să se întoarcă în gând chiar la început și să-și amintească tot. Toate amănuntele.
Și avea să-l prindă.

PARTEA ÎNTÂI

Nimeni nu mi-a spus că durerea sufletească seamănă aşa de mult cu frica.

C.S. Lewis, *A Grief Observed*

1

Cu câteva zile înainte, Mariana era acasă, în Londra.
Era în genunchi pe podea, înconjurată de cutii. Făcea încă o încercare, fără tragere de inimă, să trieze lucrurile lui Sebastian.

Nu prea reușea. La un an de la moartea lui, cele mai multe dintre lucrurile sale tot mai erau împrăștiate prin casă, în mormane și în cutii pe jumătate goale. Părea pur și simplu incapabilă să ducă treaba asta la bun sfârșit.

Mariana încă îl iubea – asta era problema. Chiar dacă știa că n-o să-l mai vadă niciodată pe Sebastian – chiar dacă dispăruse pe vecie –, încă îl iubea, și nu știa ce să facă cu toată iubirea asta. Era atât de multă și atât de haotică! Se prelingea, se scurgea, se rostogolea din ea, ca umplutura dintr-o păpușă de cârpă ale cărei cusături se destramă.

Ar fi dat orice să-și poată așeza iubirea într-o cutie, așa cum încerca să facă cu lucrurile lui. Ce priveliște jalnică: viața unui om redusă la o adunătură de obiecte nedorite ce urmează să fie vândute la talcioc.

Mariana vârî mâna în cea mai apropiată cutie. Scoase o pereche de pantofi.

Se uită la ei – vechii pantofi de sport verzi cu care alerga pe plajă. Încă păreau un pic îmbibați de apă, cu firișoare de nisip încrustate în tălpi.

„Descotoroseşte-te de ei", îşi zise. „Aruncă-i în coşul de gunoi. Fă-o."

Chiar în vreme ce se gândea la asta îşi dădu seama că era imposibil. Pantofii nu erau el; nu erau Sebastian, nu erau bărbatul pe care-l iubise şi avea să-l iubească pe vecie. Erau doar nişte pantofi vechi. Şi totuşi, despărţirea de ei ar fi fost un rău pe care şi-l făcea singură, ca şi cum şi-ar fi apăsat un cuţit pe braţ şi ar fi tăiat o fâşie de piele.

În loc de asta, Mariana strânse pantofii la piept. Îi ţinu în braţe ca pe un prunc. Şi plânse.

Cum ajunsese într-un asemenea hal?

În răstimp de numai un an, care cândva s-ar fi scurs aproape pe nesimţite – iar acum se întindea în spatele ei ca un peisaj pustiit, strivit de un uragan –, viaţa pe care o cunoscuse fusese ştearsă de pe faţa pământului, lăsând-o în situaţia actuală: treizeci şi şase de ani, singură şi beată într-o seară de duminică; cu mâinile încleştate pe pantofii unui mort, de parcă ar fi fost moaşte – ceea ce, într-un fel, erau.

Ceva frumos, ceva sfânt, murise. Nu rămâneau decât cărţile pe care le citea el, hainele pe care le purta, lucrurile pe care le atingea. Încă simţea pe ele mirosul lui, încă simţea pe vârful limbii gustul lui.

Iată de ce nu putea să-i arunce lucrurile: dacă le păstra, putea cumva să-l păstreze pe Sebastian viu încă un piculeţ; dacă renunţa la ele, îl pierdea cu totul.

De curând, dintr-o curiozitate morbidă şi într-o încercare de a înţelege cu ce se lupta, Mariana recitise toate scrierile lui Freud despre jale şi pierderea unei persoane apropiate. În opinia lui, după moartea cuiva drag trebuie să accepţi pierderea la nivel psihologic şi să te desprinzi de persoana respectivă, pentru că altfel rişti să cazi în jelirea patologică, pe care el o numea melancolie – iar noi îi zicem depresie.

Mariana înțelegea asta. Știa că ar trebui să se desprindă de Sebastian, însă nu putea – pentru că încă îl iubea. Îl iubea, cu toate că dispăruse pentru totdeauna, dispăruse sub giulgiu – „sub giulgiu, sub giulgiu" – de unde era asta? Tennyson, probabil.

Sub giulgiu.

Așa părea. De la moartea lui Sebastian, Mariana nu mai vedea lumea colorată. Viața era ștearsă și cenușie și îndepărtată, sub un giulgiu – sub o negură de tristețe.

Voia să se ascundă de lume, cu toată larma și durerea ei, și să-și găsească refugiu în munca sa și în căsuța sa galbenă.

Acolo ar fi rămas, dacă Zoe n-ar fi sunat-o de la Cambridge în acea seară de octombrie.

Telefonul de la Zoe, după reuniunea grupului de luni seara – așa începuse.

Așa începuse coșmarul.

2

Grupul de luni seara se întrunea în camera din față a Marianei.

Era o cameră încăpătoare. Fusese destinată terapiei curând după ce Mariana și Sebastian se mutaseră în casa cea galbenă.

Le era tare dragă acea casă. Se afla la poalele Primrose Hill[1], în nord-vestul Londrei, și era zugrăvită în același galben viu ca primulele care creșteau pe deal vara. Caprifoiul care se cățăra pe un zid îl acoperea cu totul, iar în lunile de vară parfumul dulce al florilor albe se strecura în casă prin ferestrele deschise, urca scările și zăbovea prin coridoare și încăperi, umplându-le de farmec.

Era neobișnuit de cald în acea seară de luni. Cu toate că era începutul lui octombrie, vara indiană persista, ca un oaspete încăpățânat care refuză să aplece urechea la aluziile frunzelor muribunde din copaci că ar fi vremea să plece. Soarele de la sfârșitul după-amiezii inunda camera din față, înecând-o într-o lumină aurie cu nuanțe roșietice. Înainte de a începe, Mariana coborî storurile, însă lăsă ferestrele ghilotină deschise câțiva centimetri, ca să intre aerul.

Apoi așeză scaunele în cerc.

---

[1] Dealul Primulelor

Nouă scaune. Câte unul pentru fiecare membru al grupului și unul pentru Mariana. Teoretic, trebuia ca scaunele să fie identice – însă viața reală nu e așa. În ciuda celor mai bune intenții, adunase de-a lungul anilor scaune cu spătar din diferite materiale, cu diferite forme și mărimi. Atitudinea sa relaxată față de scaune era poate tipică pentru felul în care își desfășura activitatea. Abordarea Marianei era neprotocolară, ba chiar neconvențională.

Era ironic faptul că își alesese ca profesie terapia, în special terapia de grup. Întotdeauna fusese nesigură în privința grupurilor – ba chiar neîncrezătoare –, încă din copilărie.

Crescuse în Grecia, la periferia Atenei. Locuiau într-un căsoi vechi și dărăpănat, în vârful unui deal acoperit cu un văl negru și verde de măslini. Când era mică, Mariana ședea pe leagănul ruginit din grădină și cugeta la orașul vechi de dedesubt, care se întindea până la coloanele Partenonului de pe vârful altui deal, în depărtare. Părea imens, nesfârșit; minusculă în comparație cu el, îl privea cu o presimțire superstițioasă.

Când o însoțea pe menajeră la cumpărături în piața ticsită de lume din centrul Atenei, Mariana era întotdeauna speriată. Se simțea ușurată și un pic surprinsă când se întorcea acasă teafără. Grupurile mari au continuat s-o intimideze când a mai crescut. La școală stătea pe margine, simțind că nu se potrivea cu colegii săi. Și această impresie de nepotrivire era greu de alungat. După ani, la terapie, ajunsese să înțeleagă că școala nu era altceva decât un macrocosmos al unității familiale: ceea ce însemna că neliniștea ei ținea mai puțin de momentul prezent – mai puțin de curtea școlii, de piața din Atena sau de orice alt grup în care se găsea – și mai mult de familia și de casa izolată în care crescuse.

În casa lor era întotdeauna frig, chiar și în însorita Grecie. Și era în ea un soi de pustiu – o lipsă de căldură, fizică și emoțională. În mare parte responsabil pentru asta era tatăl Marianei, care, cu toate că era un bărbat remarcabil din multe puncte de vedere – chipeș, puternic, cu mintea ascuțită –, era și o persoană foarte complicată. Mariana bănuia că fusese vătămat iremediabil în copilărie. Nu-și cunoscuse bunicii din partea tatălui, iar el nu prea vorbea de ei. Tatăl lui fusese marinar, și cu cât vorbea mai puțin despre mama lui, cu atât mai bine. Lucra în port, spunea el, cu un aer atât de rușinat, încât Mariana credea că trebuie să fi fost prostituată.

Tatăl ei crescuse în mahalalele din Atena și în portul Pireu – începuse să lucreze pe vase din copilărie, și curând se implicase în comerțul și importul de cafea și grâu și – își închipuia Mariana – produse mai puțin lăudabile. Pe la douăzeci și cinci de ani cumpărase un vapor și își clădise pe această bază afacerea de transport maritim. Printr-o combinație de ferocitate, sânge și sudoare, își crease un mic imperiu.

Era cam ca un rege, își zicea Mariana – sau un dictator. Avea să descopere mai târziu că era un om extraordinar de bogat – nu că ai fi putut ghici din felul auster, spartan, în care trăia. Poate că mama ei – mama ei englezoaică gingașă, blândă – l-ar fi îmblânzit dacă ar fi trăit. Însă ea murise în mod tragic, de tânără, curând după nașterea fetiței.

Mariana crescuse fiind foarte conștientă de această pierdere. Ca terapeut, știa că un prunc se percepe pe sine întâia oară prin ochii părinților săi. Ne naștem fiind priviți – expresiile părinților, ceea ce vedem reflectat în oglinda ochilor lor, determină felul în care ne vedem pe noi înşine. Mariana pierduse privirea mamei – cât despre tată, ei bine, îi era greu s-o privească în față. De obicei se uita undeva peste umărul ei când i se adresa. Mariana se tot foia, schimbându-şi poziția, îşi târşâia picioarele, încerca să intre în raza privirii lui, sperând să fie văzută – dar, cumva, rămânea întotdeauna la margine.

În rarele ocazii în care izbutea să obțină contactul vizual, în ochii lui nu găsea decât dispreț, o dezamăgire arzătoare. Ochii lui îi spuneau adevărul: nu era destul de bună. Oricât de mult se străduia, Mariana reuşea să facă ori să spună ce nu trebuia – părea să-l irite prin simpla ei existență. O contrazicea la nesfârşit, jucând rolul lui Petruchio cu ea în chip de Catarina – dacă ea zicea că-i frig, el zicea că-i cald; dacă ea zicea că-i soare, el o ținea una şi bună că plouă. Însă, în ciuda criticilor şi a potrivniciei lui, Mariana îl iubea. Nu-l avea decât pe el şi tânjea să fie demnă de dragostea lui.

Fusese foarte puțină dragoste în copilăria sa. Avea o soră mai mare cu şapte ani, dar nu erau apropiate. Pe Elisa n-o interesa sfioasa ei surioară mai mică. Aşa că Mariana îşi petrecea lungile luni de vară singură, jucându-se în grădină sub privirea aspră a menajerei. Nu-i de mirare deci că nu se simțea în largul său în preajma oamenilor.

Marianei nu-i scăpa ironia faptului că ajunsese să se ocupe de terapia de grup. Totuşi, în mod paradoxal, această nesiguranță în privința altora îi era de folos. În terapia de grup, ținta tratamentului o constituie grupul, nu individul; să te pricepi la terapia de grup înseamnă – într-o anumită măsură – să fii invizibil.

Mariana se pricepea la asta.

În şedințe încerca întotdeauna să stea cât mai puțin în calea grupului. Nu intervenea decât atunci când comunicarea se împotmolea, sau când putea fi utilă o intervenție, sau când ceva o lua razna.

În această zi de luni apăruse aproape imediat un măr al discordiei, necesitând una dintre rarele intervenții. Problema – ca de obicei – era Henry.

3

Henry ajunsese mai târziu decât ceilalți. Era aprins la față, gâfâia și părea că nu se ține bine pe picioare. Mariana se întrebă dacă nu cumva era drogat. N-ar fi fost surprinsă. Bănuia că Henry lua prea multe medicamente – însă, fiind terapeutul, nu medicul lui, nu prea avea ce să facă.

Henry Booth avea numai treizeci și cinci de ani, însă părea mai bătrân. Părul lui roșcat era presărat cu fire cenușii, iar fața îi era plină de cute, precum cămașa șifonată pe care o purta. Cu sprâncenele mereu încruntate, dădea impresia că era tot timpul încordat, ca un arc. Îi amintea Marianei de un boxer sau luptător care se pregătește să dea – sau să primească – următoarea lovitură.

Henry mormăi o scuză pentru întârziere, apoi se așeză – ținând în mână un pahar de carton cu cafea.

Tocmai paharul cu cafea era problema.

Liz luă cuvântul imediat. Liz avea în jur de șaptezeci și cinci de ani, profesoară pensionată, obsedată ca lucrurile să fie făcute „așa cum se cuvine", zicea ea. Marianei îi părea cam greu de suportat, chiar enervantă. Și ghicise ce avea să spună acum.

– N-ai voie să faci asta, protestă Liz, tremurând de indignare și arătând cu degetul spre paharul cu cafea al lui Henry. N-avem voie să aducem *nimic* de afară. Știm cu toții asta.

—De ce nu? mârâi el.
—Pentru că așa sunt regulile, Henry.
—Ține-ți fleanca, Liz.
—Poftim? Mariana, ai auzit ce mi-a zis?

Liz izbucni pe dată în plâns, și de acolo lucrurile o luară razna – ajungând la altă înfruntare aprigă între Henry și ceilalți membri ai grupului, uniți cu toții în furia împotriva lui.

Mariana privea cu atenție, cu un ochi ocrotitor asupra lui Henry, ca să vadă cum se descurca. În ciuda fanfaronadei lui, era un individ foarte vulnerabil. În copilărie, Henry suferise abuzuri fizice și sexuale oribile din partea tatălui, până să fie luat în grija autorităților și plimbat printr-o serie de centre de plasament. Pe de altă parte, era o persoană remarcabil de inteligentă – și o vreme păruse că inteligența ar putea fi destul ca să-l salveze: la optsprezece ani intrase la facultate să studieze fizica. Însă după numai câteva săptămâni trecutul îl ajunsese din urmă; avusese o criză foarte gravă – și nu-și revenise niciodată pe deplin. Urmase o poveste tristă de automutilări, dependență de droguri și crize repetate, care-l purtaseră mereu prin spitale – până ce psihiatrul lui i-l trimisese Marianei.

Mariana avea o slăbiciune pentru Henry, probabil din cauză că avusese atâta ghinion. Cu toate acestea, nu era sigură că făcuse bine să-l primească în grup. Nu era doar faptul că starea lui era semnificativ mai rea decât a celorlalți membri: pacienții foarte bolnavi puteau fi sprijiniți și vindecați foarte eficient de grupuri, însă puteau și să le perturbe până la dezintegrare. De îndată ce se formează un grup, apar invidia și atacurile – și nu numai din partea forțelor din afară, a celor excluși din grup, ci și din partea unor forțe întunecate și primejdioase *dinăuntrul* grupului însuși. Și de când li se alăturase, cu câteva luni înainte, Henry fusese o permanentă sursă de conflict. Îl adusese cu el. Adăpostea în adâncul ființei sale o agresivitate latentă, o furie clocotitoare care adesea era greu de stăpânit.

Însă Mariana nu se dădea bătută cu ușurință; câtă vreme izbutea să păstreze controlul asupra grupului, era hotărâtă să lucreze cu Henry. Credea în grup, în aceste opt persoane așezate în cerc – credea în cerc și în puterea lui de a vindeca. În clipele în care își lăsa fantezia să zboare, Mariana avea o viziune oarecum mistică a puterii cercurilor: cercul din soare, lună sau pământ; planetele rotindu-se prin spațiu; cercul unei roți; cupola unei biserici – sau o verighetă. Platon spunea că sufletul este un cerc – ceea ce pentru Mariana avea sens. Viața e și ea un cerc, nu-i așa? – de la naștere la moarte.

Și când terapia de grup mergea bine, în acest cerc se petrecea un miracol: nașterea unei entități separate, a unui spirit de grup. Acestei minți colective i se spunea adesea „mintea mare", mai mare decât suma părților, mai inteligentă decât terapeutul sau membrii luați individual. Era înțeleaptă, vindecătoare și cu mare forță de stăpânire. Mariana avusese prilejul să-i vadă de multe ori puterea. În camera ei din față, de-a lungul anilor, multe stafii fuseseră invocate în acest cerc și își aflaseră odihna.

Astăzi era rândul lui Liz să înfrunte fantoma. Pur și simplu nu putea trece peste problema paharului cu cafea. O scotea din sărite convingerea lui Henry că regulile nu erau și pentru el, că putea să le încalce cu atâta dispreț; apoi, dintr-odată, Liz își dădu seama cât de mult îi amintea Henry de fratele ei mai mare, care credea că i se cuvine totul și avea un comportament tiranic. Toată furia reprimată a lui Liz față de fratele ei începu să iasă la suprafață, ceea ce era bine, își zise Mariana, deoarece avea nevoie să iasă la suprafață. Cu condiția ca Henry să poată răbda să fie folosit ca sac de box psihologic.

Ceea ce, desigur, nu putea.

Henry scoase un țipăt chinuit și sări brusc în picioare, azvârlind pe jos paharul cu cafea. Paharul se rupse în două în mijlocul cercului, și o baltă de cafea neagră începu să se lățească pe pardoseală.

Ceilalți membri ai grupului protestară imediat, oarecum isterici în indignarea lor. Liz izbucni din nou în plâns, iar Henry încercă să plece. Însă Mariana îl convinse să stea și să vorbească despre cele întâmplate.

– N-a fost decât un afurisit de pahar cu cafea, ce mare scofală? zise Henry, cu vocea ca de copil revoltat.

– Nu-i vorba despre paharul cu cafea, îi replică Mariana. E vorba despre hotare – hotarele acestui grup, regulile pe care le respectăm aici. Am mai vorbit despre asta. Nu putem participa la terapie dacă nu ne simțim în siguranță. Limitele ne fac să ne simțim în siguranță. De hotare este vorba în terapie.

Henry se uită la ea fără nici o expresie. N-avea cum să înțeleagă, Mariana o știa. Limitele, prin definiție, sunt primul lucru care dispare atunci când un copil suferă abuzuri. Toate limitele lui Henry fuseseră sfărâmate când era mic. Prin urmare, conceptul îi era străin. Nu știa nici când îi importuna pe alții, pentru că făcea asta de obicei, invadându-le spațiul personal sau psihologic – stătea prea aproape de tine când îți vorbea și manifesta o nevoie de atenție așa cum ea nu mai văzuse la nici un pacient. Nimic nu era destul. S-ar fi mutat la ea dacă i-ar fi îngăduit. Ținea de Mariana să păstreze hotarul dintre ei, definind corect parametrii relației lor. Aceasta era treaba ei ca terapeut.

Însă Henry tot timpul o solicita, o zgândărea, încercând s-o scoată din sărite... şi în feluri cărora ei îi era tot mai greu să le facă faţă.

4

Henry zăbovi după plecarea celorlalți, pretextând că voia să ajute la curățarea mizeriei, însă Mariana știa că nu era doar atât. Cum el stătea acolo tăcut, urmărind-o cu privirea, îl încurajă un pic:

– Haide, Henry. E vremea să pleci... Vrei ceva anume?

Henry încuviință din cap, dar nu răspunse. Apoi vârî mâna în buzunar.

– Uite. Ți-am adus ceva, îi zise scoțând un inel, o chestie ieftină și urâtă de plastic roșu, care arăta ca și cum ar fi provenit dintr-o cutie cu cereale. E pentru tine. Un cadou.

Mariana clătină din cap.

– Știi că nu-l pot primi.

– De ce nu?

– Trebuie să încetezi să-mi mai aduci lucruri, Henry. Bine? Acum chiar trebuie să pleci acasă.

El nu se clinti. Mariana reflectă câteva clipe. Nu plănuise să-l înfrunte așa, nu acum, însă părea momentul potrivit.

– Uite ce-i, Henry. Trebuie să discutăm ceva.

– Ce?

– Joi, după ce am terminat lucrul cu grupul de seară, m-am uitat pe fereastră. Și te-am văzut afară. Vizavi, lângă felinar. Privind casa.

– N-am fost eu, frate.

– Ba ai fost. Ți-am văzut fața. Și nu-i prima oară când te văd acolo.

Henry se înroși ca focul și-și feri privirea. Scutură din cap.

– Nu eu, nu...

– Uite ce-i. E în ordine să fii curios în privința altor grupuri cu care lucrez. Însă e un lucru despre care vorbim *aici*, în grup. Nu-i în ordine să treci la faptă. Nu-i în ordine să mă spionezi. Acest fel de purtare mă face să mă simt invadată și amenințată, și...

– Nu spionez! Doar stăteam acolo. Și ce-i cu asta, la dracu'?

– Așadar, recunoști că erai acolo?

Henry făcu un pas spre ea.

– De ce nu putem fi doar noi? De ce nu te ocupi de mine fără *ei*?

– Știi de ce. Pentru că mă ocup de tine ca parte a unui grup, nu te pot primi și individual. Dacă ai nevoie de terapie individuală, îți pot recomanda un coleg...

– Nu, te vreau pe *tine*...

Henry mai avansă un pas. Mariana rămase pe poziții și ridică mâna.

– Nu. Oprește-te. Bine? Ești mult prea aproape. Henry...

– Stai. Uite...

Înainte să-l poată opri, își ridică puloverul gros, negru – și acolo, pe pieptul lui alb, fără păr, era o priveliște oribilă.

Fusese folosită o lamă de ras, și în piele fuseseră crestate cruci adânci. Cruci roșii ca sângele, de diferite mărimi, tăiate pe piept și pe burtă. Unele erau ude, încă sângerând, din ele se prelingeau picături; altele aveau crustă și mărgele roșii întărite – ca niște lacrimi sângerii congelate.

Marianei i se întoarse stomacul pe dos. O cuprindea repulsia și ar fi vrut să-și întoarcă privirea, dar nu și-o îngădui. Acesta era un strigăt de ajutor, bineînțeles, o încercare de a obține o reacție de îngrijire, însă nu doar atât: era și un atac emoțional, un asalt psihologic asupra simțurilor ei. În sfârșit, Henry izbutise să i se strecoare pe sub gardă, s-o provoace, și îl ura pentru asta.

– Ce-ai făcut, Henry?

– N-am... n-am putut să mă abțin. A trebuit s-o fac. Și tu... a trebuit să vezi.

– Și acum, că am văzut, cum crezi că mă simt? Poți pricepe cât de supărată sunt? Vreau să te ajut, dar...

– Dar ce? râse el. Ce te oprește?

– Momentul potrivit ca să-ți ofer sprijin este în timpul ședinței cu grupul. Ai avut ocazia în această seară, dar n-ai profitat de ea. Am fi putut să te ajutăm cu toții. Suntem toți aici ca să te ajutăm...

– Nu vreau ajutorul *lor*, pe *tine* te vreau. Mariana, am nevoie de tine...

Trebuia să-l facă să plece, o știa. Nu era treaba ei să-i cureţe rănile. Avea nevoie de îngrijire medicală. Trebuia să fie fermă, pentru binele lui, ca și al ei. Însă nu se putea hotărî să-l dea pe ușă afară, și nu pentru prima dată empatia Marianei învinse bunul-simț.

– Stai. Stai un pic.

Se duse la comodă, deschise un sertar și scotoci prin el. Scoase o trusă de prim ajutor. Tocmai dădea s-o deschidă când îi sună telefonul.

Se uită la număr. Era Zoe. Răspunse.

– Zoe?

– Poți vorbi? E important.

– Lasă-mă un pic. Te sun eu.

Mariana închise telefonul și, răsucindu-se spre Henry, îi aruncă trusa de prim ajutor.

– Henry, ține asta. Curăță-te singur. Mergi la medicul tău, dacă e nevoie. Bine? Te sun mâine.
– Asta-i tot? Și zici că ești o afurisită de terapeută?
– E destul. Încetează. Trebuie să pleci.
Fără să-i ia în seamă protestele, Mariana îl dirijă cu hotărâre în hol și afară din casă. Când închise ușa după el simți impulsul de a o încuia, dar i se împotrivi.
Apoi se duse în bucătărie, unde deschise frigiderul și scoase o sticlă de sauvignon blanc.
Era cu nervii la pământ. Trebuia să se adune înainte s-o sune pe Zoe. Nu voia s-o împovăreze pe fată cu mai mult decât avea deja. Relația lor fusese dezechilibrată de la moartea lui Sebastian – și de acum încolo Mariana era hotărâtă să refacă echilibrul. Trase aer în piept ca să se liniștească, apoi își turnă un pahar mare de vin și formă numărul.
Zoe răspunse de la primul sunet.
– Mariana?
Mariana știu pe dată că era ceva în neregulă. În vocea lui Zoe era o încordare, ceva presant, lucruri pe care Mariana le asocia cu momentele de criză. „Pare înspăimântată", își zise, iar bătăile inimii i se întețiră.
– Draga mea, este... este vreo problemă? Ce s-a întâmplat?
Zoe șovăi o clipă înainte de a rosti cu voce slabă:
– Deschide televizorul. Deschide la știri.

5

Mariana întinse mâna după telecomandă.
Deschise vechiul și ponositul televizor portabil așezat pe cuptorul cu microunde – unul dintre lucrurile pe care Sebastian le păstra cu sfințenie, cumpărat pe când era student, la care urmărea meciurile de crichet și de rugby în vreme ce se prefăcea că o ajută să gătească mesele din weekend. Aparatul era cam năzuros, și pâlpâi un pic înainte să se trezească la viață.
Mariana dădu pe canalul de știri al BBC. Un reporter de vârstă medie povestea ceva. Stătea undeva afară; se întuneca și era greu să vezi exact unde – un câmp, poate, sau o pajiște. Vorbea direct în camera de luat vederi.
– ... și a fost găsit în Cambridge, în rezervația naturală cunoscută drept Paradisul. Mă aflu aici cu bărbatul care a făcut descoperirea... Îmi puteți spune ce s-a întâmplat?
Întrebarea era adresată cuiva din afara câmpului vizual – și camera se răsuci spre un bărbat scund, agitat, roșu la față, la vreo șaizeci și cinci de ani. Clipi în lumină, părând orbit, apoi vorbi șovăielnic:
– A fost acum câteva ore... Întotdeauna scot câinele la plimbare la patru, așa că atâta trebuie să fi fost – poate că patru și un sfert, patru și douăzeci. Îl plimb pe lângă râu, pe cărare... Mergeam prin Paradis, și...

Se poticni și nu mai termină fraza. Încercă din nou: Ei bine, câinele a dispărut în iarba înaltă de lângă mlaștină. N-a vrut să vină când l-am strigat. M-am gândit că a dat de o pasăre ori o vulpe, ceva, așa că m-am dus să văd. Am mers printre arbori... până la marginea mlaștinii, lângă apă... și acolo, acolo era...

În ochii bărbatului apăru ceva straniu. O privire pe care Mariana o cunoștea mult prea bine. „A văzut ceva îngrozitor", își zise. „Nu vreau să aud. Nu vreau să știu ce este."

Bărbatul continuă, neobosit, acum mai repede, ca și cum simțea nevoia să scape de asta.

– Era o fată – nu putea să aibă mai mult de douăzeci de ani. Avea părul lung și roșcat. Cel puțin cred că era roșcat. Era sânge peste tot, așa de mult...

Cum își pierduse iar șirul vorbelor, reporterul îl încurajă.

– Era moartă?

– Așa e, spuse bărbatul încuviințând din cap. Fusese înjunghiată. De multe ori. Și... fața ei... Doamne, a fost groaznic! Ochii ei... ochii ei erau deschiși... ațintiți... ațintiți...

Se întrerupse, și pe obraji începură să-i șiroiască lacrimi. „E șocat", se gândi Mariana. „N-ar trebui să i se ceară să vorbească. Opriți-vă odată!"

Chiar atunci, recunoscând poate că mersese prea departe, reporterul puse brusc capăt interviului, iar camera de luat vederi panoramă înapoi la el.

– Știre de ultimă oră de aici, din Cambridge: poliția investighează descoperirea unui cadavru. Victima unui atac sălbatic cu cuțitul se pare că este o femeie puțin trecută de douăzeci de ani...

Mariana închise televizorul. Rămase un moment cu ochii la el, uluită, neputând să se miște. Apoi își aminti de telefonul pe care-l ținea în mână și-l duse la ureche.
— Zoe? Mai ești acolo?
— Cred... cred că e Tara.
— Poftim?

Tara era o bună prietenă a lui Zoe. Erau în același an la St. Christopher's College din cadrul Universității din Cambridge. Mariana șovăi, încercând să nu pară prea neliniștită.
— De ce spui asta?
— Pare să fie Tara, nimeni n-a mai văzut-o de ieri încoace, am întrebat pe toată lumea și sunt... sunt așa de speriată, nu știu ce să...
— Ia-o mai încet. Când ai văzut-o ultima dată pe Tara?
— Aseară. După o scurtă pauză, Zoe adăugă: Și, Mariana, ea... se purta așa de ciudat, că...
— Cum adică, ciudat?
— A zis niște chestii.... niște chestii smintite.
— Cum adică, smintite?

Se lăsă tăcerea, apoi Zoe răspunse în șoaptă:
— Nu pot să vorbesc acum despre asta. Vii încoace?
— Sigur că vin. Dar ascultă-mă. Ai vorbit cu cei de la colegiu? Trebuie să le spui, trebuie să-i spui decanului.
— Nu știu ce să spun.
— Spune-le ce mi-ai spus acum mie. Că îți faci griji pentru ea. Ei vor lua legătura cu poliția și cu părinții Tarei...
— Părinții ei? Dar... dacă mă înșel?
— Sunt sigură că *te înșeli*, zise Mariana, părând mult mai încrezătoare decât se simțea. Sunt sigură că Tara e bine, dar trebuie să ne asigurăm. Înțelegi asta, nu? Vrei să-i sun eu în locul tău?

– Nu, nu, e în ordine... Îi sun eu.
– Bine. Apoi du-te la culcare, da? Ajung acolo dimineață la prima oră.
– Mulțumesc, Mariana. Te iubesc.
– Și eu te iubesc.

Mariana închise telefonul. Paharul cu vin alb pe care și-l turnase stătea pe blat neatins. Dintr-o mișcare îl luă și-l goli pe nerăsuflate.

Îi tremura mâna când o întinse spre sticlă și-și mai umplu un pahar.

6

Mariana se duse la etaj și începu să-și pună lucrurile într-o geantă de voiaj mică, pentru eventualitatea în care trebuia să stea în Cambridge o noapte sau două.

Încercă să nu-și lase gândurile s-o ia la goană, dar era greu, căci se simțea incredibil de neliniștită. Pe undeva pe acolo era un bărbat – probabil era un bărbat, dată fiind violența extremă a atacului – periculos de bolnav care omorâse în mod oribil o tânără... o tânără care se poate să fi locuit la câțiva metri de locul în care dormea draga ei Zoe.

Posibilitatea ca victima să fi fost Zoe era un gând pe care Mariana se strădui să-l ignore, dar nu-l putea alunga cu totul. Se simțea îngrețoșată de un soi de frică pe care n-o mai simțise decât o dată în viață – în ziua în care murise Sebastian. O senzație de neputință, o oribilă incapacitate de a-i apăra pe cei pe care-i iubești.

Se uită la mâna ei dreaptă. Nu-și putea stăpâni tremurul. O strânse în pumn, tare de tot. N-avea să facă asta – n-avea să se piardă cu firea. Nu acum. Avea să rămână calmă. Avea să se concentreze.

Zoe avea nevoie de ea – nimic altceva nu conta.

„Of, dacă ar fi aici Sebastian! El ar ști ce să facă." N-ar fi stat pe gânduri, n-ar fi tras de timp, n-ar fi pregătit o geantă de voiaj. Ar fi înhățat deja cheile și ar fi ieșit în goană pe ușă în clipa în care ar fi terminat de vorbit cu Zoe. Asta ar fi făcut Sebastian. De ce n-o făcuse și ea?

„Pentru că ești o lașă", își zise.

Acesta era adevărul. Of, de-ar fi avut un pic din puterea lui Sebastian! Un pic din curajul lui! „Haide, iubito", îl auzea spunând, „ia-mă de mână și o să-i înfruntăm împreună pe ticăloși."

Mariana se așeză pe pat și rămase întinsă acolo, gata să alunece în somn. Pentru prima oară în mai bine de un an, ultimele sale gânduri înainte să ațipească nu se îndreptară spre soțul ei mort.

În loc de asta, se pomeni gândindu-se la alt bărbat: silueta cernită, înarmată cu un cuțit, care abătuse o soartă atât de oribilă asupra bietei fete. Mintea Marianei cugeta la el în vreme ce pleoapele îi pâlpâiau și se închideau. Se întreba cine era bărbatul acela. Se întreba ce făcea în acel moment, unde era...

Și la ce se gândea.

7

7 octombrie

După ce ai omorât un om nu mai e cale de întoarcere.

Acum îmi dau seama de asta. Îmi dau seama că am devenit cu totul altcineva.

E ca și când te-ai naște din nou, presupun. Dar nu o naștere obișnuită – e o metamorfoză. Ceea ce răsare din cenușă nu e o pasăre Phoenix, ci o făptură mai urâtă: diformă, neputând să zboare, un prădător care își folosește ghearele ca să taie și să sfâșie.

Simt că mă controlez acum, scriind asta. În acest moment sunt calm și sănătos la cap.

Dar nu sunt un singur eu.

Mai devreme sau mai târziu, celălalt eu o să se ridice, setos de sânge, nebun și căutând răzbunare. Și n-o să aibă tihnă până n-o află.

Eu sunt doi oameni în aceeași minte. O parte din mine îmi păstrează secretele – doar ea știe adevărul –, însă e ținută prizonieră, închisă, sedată, nu este lăsată să vorbească. Găsește o supapă atunci când paznicul ei e neatent o clipă. Când sunt beat, sau adorm, încearcă să vorbească. Dar nu-i ușor. Comunicarea vine cu întreruperi – un plan de evadare cifrat dintr-un lagăr de prizonieri de război. În clipa în care ajunge prea aproape, un paznic încâlcește mesajul. Se înalță un zid. Un vid îmi umple mintea. Amintirea pe care mă străduiam s-o dibui se evaporă.

Dar o să perseverez. Trebuie. Cumva, o să-mi aflu calea prin fum și întuneric și o să iau legătura cu ea – partea mea întreagă la minte. Partea care nu vrea să vatăme oameni. Îmi poate spune multe. Multe lucruri pe care trebuie să le știu. Cum și de ce am ajuns așa – așa de departe de ceea ce voiam să fiu, așa de plin de ură și furie, așa de strâmb pe dinăuntru...

Sau mă mint singur? Am fost întotdeauna așa și n-am vrut s-o recunosc?

Nu. N-o să cred asta.

La urma urmei, oricine are dreptul să fie personajul pozitiv în propria-i poveste. Așa că trebuie să mi se îngăduie să fiu personajul pozitiv în povestea mea. Cu toate că nu sunt.

Sunt personajul negativ.

8

A doua zi dimineață, când pleca de acasă, Marianei i se păru că-l vede pe Henry.

Stătea vizavi, după un copac.

Când se uită mai bine constată că nu era nimeni. Trebuie să-și fi imaginat, își zise – și chiar dacă nu, în acest moment avea lucruri mai importante pentru care să-și facă griji. Îl izgoni pe Henry din minte și luă metroul spre gara King's Cross.

În gară urcă în rapidul de Cambridge. Era o zi însorită și cerul era de un albastru prefect, brăzdat doar de câțiva funigei de nori albi. Se așeză la geam și privi afară în vreme ce trenul gonea pe lângă garduri vii verzi și întinderi de grâu auriu care se unduiau în adierea vântului ca o mare galbenă vălurită.

Mariana era bucuroasă că îi bate soarele în față – tremura, însă de neliniște, nu din cauza lipsei căldurii. Nu reușea să-și alunge îngrijorarea pentru cele întâmplate. Nu mai vorbise cu Zoe din ajun. Îi trimisese un mesaj de dimineață, dar încă nu primise răspuns.

Poate că fusese o alarmă falsă; poate că Zoe se înșelase.

Mariana spera sincer să fie așa – și nu doar pentru că o cunoștea personal pe Tara: stătuse la ei, la Londra, într-un weekend, cu câteva luni înainte de moartea lui Sebastian. Dar în primul rând, în mod egoist, era îngrijorată pentru Tara de dragul lui Zoe.

Zoe avusese, din mai multe motive, o adolescență dificilă, pe care reușise s-o depășească; mai mult decât atât, realizase „o transcendere triumfătoare", cum se exprimase Sebastian, culminând cu admiterea la engleză la Universitatea din Cambridge. Tara fusese prima persoană cu care Zoe se împrietenise acolo, iar pierderea Tarei, își zise Mariana, și încă în asemenea împrejurări cumplite, ar fi putut s-o facă pe Zoe să deraieze complet.

Dintr-un motiv oarecare, Mariana nu-și putea lua gândul de la convorbirea lor telefonică. Era ceva ce nu-i dădea pace.

Nu reușea să-și dea seama ce anume.

Să fi fost tonul lui Zoe? Avusese impresia că fata îi ascundea ceva. Să fi fost ușoara ezitare, chiar eschivare, când o întrebase care erau lucrurile „smintite" pe care le spusese Tara?

„Nu pot să vorbesc acum despre asta."

De ce nu?

Ce anume îi spusese Tara?

„Poate că nu-i nimic, termină cu prostiile", se dojeni. Avea aproape o oră de mers cu trenul; nu putea să șadă acolo înnebunindu-se singură. Ar fi fost o epavă la sosire. Trebuia să se gândească la altceva.

Vârî mâna în geantă și scoase o revistă – *The British Journal of Psychiatry*. O răsfoi, dar nu se putea concentra la nici un articol.

Inevitabil, mintea îi ajungea la Sebastian. Gândul că se întorcea la Cambridge fără el o umplea de groază. Nu mai fusese acolo de la moartea lui.

Mergeau adesea împreună s-o vadă pe Zoe, și Mariana avea amintiri dragi despre acele vizite: își amintea ziua în care o duseseră pe Zoe la St. Christopher's College și o ajutaseră să despacheteze și să se instaleze. Fusese unul dintre cele mai fericite momente petrecute împreună, simțindu-se ca niște părinți mândri de fetița lor de suflet, pe care o iubeau atât de mult.

Zoe păruse așa de mică și de vulnerabilă în ziua aceea, când se pregăteau să plece, și în vreme ce își luau rămas-bun Mariana îl văzuse pe Sebastian privind-o pe Zoe cu atâta tandrețe, cu atâta dragoste amestecată cu îngrijorare, de parcă s-ar fi uitat la propriul lui copil, ceea ce, într-un fel, chiar făcea. După ce ieșiseră din camera lui Zoe nu se înduraseră să plece din Cambridge, așa că se plimbaseră împreună pe malul râului, la braț, ca atunci când erau tineri. Pentru că amândoi fuseseră studenți aici, iar universitatea din Cambridge, la fel ca orașul, era legată strâns de povestea lor de dragoste.

Acolo se cunoscuseră, când Mariana avea doar nouăsprezece ani.

Întâlnirea fusese cu totul întâmplătoare. Nu era vreun motiv să se întâmple – erau la facultăți diferite, cu profiluri diferite: Sebastian era la studii economice; Mariana, la engleză. O înspăimânta gândul că la fel de bine ar fi putut să nu se întâlnească niciodată. Ce-ar fi fost atunci? Cum ar fi fost viața ei? Mai bună – sau mai rea?

În ultima vreme, Mariana își tot scormonea memoria – căutând trecutul, încercând să-l vadă limpede; încercând să înțeleagă și să pună în context călătoria pe care o făcuseră împreună. Încerca să-și amintească gesturi mărunte, să reconstituie conversații uitate, să-și închipuie în orice clipă ce-ar fi putut să spună sau să facă Sebastian. Dar nu era sigură cât era realitate și cât rodul imaginației sale; cu cât își amintea mai mult, cu atât părea că Sebastian devine o legendă. Acum era doar spirit, doar poveste.

Mariana avea optsprezece ani când se mutase în Anglia. Era o țară căreia îi conferise încă din copilărie o aură romantică. Poate că era inevitabil, dat fiind că mama ei englezoaică adusese atât de mult din țara natală în acea casă din Atena: corpuri de bibliotecă și rafturi în fiecare încăpere, cu o colecție de cărți englezești, romane, piese de teatru, poezii, toate transportate acolo în mod misterios înainte de nașterea Marianei.

Își imagina cu drag sosirea mamei sale la Atena – înarmată cu cufere și valize pline de cărți în loc de haine. Și, în lipsa ei, copila singuratică avea să caute în cărțile mamei alinare și tovărășie. În lungile după-amiezi de vară, Mariana ajunsese să îndrăgească felul în care stătea o carte în mâinile sale, mirosul de hârtie, senzația pe care i-o dădea întoarcerea unei file. Ședea în leagănul ruginit, la umbră, mușca dintr-un măr verde fraged sau dintr-o piersică prea coaptă și se pierdea într-o poveste.

Prin aceste povești, Mariana se îndrăgostise de o viziune a Angliei și a caracterului englezesc – o Anglie care se prea poate să nu fi existat niciodată în afara paginilor acelor cărți: o Anglie cu ploaie caldă de vară și vegetație udă și flori de măr, cu râuri șerpuitoare și sălcii și crâșme sătești cu un foc zdravăn în vatră. Anglia cu „Cei cinci faimoși[1]" și Peter Pan și Wendy, Regele Arthur și Camelot, *La răscruce de vânturi* și Jane Austen, Shakespeare – și Tennyson.

Aici pătrunsese prima oară Sebastian în povestea Marianei, pe când era o copiliță. La fel ca toți eroii

---

[1] *The Famous Five* – serie de cărți pentru tineret a scriitoarei Enid Blyton

pozitivi, își făcuse simțită prezența mult înainte să apară în carne și oase. Mariana încă n-avea nici o idee despre înfățișarea acelui erou romantic din capul său, dar nu se îndoia nici o clipă că era real.

Era undeva acolo – și într-o bună zi avea să-l găsească.

Și apoi, peste ani, când ajunsese la Cambridge ca studentă, era așa de frumos, ca în vise, încât simțise că pășea într-un basm – într-un oraș fermecat dintr-o poezie de-a lui Tennyson. Și Mariana era sigură că-l va găsi acolo, în acel loc vrăjit. Că va găsi iubirea.

Cambridge-ul din realitate nu era însă un basm, ci un loc ca oricare altul. Și problema cu avântul imaginației Marianei – așa cum descoperise mai târziu, la terapie – era că se adusese acolo pe sine. În copilărie, la școală, fiindu-i greu să se integreze, bântuise pe coridoare în pauze, singuratică și fără odihnă ca o stafie – gravita spre bibliotecă, unde se simțea în largul său, aflându-și acolo refugiul. Iar acum, ca studentă la St. Christopher's College, se repeta tiparul: Mariana își petrecea cea mai mare parte a timpului în bibliotecă, împrietenindu-se doar cu câțiva studenți la fel de sfioși și cu nasul în cărți. Nu stârnea interesul nici unuia dintre băieții din anul ei, și nimeni nu-i ceruse vreo întâlnire.

Poate că nu era destul de atrăgătoare? Semăna mai puțin cu mama sa, mai mult cu tatăl, cu părul negru și ochii negri impresionanți. Peste ani, Sebastian avea să-i complimenteze adesea frumusețea, însă ea nu se simțise niciodată cu adevărat frumoasă în sinea ei. Iar dacă totuși *era* frumoasă, asta se întâmpla numai datorită lui Sebastian: scăldându-se în căldura luminii lui, se deschisese ca o floare. Oricum, la început, ca adolescentă, Mariana nu prea avea încredere în înfățișarea sa, şi nu îmbunătăţea cu nimic lucrurile faptul că avea vederea slabă, ceea ce o silise să poarte ochelari urâţi, groşi, încă de la zece ani. La cincisprezece ani adoptase lentilele de contact, întrebându-se dacă asta putea să-i schimbe atât aspectul fizic, cât şi părerea despre sine. Stătea în faţa oglinzii, încercând fără succes să se vadă limpede şi niciodată mulţumită de ceea ce vedea. Chiar şi la acea vârstă, Mariana era vag conştientă că atractivitatea are de-a face cu lumea interioară: o încredere în sine care ei îi lipsea.

Cu toate acestea, la fel ca personajele imaginare pe care le adora, Mariana credea în dragoste. În ciuda a două semestre nefavorabile la universitate, refuza să renunţe la speranţă.

La fel ca Cenuşăreasa, rezista în aşteptarea balului.

Balul de la St. Christopher's avea loc pe Backs, vastele întinderi de iarbă din spatele colegiului care ajungeau până la malul apei. Fuseseră ridicate corturi mari pline cu mâncare şi băutură, muzică şi dans. Mariana se înţelesese cu nişte prieteni să se întâlnească acolo, dar nu reuşea să-i găsească în mulţime. Avusese nevoie de tot curajul ca să vină singură la bal, şi acum îi părea rău. Stătea în picioare lângă râu, simţindu-se groaznic de nepotrivită printre aceste fete frumoase în rochii elegante şi tineri în haine de seară – cu toţii emanând o sofisticare şi o încredere în sine fără margini. Sentimentele ei, tristeţea şi sfiala, erau cu totul nepotrivite cu veselia din jur, îşi dădu ea seama. Să stea acolo, pe tuşă, să privească viaţa de pe margine – în mod clar, acesta era locul care i se cuvenea; fusese o greşeală chiar şi să-şi închipuie altceva. Se hotărî să renunţe şi să se întoarcă în camera ei.

În clipa aceea auzi un pleoscăit zdravăn.

Se uită în jur. Mai răsunară câteva pleoscăituri, apoi râsete și strigăte. În apropiere, pe râu, câțiva băieți se zbenguiau cu bărci cu vâsle sau manevrate cu prăjini, iar unul dintre ei se dezechilibrase și căzuse în apă.

Mariana îl urmări cu privirea pe tânărul care ieșise la suprafață. Acesta înotă până la mal și se săltă pe uscat, ivindu-se ca o ciudată făptură fabuloasă, un semizeu născut în apă. Avea doar nouăsprezece ani, însă arăta a bărbat, nu a băiat. Era înalt, musculos și ud leoarcă; pantalonii și cămașa se lipeau de el, părul blond îi intrase în ochi, orbindu-l. Ridică mâna, își dădu deoparte părul, se uită printre șuvițe – și o zări pe Mariana.

Fusese un moment ciudat, desprins din timp – acel prim moment în care se văzuseră unul pe altul. Timpul părea că încetinește, se aplatizează și se întinde. Mariana era încremenită, țintuită de privirea lui, neputând să se uite în altă parte. Era o senzație ciudată, cam ca atunci când recunoști pe cineva – cineva pe care îl cunoscuse foarte bine cândva și nu-și putea aminti unde sau când se rătăciseră unul de altul.

Tânărul nu băgă în seamă strigătele zeflemitoare ale prietenilor săi. Cu un zâmbet curios, care era tot mai larg, se apropie de ea.

– Bună. Sunt Sebastian.

Și asta fusese tot.

„Așa a fost scris" este expresia grecească. Însemnând, simplu, că din acel moment destinele lor erau pecetluite. Privind înapoi, Mariana încercase adesea să-și amintească amănuntele acelei prime seri decisive – despre ce vorbiseră, cât de mult dansaseră, când se sărutaseră prima oară. Însă, oricât s-ar fi străduit, amănuntele îi alunecau printre degete ca firișoarele de nisip. Nu-și putea aminti decât că se sărutau când răsărise soarele – și din acel moment fuseseră nedespărțiți.

Își petrecuseră prima vară împreună la Cambridge – trei luni cuibăriți unul în brațele celuilalt, netulburați de lumea din afară. Timpul era încremenit în acest loc atemporal; era mereu soare și își petreceau zilele făcând dragoste sau în lungi picnicuri alcoolizate pe Backs, sau pe râu, navigând pe sub poduri de piatră, pe lângă sălcii și vaci care pășteau pe câmpurile neîngrădite. Sebastian stătea în picioare în partea din spate a bărcii și înfigea ghionderul în matca râului ca să-i împingă înainte, în vreme ce Mariana, simțind furnicături de la alcool, făcea dâre cu degetele prin apă, uitându-se la lebedele care alunecau pe alături. Cu toate că pe atunci nu știa, era deja atât de îndrăgostită, încât nu mai avea cale de scăpare.

La un anumit nivel, fiecare dintre ei devenise celălalt – se uniseră ca bobițele de mercur.

Asta nu înseamnă că nu existau între ei diferențe. Spre deosebire de copilăria privilegiată a Marianei, Sebastian crescuse în lipsuri. Părinții lui erau divorțați și nu era apropiat de nici unul dintre ei. Simțea că nu-i oferiseră un start bun în viață și că trebuise să-și croiască singur drumul, de la bun început. Din multe puncte de vedere, Sebastian spunea că se regăsește în tatăl Marianei și în hotărârea lui de a reuși în viață. Și pentru Sebastian banii erau importanți, deoarece, spre deosebire de Mariana, crescuse fără ei, așa că îi respecta și era hotărât să-și clădească o carieră de succes, „ca să putem construi ceva sigur pentru noi și pentru viitor – și pentru copiii noștri".

Iată cum vorbea la doar douăzeci de ani: așa de ridicol de matur. Și așa de naiv, ca să presupună că-și vor petrece restul vieții împreună. În acele zile trăiau în viitor, plănuindu-l la nesfârșit – și nevorbind niciodată de trecut și de anii nefericiți de până la întâlnirea lor. În mai multe privințe, viața Marianei și cea a lui Sebastian începuseră când se găsiseră unul pe altul – în acea clipă în care se văzuseră lângă râu. Mariana credea că iubirea lor avea să continue pe vecie. Că n-o să se sfârșească niciodată...

În retrospectivă, fusese oare un sacrilegiu acea presupunere? Un fel de hybris?

Poate.

Pentru că uite-o acum, singură în acest tren, în această călătorie pe care o făcuseră împreună de nenumărate ori, în diferite etape ale vieții lor și cu stări de spirit diferite – de cele mai multe ori fericite, uneori nu –, vorbind, citind sau dormind, capul Marianei odihnindu-se pe umărul lui. Acestea erau clipele banale, tihnite, și ar fi dat orice să le regăsească.

Aproape că putea să și-l imagineze acolo – în vagon, șezând lângă ea – și, dacă se uita la fereastră, se aștepta pe jumătate să vadă fața lui Sebastian oglindită acolo, alături de a sa, peste peisajul care se desfășura afară.

Însă Mariana văzu altă față.

Fața unui bărbat care se uita la ea.

Clipi tulburată și întoarse capul dinspre fereastră ca să-l privească. Bărbatul ședea în fața ei, mâncând un măr. Și-i zâmbea.

9

Bărbatul continua să se uite la Mariana – cu toate că era prea mult să-i spună bărbat, se gândi.

Nu părea să aibă mai mult de douăzeci de ani: față de băiețandru și păr castaniu creț, iar obrajii imberbi îi erau stropiți cu pistrui, ceea ce-l făcea să pară și mai tânăr.

Era înalt și slab ca o scândură, îmbrăcat cu o haină de catifea reiată neagră, cămașă șifonată și o eșarfă de colegiu cu albastru, roșu și galben. Ochii căprui, mascați parțial de ochelarii de modă veche, cu ramă de oțel, sclipeau de inteligență și curiozitate și o priveau pe Mariana cu un interes evident.

– Ce mai faci?

Mariana îl privi cu atenție, un pic derutată.

– Ne... ne cunoaștem?

El zâmbi larg.

– Încă nu. Dar trag nădejde.

Mariana nu răspunse. Întoarse capul. Urmă o tăcere. Apoi el încercă din nou.

– Vrei unul? Ridică o pungă mare de hârtie cafenie, doldora de fructe – struguri, banane și mere. Servește-te, îi spuse întinzând-o spre ea. Ia o banană.

Mariana zâmbi politicos. „Are o voce plăcută", își zise. Scutură din cap.

– Nu, mulțumesc.

– Ești sigură?

– Absolut.

Se răsuci să privească iarăşi pe fereastră, sperând să pună capăt dialogului. Îl văzu în geam cum ridică din umeri dezamăgit. Se părea că nu-şi controlează prea bine membrele lungi – până la urmă lovi cana şi o răsturnă. Un pic de ceai se vărsă pe masă, însă cea mai mare parte ajunse în poala lui.

– Fir-ar să fie! Sări în picioare, scoţând din buzunar un şerveţel. Şterse balta de ceai de pe masă şi-şi tamponă pata de pe pantaloni, apoi se uită la ea cu un aer spăşit: Îmi pare rău. Nu te-am stropit, nu?

– Nu.

– Bine.

Se aşeză la loc. Mariana îi simţea ochii aţintiţi asupra ei. Peste câteva clipe o întrebă:

– Eşti... studentă?

Mariana clătină din cap.

– Nu.

– Ah. Lucrezi în Cambridge?

– Nu.

– Atunci eşti... turistă?

– Nu.

– Hmm.

Se încruntă, evident nedumerit.

Se lăsă tăcerea. Într-un târziu, Mariana nu mai rezistă şi spuse:

– Merg în vizită la cineva... la nepoata mea.

– Oh, eşti o *mătuşă*.

Părea uşurat că reuşise s-o plaseze într-o categorie. Zâmbi.

– Eu îmi dau doctoratul, zise din proprie iniţiativă, de vreme ce Mariana nu părea pe cale să întrebe. Sunt matematician – mă rog, de fapt, fizică teoretică.

Tăcu un pic și-și scoase ochelarii ca să-i șteargă cu un șervețel. Părea despuiat fără ei. Și Mariana văzu, pentru prima dată, că era chipeș; sau urma să fie, atunci când fața lui avea să se mai maturizeze.

Își puse ochelarii la loc și se uită cu atenție la ea.

– Apropo, sunt Frederick. Sau Fred. Cum te cheamă?

Mariana nu voia să-și divulge numele. Probabil din pricină că avea impresia – măgulitoare, însă și descurajantă – că încerca să flirteze cu ea. În afară de faptul evident că era mult prea tânăr, nu era pregătită, n-avea să fie niciodată pregătită – până și gândul la asta părea o trădare revoltătoare. Răspunse cu o politețe crispată:

– Numele meu este... Mariana.

– Oh, e un nume frumos!

Fred vorbi în continuare, încercând s-o atragă în discuție. Însă răspunsurile Marianei erau tot mai scurte. Număra în gând minutele până ce avea să reușească să scape.

Când ajunseră la Cambridge, Mariana încercă să se furișeze și să dispară în mulțime, dar Fred o ajunse din urmă în fața gării.

– Pot să te însoțesc până în oraș? Sau poate până la autobuz?

– Prefer să merg pe jos.

– Minunat. Am aici bicicleta, pot să te însoțesc pe lângă ea. Sau poți merge cu bicicleta, dacă preferi.

O privea plin de speranță. Fără să vrea, Marianei îi păru rău de el, însă de această dată vorbi mai hotărât.

– Prefer să fiu singură, dacă nu te superi.

– Desigur... da. Înțeleg. Poate... o cafea, mai târziu? Sau o băutură? În seara asta?

Mariana clătină din cap și se prefăcu că se uită la ceas.

– N-o să rămân aici atât de mult.

– Ei bine, ai putea să-mi dai numărul de telefon? Se îmbujorase, iar pistruii de pe obraji i se înroșiseră ca focul. Ar fi...?

Mariana repetă gestul de refuz.

– Nu cred...

– Nu?

– Nu. Stingherită, își feri privirea și murmură: Îmi pare rău, eu...

– Să nu-ți pară rău. Nu sunt descurajat. O să ne revedem curând.

Ceva din tonul lui o irită puțin.

– Nu prea cred.

– O, ba da. *Prevăd* asta. Am un dar pentru astfel de lucruri, știi, preziceri, premoniții. E moștenire de familie. Văd lucruri pe care alții nu le văd.

Fred zâmbi și coborî pe carosabil. Un biciclist smuci ghidonul ca să-l ocolească.

– Ai grijă, zise Mariana atingându-i brațul.

Biciclistul îl înjură pe Fred când trecu pe lângă ei.

– Scuze, făcu el. Mă tem că sunt cam stângaci.

– Doar un pic, zâmbi ea. O zi bună, Fred.

– Până la următoarea întâlnire, Mariana.

Se duse la șirul de biciclete. Îl privi cum încălecă și trecu pe lângă ea, fluturând mâna în semn de salut, apoi dădu colțul și dispăru.

Cu un oftat de ușurare, Mariana porni pe jos spre centru.

10

În timp ce se îndrepta spre St. Christopher's, Mariana era tot mai neliniștită gândindu-se la ce va găsi acolo.

N-avea nici o idee la ce trebuia să se aștepte – ar fi putut să fie poliția sau presa, ceea ce părea greu de crezut, dacă priveai în jur la străzile din Cambridge: nu era nici un semn că s-ar fi întâmplat ceva deosebit, nici un indiciu că măcar s-ar fi comis o crimă.

Părea remarcabil de liniștit după Londra. Foarte puțin trafic, singurul sunet era ciripitul păsărilor, punctat de un cor de sonerii de bicicletă de la studenții care pedalau pe lângă ea în robele lor negre, ca niște stoluri de păsări.

De două ori, în timp ce mergea, Mariana avu impresia că era privită – sau urmărită – și se întrebă dacă nu cumva era Fred, care făcuse un ocol cu bicicleta ca să se țină după ea, însă alungă repede gândul, părându-i-se paranoic.

Totuși, se uită de câteva ori peste umăr, ca să fie sigură. Desigur, nu era nimeni.

Cu cât se apropia de colegiu, împrejurimile erau tot mai frumoase cu fiecare pas: deasupra capului erau clopotnițe ascuțite și turnulețe, și de-a lungul străzilor se înșirau fagi care lepădau frunze aurii adunate în mormane pe trotuar. Șiruri lungi de biciclete negre erau prinse cu lanțuri de gardurile din fier forjat.

Și deasupra gardurilor, jardiniere cu mușcate înviorau cu pete de roz și alb zidurile din cărămidă netencuită ale colegiilor.

Mariana se uită la un grup de studenți, probabil în anul întâi, care citeau cu atenție afișele de pe gard anunțând evenimentele din Săptămâna Bobocilor.

Păreau atât de tineri acești studenți, acești boboci – ca niște prunci. Oare ea și Sebastian arătaseră vreodată așa de tineri? Nu-i venea să creadă. Era și mai greu să-ți imaginezi că li se putea întâmpla ceva rău acelor chipuri curate, nevinovate. Și totuși, se întreba pe câți dintre ei îi aștepta o tragedie.

Gândurile Marianei se întoarseră la biata fată ucisă lângă mlaștină – oricine o fi fost ea. Chiar dacă nu era prietena lui Zoe, Tara, era prietena cuiva, fiica cuiva. Asta era oroarea întregii povești. Cu toții sperăm în taină că tragediile li se vor întâmpla doar altora. Însă Mariana știa că, mai devreme sau mai târziu, ți se întâmplă ție.

Moartea nu-i era străină; îi însoțise pașii încă din copilărie – urmărind-o îndeaproape, plutind amenințător deasupra umărului ei. Uneori avea impresia că fusese blestemată de vreo zeiță răuvoitoare dintr-un mit grecesc să-i piardă pe toți cei pe care-i iubea. Cancerul îi omorâse mama când ea era încă în scutece. Și apoi, peste ani, sora Marianei și soțul ei își pierduseră viața într-un groaznic accident de mașină, lăsând-o pe Zoe orfană. Și un atac de cord îl luase prin surprindere pe tatăl Marianei în livada de măslini, lăsându-l mort pe un pat de măsline strivite, încleiate.

În sfârșit, cea mai mare catastrofă fusese moartea lui Sebastian.

De fapt, avuseseră parte de numai câțiva ani împreună. După absolvire se mutaseră la Londra, unde

Mariana începuse călătoria ocolită la capătul căreia avea să devină terapeut de grup, în vreme ce Sebastian lucra în City[1]. Însă el avea un spirit întreprinzător încăpățânat și își dorea o afacere independentă. Așa că Mariana îi propusese să vorbească despre asta cu tatăl ei.

Ar fi trebuit să fie mai realistă, zău – însă nutrea o speranță tainică, sentimentală, că tatăl său avea să-l ia pe Sebastian sub aripa lui, să-l aducă în afacerea familială; să i-o lase moștenire, ca apoi, într-o bună zi, el să le transmită la rândul lui afacerea copiilor lor. Iată până unde o purta pe Mariana imaginația, dar era destul de lucidă ca să nu le pomenească nimic tatălui ei sau lui Sebastian. În orice caz, prima lor întâlnire fusese un dezastru: în timp ce Sebastian se dusese la Atena într-o misiune romantică, pentru a cere mâna Marianei, reacția tatălui ei fusese de antipatie instantanee. Departe de a-i oferi un loc de muncă, îl acuzase pe tânăr că umbla după averea lui. Îi spusese Marianei că avea s-o dezmoștenească în ziua în care se va mărita cu Sebastian.

Ironia fusese că după un timp Sebastian chiar intrase în domeniul transporturilor navale, dar în capătul opus al pieței față de tatăl ei. Sebastian întorsese spatele sectorului comercial și se apucase să ajute la transportarea unor mărfuri foarte necesare – hrană și alte lucruri esențiale – către comunitățile sărace și vulnerabile din toată lumea. Era, din multe puncte de vedere, gândea Mariana, imaginea în oglindă a tatălui ei. Și asta era o permanentă sursă de mândrie pentru ea.

Când bătrânul veșnic neîmpăcat murise în cele din urmă, îi surprinsese încă o dată pe toți. Până la urmă

---

[1] Districtul financiar al Londrei

îi lăsase totul Marianei. O avere. Sebastian fusese uluit de faptul că, fiind atât de bogat, tatăl ei trăise așa.

– Vreau să zic, ca un sărăntoc. Nu s-a bucurat deloc de tot ce adunase. Cum se explică oare?

Mariana trebuise să se gândească un pic.

– Siguranță, spusese. Credea că toți acei bani îl vor apăra, cumva. Cred... că îi era frică.

– Frică... de ce anume?

La asta Mariana nu avea răspuns. Scuturase din cap, era în impas.

– Nu sunt sigură că știa el însuși.

În ciuda acestei moșteniri, ea și Sebastian nu-și îngăduiseră decât o achiziție extravagantă: căsuța galbenă de la poalele Primrose Hill, de care se îndrăgostiseră la prima vedere. Restul banilor fusese pus la păstrare – la insistențele lui Sebastian – pentru viitor și pentru copiii lor.

Această chestiune a copiilor era singurul punct nevralgic între ei, o vânătaie pe care Sebastian nu se putea stăpâni s-o apese din când în când, punând-o pe tapet după ce băuse mai mult decât trebuie, sau în vreun rar moment de melancolie. Își dorea cu disperare copii – un băiat și o fată – ca să completeze tabloul de familie pe care-l avea în minte. Cu toate că și Mariana își dorea copii, ea voia să mai aștepte. Voia să-și termine pregătirea și să-și deschidă un cabinet de psihoterapie – ceea ce putea să dureze câțiva ani, și ce-i cu asta? Aveau tot timpul din lume, nu-i așa?

Numai că nu aveau – și acesta era singurul regret al Marianei: că fusese atât de arogantă, atât de nesocotită, încât să considere viitorul de la sine înțeles.

Când, puțin după ce împlinise treizeci de ani, fusese de acord să încerce, constatase că îi este greu să rămână însărcinată. Acest obstacol brusc și neașteptat îi indusese o stare de anxietate care, potrivit medicului, nu ajuta deloc.

Doctorul Beck era un bătrân cu aer părintesc, lucru care Marianei îi părea liniștitor. El propusese ca, înainte să se apuce de testarea fertilității și de un posibil tratament, Mariana și Sebastian să plece într-un concediu, departe de orice fel de stres.

– Distrați-vă, relaxați-vă pe o plajă vreo două săptămâni, zisese doctorul Beck făcându-le cu ochiul. Vedeți ce se întâmplă. Adesea, un strop de relaxare poate face minuni.

Sebastian nu primise sugestia cu entuziasm – avea mult de lucru și nu dorea să plece din Londra. Mariana avea să descopere mai târziu că era sub o mare presiune financiară în vara aceea, întrucât o parte dintre afaceri îi mergeau prost. Era prea mândru ca să-i ceară ei bani – nu luase niciodată de la ea nici măcar un bănuț. Și i se frânsese inima când aflase, după moartea lui, că în ultimele luni de viață cărase povara acestei griji inutile legate de bani. Cum de nu observase? Adevărul era că în acea vară fusese chinuită în mod egoist de propriile griji legate de conceperea unui copil.

Așa că-l silise pe Sebastian să-și ia liber două săptămâni în august, pentru o excursie în Grecia; să meargă la locuința de vară a familiei sale, o casă aflată pe vârful unui deal din insula Naxos.

Luară avionul până la Atena și apoi, din port, feribotul până pe insulă. Era o traversare promițătoare, gândi Mariana – nici un nor pe cer, iar apa era liniștită și netedă ca sticla.

În portul Naxos închiriară o mașină și merseră de-a lungul coastei până la casă. Fusese a tatălui Marianei și acum, practic, era a Marianei și a lui Sebastian – cu toate că n-o folosiseră niciodată.

Casa era plină de praf și părăginită, dar cu o poziție uluitoare, cocoțată pe o faleză care se înălța deasupra albastrului profund al Mării Egee. În stâncă fuseseră săpate trepte ce coborau pe fața falezei până la plaja de dedesubt. Și acolo, pe mal, în decursul a milioane de ani, o puzderie de bucăți de coral roz se sfărâmaseră și se amestecaseră cu grăuncioarele de nisip, făcând plaja să strălucească trandafiriu pe fondul albastru al cerului și al mării.

Era idilic, gândea Mariana – și magic. Simțea deja cum se destinde, și spera în taină că Naxos avea să facă mica minune care i se cerea.

Își petrecură primele două zile relaxându-se și lenevind pe plajă. Sebastian zise că, până la urmă, se bucura că veniseră – se destindea pentru prima dată după luni de zile. Avea obiceiul școlăresc să citească pe plajă vechi cărți polițiste, și stătea lungit în bătaia valurilor, cufundat cu încântare în *Ucigașul ABC* de Agatha Christie, în vreme ce Mariana dormea pe nisip sub o umbrelă.

Apoi, în a treia zi, Mariana propuse să meargă cu mașina în sus, pe dealuri, ca să vadă templul.

Își amintea că vizitase templul antic în copilărie, că rătăcise printre ruine și cercetase locul, imaginându-și tot soiul de lucruri fermecate. Dorea ca Sebastian să aibă și el acea experiență. Așa că împachetară lucrurile pentru un picnic și porniră.

Parcurseră drumul de costișă vechi, șerpuitor, care se tot îngusta pe măsură ce urcau, în cele din urmă devenind doar o potecă de pământ presărată cu cărăreze de capre.

Şi acolo, chiar în vârf, pe un platou, văzură templul ruinat.

Templul antic fusese construit din marmură de Naxos, odinioară strălucitoare, însă acum de un alb murdar şi roasă de vreme. Tot ce mai rămăsese în picioare, după trei mii de ani, erau câteva coloane care se profilau pe cerul albastru.

Templul îi era dedicat Demetrei, zeiţa recoltei – zeiţa vieţii, şi fiicei ei, Persefona – zeiţa morţii. Cele două zeiţe erau adesea venerate împreună, două feţe ale aceleiaşi monede – mama şi fiica, viaţa şi moartea. În limba greacă, Persefonei i se spunea simplu „Kore", care însemna „fecioară".

Era un loc minunat pentru un picnic. Aşternură pătura albastră la umbra presărată cu bănuţi de soare a unui măslin şi scoaseră proviziile din cutia frigorifică – o sticlă de sauvignon blanc, un pepene verde şi bucăţi de brânză grecească sărată. Uitaseră să ia un cuţit, aşa că Sebastian izbi pepenele de un bolovan, spărgându-l în bucăţi. Mâncară miezul dulce, scuipând seminţele tari.

Sebastian îi dădu un sărut mânjit, lipicios.

– Te iubesc, şopti. În vecii...

– ... vecilor, zise ea, răspunzându-i la sărut.

După picnic rătăciră printre ruine. Mariana îl privi pe Sebastian cum se căţăra, luând-o înainte ca un copil entuziasmat, şi murmură o rugăciune către Demetra şi Fecioară. Se rugă pentru Sebastian şi pentru ea însăşi, pentru fericirea lor şi pentru dragostea lor.

În timp ce şoptea această rugăciune, un nor se furişă brusc peste soare – şi pentru o clipă trupul lui Sebastian fu aruncat în întuneric, o siluetă desenată pe cerul albastru. Mariana se cutremură înspăimântată, fără să ştie de ce.

Clipa trecu la fel de repede cum se ivise. Într-o secundă, soarele ieși, iar Mariana dădu totul uitării.
Avea să-și amintească mai târziu, desigur.

A doua zi, Sebastian se trezi în zori. Își puse vechii pantofi de sport verzi și-i șopti Marianei că se ducea să alerge pe plajă, o sărută și plecă.

Mariana rămase în pat, pe jumătate adormită, pe jumătate trează, conștientă de trecerea timpului – ascultând vântul de afară. Ceea ce începuse ca o briză prindea forță și viteză, se repezea prin coroanele măslinilor cu un soi de vaier, făcând ramurile să se lovească de ferestre ca niște degete lungi care bat nerăbdătoare în sticlă.

Mariana se întrebă o clipă cât de mari erau valurile – și dacă Sebastian se dusese să înoate, așa cum făcea adesea după alergare. Dar nu era îngrijorată. Era un înotător atât de puternic, un bărbat atât de puternic. Era indestructibil, își zise.

Vântul tot creștea, venind ca un vârtej dinspre mare. Și totuși, nici un semn din partea lui Sebastian.

Cuprinsă de o îngrijorare pe care se străduia să și-o potolească, Mariana ieși din casă.

O luă pe treptele de pe fața falezei, ținându-se strâns de stâncă în timp ce cobora, de teamă să nu fie smulsă de vijelie.

Pe plajă, nici urmă de Sebastian. Vântul învârtejea nisipul trandafiriu și i-l azvârlea în față; trebuia să-și apere ochii în vreme ce căuta. Nu-l vedea nici în apă – nu vedea decât valuri negre mari, care făceau marea să fiarbă până în zare.

Îl strigă:

– Sebastian! Sebastian! Seb...

Însă vântul îi arunca vorbele înapoi în față. Simțea că o cuprinde panica. Nu putea gândi, nu cu acel vânt care-i șuiera în urechi – și, îndărătul lui, un cor nesfârșit de cicade, ca niște hiene care urlă.

Și, mai slab, în depărtare, oare se auzea cineva râzând? Râsul rece, batjocoritor, al unei zeițe?

„Nu, încetează, încetează", se îndemnă în gând. Trebuia să se concentreze, trebuia să se adune, trebuia să-l găsească. Unde era? N-ar fi avut cum să înoate – nu în această apă. N-ar fi fost așa de nechibzuit...

Și atunci îi văzu.

Pantofii lui.

Vechii lui pantofi de sport verzi, așezați frumos unul lângă altul pe nisip... chiar la marginea apei.

După aceea totul fu încețoșat. Mariana intră în apă, isterică, urlând ca o harpie – țipând, țipând...

Și apoi... nimic.

După trei zile, trupul lui Sebastian fu aruncat de valuri undeva pe coastă.

11

Trecuseră aproape paisprezece luni de la moartea lui Sebastian. Dar, în mai multe privințe, Mariana era încă acolo, încă prizonieră pe plaja din Naxos, și avea să fie veșnic.

Era înțepenită, paralizată – așa cum fusese cândva Demetra atunci când Hades i-a răpit fiica iubită, Persefona, și a dus-o pe lumea cealaltă să-i fie mireasă. Demetra s-a prăbușit psihic – copleșită de jale. A refuzat să se miște sau să fie mișcată. Pur și simplu, ședea și plângea. Și toate din jur, toată firea, jeleau împreună cu Demetra: vara s-a prefăcut în iarnă; ziua s-a prefăcut în noapte. Pământul a căzut în jelire; sau, mai exact, în melancolie.

Mariana se regăsea în asta. Și acum, în timp ce se apropia de St. Christopher's, își dădu seama că era tot mai îngrijorată, căci amintirile îi inundau mintea pe acele străzi cunoscute: fantoma lui Sebastian aștepta la fiecare colț. Își ținea capul aplecat, nu ridica privirea, ca un soldat care încearcă să treacă neobservat pe teritoriul inamicului. Trebuia să se adune dacă voia să-i fie de vreun folos lui Zoe.

De aceea se afla aici – pentru Zoe. Dumnezeu îi era martor că ar fi preferat să nu mai pună vreodată piciorul în Cambridge. Și se dovedea că-i era mai greu decât crezuse –, însă avea s-o facă pentru Zoe. Zoe era tot ce-i mai rămăsese.

Coti pe King's Parade, strada cu pietre cubice inegale pe care o cunoștea atât de bine. Merse până la o poartă de lemn veche aflată la capătul străzii și ridică privirea spre ea.

Poarta de la St. Christopher's College avea de cel puțin două ori înălțimea ei și era încastrată într-un zid vechi de cărămizi netencuite, îmbrăcat în iederă. Își aminti prima dată când se apropiase de această poartă – când venise din Grecia la un interviu pentru admitere, la abia șaisprezece ani, simțindu-se atât de mică și de clandestină, atât de speriată și de singură.

Ce ciudat, să se simtă acum exact la fel, după douăzeci de ani.

Împinse poarta și intră.

12

St. Christopher's College era acolo, întocmai aşa cum şi-l amintea.

Mariana se temuse să-l revadă – decorul poveştii ei de dragoste –, dar, slavă Domnului, frumuseţea colegiului îi sări în ajutor. Şi inima nu i se frânse, ci începu să cânte.

St. Christopher's se număra printre cele mai vechi şi mai frumoase colegii din Cambridge. Avea câteva curţi şi grădini care coborau până la râu şi era construit într-o combinaţie de stiluri arhitecturale – gotic, neoclasic, renascentist – deoarece de-a lungul veacurilor fusese reconstruit şi extins. Era o creştere la nimereală, organică – şi, gândea Mariana, cu atât mai frumoasă.

Stătea lângă loja portarilor din Main Court – prima curte, şi cea mai mare. O peluză verde imaculată se întindea în faţa sa, până la zidul acoperit cu glicine verde-închis din celălalt capăt al curţii. Frunzişul, stropit cu petele albe ale trandafirilor căţărători, atârna peste cărămizi ca o tapiserie complicată, până la zidurile capelei. Acolo, vitraliile străluceau verzi şi albastre şi roşii în lumina soarelui, iar dinăuntru se auzea corul colegiului repetând, cu vocile înălţându-se armonios.

O voce şoptită – vocea lui Sebastian, poate? – îi spuse Marianei că acolo era în siguranţă. Putea să se odihnească şi să afle pacea după care tânjea.

Trupul i se destinse, aproape cu un suspin. Simți o mulțumire bruscă și neobișnuită: vârsta acelor ziduri, a acelor coloane și arcade, neatinse de timp sau de schimbare, o ajuta să ofere un context suferinței sale. Își dădea seama că acel loc magic nu-i aparținea ei sau lui Sebastian; nu era al lor – își aparținea lui însuși. Și povestea lor era doar una dintre cele nenumărate care se petrecuseră acolo, nu mai importantă decât oricare alta.

Se uită zâmbind la activitatea intensă din jurul său. Cu toate că semestrul începuse deja, se desfășurau pregătiri de ultimă oră și era perceptibilă impresia de așteptare nerăbdătoare, ca la teatru înainte de începerea spectacolului. Un grădinar tundea iarba de cealaltă parte a peluzei. Un portar al colegiului, cu costum negru, melon și un șorț verde mare, scormonea prin arcade și ungherele de sus cu o prăjină lungă având la capăt un pămătuf, ca să îndepărteze pânzele de păianjen. Câțiva alți portari aliniau pe peluză bănci de lemn lungi, probabil pentru fotografiile de început de an.

Mariana se uită după un adolescent cu aer speriat, evident student în anul întâi: traversa curtea însoțit de părinți, care cărau valize și se ciorovăiau. Zâmbi afectuos.

Și apoi, în partea cealaltă a curții, văzu altceva, un ciorchine întunecat de polițiști în uniformă, iar zâmbetul i se șterse treptat de pe chip.

Polițiștii ieșeau din biroul decanului, însoțiți de acesta. Chiar și de la distanță, Mariana vedea că decanul era roșu la față și tulburat.

Asta nu putea să însemne decât un lucru. Lucrul cel mai rău se întâmplase. Poliția era acolo, deci Zoe avusese dreptate: Tara era moartă, și al ei era cadavrul găsit lângă mlaștină.

Trebuia s-o găsească pe Zoe. Fără întârziere. Se răsuci și o luă în grabă spre următoarea curte.

Concentrată la propriile gânduri, nu-l auzi pe bărbatul care o striga decât atunci când îi pronunță a doua oară numele.

— Mariana? Mariana!

Se uită în spate. Un bărbat îi făcea semn cu mâna. Își miji ochii spre el, nedându-și seama cine era. Însă el părea s-o cunoască.

— Mariana, zise din nou, de această dată mai încrezător. Așteaptă.

Se opri și așteptă în vreme ce bărbatul venea spre ea peste pavajul din piatră cubică, zâmbind larg.

„Desigur, e Julian", își spuse.

Zâmbetul lui fusese primul pe care-l recunoscuse, un zâmbet destul de faimos în ultimul timp.

Julian Ashcroft și Mariana studiaseră împreună psihoterapia la Londra. Nu-l văzuse de câțiva ani, în afară de televizor — era invitat frecvent la știri sau în documentarele despre crime reale. Se specializase în psihologia criminalistică și scrisese un bestseller despre criminalii în serie britanici și mamele lor. Părea să simtă o încântare obscenă față de nebunie și moarte, lucru care Marianei îi părea cam de prost gust.

Îl cercetă cu privirea în timp ce înainta spre ea. Julian se apropia de patruzeci de ani și era de înălțime medie, îmbrăcat cu un blazer albastru elegant, o cămașă albă imaculată și blugi bleumarin. Părul îi era răvășit artistic și avea ochi de un azuriu extraordinar — și un zâmbet de un alb orbitor, pe care îl folosea des. Era în el ceva artificial, dar probabil tocmai asta îl făcea să fie perfect pentru televiziune, se gândi Mariana.

— Bună, Julian.

– Mariana, îi zise când ajunse lângă ea. Ce surpriză. Mi s-a părut că ești tu. Ce faci aici? Nu ești cu poliția, nu?
– Nu, nu. Nepoata mea e studentă aici.
– Ah, înțeleg. La naiba. Credeam că s-ar putea să lucrăm împreună. Julian îi oferi un zâmbet luminos și adăugă pe un ton confidențial: M-au chemat să le dau o mână de ajutor.

Mariana intui despre ce era vorba și fu străbătută de un fior de groază. Nu voia să se confirme, însă n-avea de ales.

– E Tara Hampton. Nu-i așa?

Julian îi aruncă o privire surprinsă și încuviință din cap.

– Așa-i. Tocmai a fost identificată. De unde știi?

Mariana ridică din umeri.

– Lipsește de o zi. Mi-a spus nepoata mea. Dându-și seama că i se umpluseră ochii de lacrimi, și le șterse la iuțeală și susținu privirea lui Julian. Există vreun indiciu?

– Nu, zise el clătinând din cap. Încă nu. Curând, să sperăm. Cu cât mai repede, cu atât mai bine, sincer să fiu. A fost o crimă de o violență îngrozitoare.

– Crezi că fata îl cunoștea?

– Așa se pare. De obicei, rezervăm acel nivel de furie pentru cei mai apropiați și mai dragi, nu crezi?

– Se poate.

Mariana reflecta la această idee.

– Zece la unu că e iubitul ei.

– Nu cred că avea un iubit.

Julian se uită la ceas.

– Acum trebuie să mă întâlnesc cu inspectorul-șef, dar știi, tare mi-ar plăcea să mai discutăm asta... poate la un pahar? Zâmbi. Mă bucur să te văd, Mariana. Au trecut nişte ani. Ar trebui să ne povestim unul altuia ce-am mai făcut...

Însă Mariana se îndepărta deja.

– Îmi pare rău, Julian. Trebuie s-o găsesc pe nepoata mea.

13

Camera lui Zoe era în Eros Court, una dintre curțile mai mici, cu locuințele studenților așezate în jurul unei pajiști dreptunghiulare.

În centrul pajiștii era o statuie decolorată a lui Eros care avea în mâini un arc și săgeți. Secole de ploaie și rugină îl îmbătrâniseră mult, prefăcându-l dintr-un amoraș într-un bătrân mic și verde.

Peste tot în jurul curții erau scări care duceau la camerele studenților. În fiecare colț era un turn înalt din piatră cenușie. În timp ce se apropia de unul dintre turnuri, ridică privirea spre fereastra de la etajul trei și o văzu pe Zoe așezată acolo.

Zoe n-o observase, și Mariana stătu în loc câteva clipe, privind-o. Ferestrele arcuite erau compuse din ochiuri romboidale unite cu fir de plumb; bucățile de geam spărgeau imaginea lui Zoe într-un puzzle de romburi – și, pentru o clipă, Mariana alcătui din puzzle altă imagine: nu o femeie de douăzeci de ani, ci o copiliță de șase, nebunatică și dulce, roșie la față, cu părul prins în codițe.

Simțea atâta îngrijorare și dragoste pentru acea copiliță! La toate suferințele prin care trecuse sărmana Zoe, o îngrozea gândul s-o rănească și mai mult, aducându-i această veste cumplită. Își scutură capul și, hotărâtă să nu mai tragă de timp, se grăbi să intre în turn.

Urcă scara circulară de lemn, veche și deformată, până la camera lui Zoe. Ușa era întredeschisă, așa că intră.

Era o cămăruță plăcută – un pic dezordonată acum, cu haine înșirate pe fotolii și căni murdare în chiuvetă. Erau acolo un birou, un mic șemineu și o banchetă capitonată sub bovindou, unde ședea Zoe, înconjurată de cărți.

Când o văzu pe Mariana scoase un mic țipăt. Sări imediat în picioare și i se aruncă în brațe.

– Ai venit. Nu credeam c-o să vii.

– Sigur că am venit.

Mariana încercă să facă un pas în spate, însă fata nu-și slăbea strânsoarea, așa că nu avu încotro, trebui să se supună îmbrățișării. Îi simți căldura, afecțiunea. Era atât de neobișnuit să fie atinsă în acest fel! Își dădu seama ce bucuroasă era s-o vadă pe Zoe. Brusc, o podidise emoția.

După Sebastian, Zoe fusese întotdeauna ființa preferată a Marianei. Cum fusese trimisă la internat în Anglia, Mariana și Sebastian o adoptaseră neoficial – Zoe avea dormitorul său în căsuța galbenă și locuia la ei în vacanțele de la jumătatea semestrului și în vacanțele mari. Era la școală în Anglia deoarece tatăl ei era englez; de fapt, Zoe nu era decât pe sfert grecoaică. Avea pielea albă și ochii albaștri ai tatălui, așa că nu se prea vedea acest sfert grecesc; Mariana se tot întreba dacă avea să se manifeste vreodată, și în ce fel – adică dacă nu fusese sufocat de marea pătură udă a educației într-o școală particulară engleză.

În cele din urmă, Zoe îi dădu drumul din îmbrățișare. Și, cât de blând putu, Mariana o înștiință că fusese identificat cadavrul Tarei.

Zoe se uita țintă la ea. Lacrimile îi șiroiau pe obraji în vreme ce asimila vestea. Mariana o trase înapoi în brațele sale. Zoe se agăță de ea, plângând.

– E în ordine, șopti Mariana. Totul o să fie în ordine. Încetișor, o conduse pe Zoe până la pat și o așeză acolo. Când fata reuși să se oprească din suspinat, Mariana făcu ceai pentru amândouă. Spălă două căni din chiuveta mică și puse ceainicul la fiert.

În tot acest timp, Zoe ședea pe pat cu spatele drept, cu genunchii strânși la piept, uitându-se undeva, în spațiu, fără a se osteni să-și șteargă lacrimile care i se rostogoleau pe obraji. Strângea în mâini jucăria sa de pluș veche, o zebră ponosită, cu dungile ei albe și negre. Zebrei îi lipsea un ochi și se destrăma pe la cusături – o însoțea pe Zoe din pruncie, suferise multe lovituri și primise multă dragoste. Zoe se agăța acum de ea, strângând-o tare, legănându-se în față și în spate.

Mariana puse cana aburindă cu ceai dulce pe măsuța de cafea plină de obiecte. Se uita la Zoe îngrijorată. Adevărul este că în adolescență Zoe suferise de o formă gravă de depresie. Avea dese crize de plâns, punctate de momente în care era apatică, fără vlagă, lipsită de emoții, prea deprimată ca să plângă măcar – stări cu care Marianei îi era mai greu să se descurce decât cu lacrimile. În acei ani comunicarea cu Zoe fusese foarte dificilă, deși problemele ei nu erau deloc surprinzătoare, dată fiind pierderea traumatizantă a părinților la o vârstă atât de fragedă.

Zoe stătea la ei în acea vacanță, în aprilie, când primiseră telefonul care avea să-i schimbe pentru totdeauna viața. Sebastian răspunsese la telefon și trebuise să-i spună lui Zoe că părinții ei, sora Marianei și cumnatul, fuseseră uciși într-un accident de mașină. Zoe se prăbușise psihic și Sebastian o luase în brațe. De atunci încolo, el şi Mariana o răsfăţau pe Zoe, probabil un pic prea mult – dar, cum îşi pierduse şi ea mama, Mariana era hotărâtă să-i ofere lui Zoe toate lucrurile la care tânjise ea când era mică: dragoste de mamă, căldură, duioşie. Mersese în ambele sensuri, desigur – simţea că Zoe oferă la fel de multă dragoste câtă primeşte.

În cele din urmă, spre uşurarea lor, pas cu pas, Zoe reuşise să lase în urmă durerea – pe măsură ce creştea, episoadele depresive se răriseră şi învăţa bine, terminându-şi adolescenţa într-o formă mult mai bună decât cea în care o începuse. Însă Mariana şi Sebastian îşi făcuseră griji în privinţa felului în care Zoe avea să facă faţă presiunii sociale a universităţii – aşa încât, atunci când se împrietenise la cataramă cu Tara, fuseseră uşuraţi. Şi mai târziu, după moartea lui Sebastian, Mariana fusese recunoscătoare pentru faptul că Zoe se putea sprijini pe cea mai bună prietenă. Mariana nu avea un astfel de prieten; tocmai îl pierduse.

Acum însă suferise o nouă pierdere cumplită. Cum avea s-o afecteze pe Zoe? Rămânea de văzut.

– Zoe, uite, bea nişte ceai. E pentru şoc.

Nici o reacţie.

– Zoe?

Brusc, Zoe păru s-o audă. Se uită în sus la Mariana cu ochii sticloşi, plini de lacrimi.

– E vina mea, şopti. E numai vina mea că a murit.

– Nu spune asta. Nu-i adevărat...

– E adevărat. Ascultă-mă. Nu înţelegi.

– Ce să înţeleg?

Mariana se aşeză pe marginea patului şi aşteptă ca Zoe să continue.

– E vina mea, Mariana. Ar fi trebuit să fac ceva în seara aceea, după ce am văzut-o pe Tara... ar fi trebuit să spun cuiva... ar fi trebuit să telefonez la poliție. Poate că ar mai fi în viață...

– La poliție? De ce? Neprimind răspuns, Mariana se încruntă. Ce ți-a spus Tara? Ai zis că suna... cum, smintit?

Ochii fetei se umplură de lacrimi. Se legăna înainte și înapoi într-o tăcere posomorâtă. Mariana știa că abordarea optimă era pur și simplu să stea acolo și să aibă răbdare, s-o lase pe Zoe să se descarce când simțea ea că trebuie. Însă nu era timp. Îi vorbi cu o voce joasă, liniștitoare, însă fermă.

– Ce ți-a spus, Zoe?

– Nu pot să-ți spun. Tara m-a pus să jur că nu spun nimănui.

– Înțeleg, nu vrei s-o trădezi. Dar mă tem că e prea târziu pentru asta.

Zoe o privi lung. Când Mariana se uită la fața ei, cu obrajii îmbujorați și ochii deschiși larg, văzu un copil: o fetiță speriată, plină până la refuz de un secret pe care nu voia să-l păstreze, dar era prea speriată ca să-l dezvăluie.

În cele din urmă, Zoe se dădu bătută:

– Alaltăseară, Tara a venit în camera mea. Era într-un hal fără de hal. Se drogase, nu știu cu ce. Era tare necăjită... Și a zis... că îi e frică...

– Frică? De ce anume?

– A zis că... cineva o s-o omoare.

Mariana rămase o clipă cu ochii la Zoe.

– Continuă.

– M-a pus să jur că nu spun nimănui. A zis că, dacă spun ceva și el află, o s-o omoare.

– „El"? Despre cine vorbea? A spus cine a amenințat-o că o omoară?

Zoe încuviință, dar nu răspunse.

Mariana repetă întrebarea.
– Cine era, Zoe?
Fata scutură din cap, nesigură.
– Părea așa de smintită...
– N-are importanță, spune-mi.
– A zis... că e unul dintre îndrumătorii de aici. Un profesor.
Mariana clipi, luată prin surprindere.
– De aici, de la St. Christopher's?
– Da.
– Înțeleg. Cum îl cheamă?
Zoe tăcu de parcă și-ar fi adunat gândurile, apoi spuse aproape în șoaptă:
– Edward Fosca.

14

În mai puțin de o oră, Zoe repeta povestea în fața inspectorului-șef Sadhu Sangha.

Inspectorul rechiziționase biroul decanului. Era o încăpere spațioasă, care dădea spre Main Court. Pe un perete era o bibliotecă din mahon frumos sculptată, cu o colecție de cărți legate în piele. Ceilalți pereți erau acoperiți cu portrete ale foștilor decani – care se uitau la polițiști fără să-și mascheze neîncrederea.

Inspectorul-șef Sangha se așeză la masa de lucru impunătoare, deschise termosul pe care-l adusese cu el și-și turnă ceai. Avea ceva mai mult de cincizeci de ani, ochi negri și o barbă grizonantă tăiată scurt și era îmbrăcat elegant, cu blazer gri și cravată. Dat fiind că era sikh, purta turban, de un albastru regal care atrăgea privirea. Era o prezență puternică, impunătoare, însă avea o energie nestăpânită – un aer ambițios și concentrat – și tot timpul bătea din picior sau bătea darabana cu degetele.

Marianei îi părea un pic țâfnos. Îi dădea impresia că nu era foarte atent la ce spunea Zoe. Nu părea prea interesat. „N-o ia în serios", își zise.

Se înșela însă. O *lua* în serios. Lăsă din mână paharul cu ceai și-și aținti ochii mari și negri asupra lui Zoe.

– Și ce ai gândit când ți-a spus asta? Ai crezut-o?

– Nu ştiu..., îngăimă fata. Ştiţi, era într-un hal fără de hal, era drogată. Dar era întotdeauna drogată, aşa că... Ridică din umeri şi se gândi o clipă, apoi reluă: Vreau să zic, suna aşa de aiurea...

– A spus *de ce* o ameninţase cu moartea profesorul Fosca?

Zoe părea un pic stingherită.

– A zis că se culca cu el. Şi că s-au certat, sau aşa ceva... şi ea l-a ameninţat că le spune celor de la colegiu şi o să fie dat afară. Şi el a zis că, dacă face asta...

– O s-o omoare?

Zoe încuviinţă din cap. Părea uşurată că îşi descărcase sufletul.

– Da.

Inspectorul păru să chibzuiască la asta un moment. Apoi se ridică brusc în picioare.

– Mă duc să vorbesc cu profesorul Fosca. Vreţi, vă rog, să aşteptaţi aici? Şi, Zoe, vom avea nevoie să dai o declaraţie.

Ieşi din cameră şi, în lipsa lui, Zoe îi repetă povestea unui subaltern, care o consemnă. Mariana aştepta stingherită, întrebându-se ce se petrecea.

După o oră care păru să nu se mai sfârşească, inspectorul Sangha se întoarse şi se aşeză din nou.

– Profesorul Fosca a fost foarte cooperant, le informă. I-am luat o declaraţie, şi afirmă că în momentul morţii Tarei, la zece seara, termina o lecţie în locuinţa sa. A ţinut de la opt la zece seara şi au participat şase studente. Mi-a dat numele lor. Până acum am vorbit cu două, şi amândouă i-au confirmat spusele. Inspectorul îi aruncă lui Zoe o privire gânditoare. În consecinţă, nu-l voi acuza pe profesor de vreun delict, şi sunt convins – indiferent ce se poate să fi spus Tara – că nu este răspunzător de moartea ei.

– Înțeleg, șopti Zoe.

Își ținea ochii în jos, cu privirea ațintită în poală. Mariana se gândi că părea îngrijorată.

– Mă întreb ce-mi poți spune despre Conrad Ellis, zise inspectorul. Nu e student aici, locuiește în oraș, mi se pare. Era iubitul Tarei?

Zoe clătină din cap.

– Nu era iubitul ei. Se vedeau, asta-i tot.

– Înțeleg.

Inspectorul se uită pe însemnările sale.

– Se pare că are două condamnări, pentru trafic de droguri și pentru atac deosebit de grav... Îi aruncă o privire lui Zoe. Și vecinii lui i-au auzit în câteva rânduri certându-se urât.

Fata dădu din umeri.

– E varză, cum era și ea... dar niciodată nu i-ar fi făcut vreun rău, dacă asta vreți să spuneți. El nu e așa. E un tip cumsecade.

– Hmm. Pare adorabil.

Inspectorul nu părea convins. Își bău ceaiul, apoi înșurubă la loc capacul termosului.

„Cazul e închis", își zise Mariana.

– Știți, domnule inspector, interveni ea, indignată în numele lui Zoe, cred că ar trebui s-o ascultați.

– Pardon? Inspectorul Sangha clipi. Părea surprins s-o audă pe Mariana vorbind. Amintiți-mi, cine sunteți dumneavoastră?

– Sunt mătușa lui Zoe și tutorele ei. Și, dacă este nevoie, avocata ei.

Asta păru să-l amuze într-o oarecare măsură.

– Nepoata dumneavoastră pare perfect capabilă să-și susțină cauza, din cât îmi dau seama.

– Ei bine, Zoe se pricepe să judece oamenii. Întotdeauna s-a priceput. Dacă îl cunoaşte pe Conrad şi crede că e nevinovat, ar trebui s-o luaţi în serios.

Zâmbetul inspectorului se şterse.

– Când o să port o discuţie cu el o să-mi formez propria părere, dacă nu vă este cu supărare. Ca să fie clar, eu sunt şeful aici, şi nu-mi pică bine să mi se spună ce să fac...

– Nu vă spun ce să faceţi...

– Sau să fiu întrerupt. Aşa că vă recomand insistent să nu mă supăraţi şi mai tare. Nu-mi staţi în cale – şi nu vă amestecaţi în investigaţia mea. S-a înţeles?

Mariana era pe cale să riposteze, dar se stăpâni.

– Perfect, spuse făcând un efort să zâmbească.

15

După ce plecară din biroul decanului, Zoe și Mariana străbătură galeria cu coloane din capătul curții – douăsprezece coloane de marmură pe care se sprijinea biblioteca de deasupra. Coloanele erau foarte vechi și decolorate, cu crăpături care le străbăteau ca niște vene. Aruncau pe jos umbre lungi, făcându-le pe cele două femei să intre din când în când în umbră în vreme ce mergeau printre ele.

Mariana își cuprinse nepoata cu brațul.

– Draga mea, ești bine?

– Nu... nu știu, zise fata ridicând din umeri.

– Crezi că Tara poate te-a mințit?

Zoe părea îndurerată.

– Nu știu. Eu...

Brusc, fata încremeni. Parcă răsărit din pământ, ieșind de după o coloană, le apăruse în față un bărbat.

Stătea acolo, tăindu-le calea. Se uita țintă la ea.

– Bună, Zoe.

– Domnule profesor Fosca, murmură Zoe trăgând aer în piept.

– Cum te simți? Ești bine? Nu-mi vine să cred că s-a întâmplat asta. Sunt șocat.

Avea accent american, observă Mariana, ușor cântat, cu o anglicizare abia sesizabilă.

– Biata de tine, adăugă el. Îmi pare atât de rău, Zoe. Trebuie să fii absolut distrusă...

Vorbea febril şi părea sincer nefericit. Întinse mâna spre ea, moment în care Zoe făcu o mişcare involuntară înapoi. Mariana o sesiză, ca şi profesorul. Acesta îi aruncă fetei o privire stingherită.

– Uite, o să-ţi spun exact ce i-am zis inspectorului. E important să auzi asta de la mine chiar acum.

Fosca n-o băga în seamă pe Mariana, adresându-i-se doar lui Zoe. Mariana îl studie în timp ce vorbea. Era mai tânăr decât se aşteptase şi mult mai arătos. Trecut puţin de patruzeci de ani, înalt, cu trup atletic. Avea pomeţi pronunţaţi şi ochi negri impresionanţi. Totul la el era întunecat – ochii negri, barba, hainele. Părul negru şi lung era prins neglijent la ceafă. Purta o robă neagră, cămaşa afară din pantaloni şi o cravată legată larg. Efectul general era cumva charismatic, chiar byronian.

– Adevărul este că probabil n-am procedat cum trebuie. Sunt sigur că poţi depune mărturie pentru asta, Zoe: Tara nu se prea descurca la învăţătură. De fapt, îşi ratase complet parcursul academic, în ciuda eforturilor mele repetate de a o face să-şi îmbunătăţească prezenţa şi să-şi predea temele. Nu mi-a dat de ales. Am avut o discuţie foarte sinceră cu ea. Am spus că nu ştiu dacă este vorba despre droguri sau probleme într-o relaţie, dar n-a făcut destul ca să progreseze în acest an. I-am spus că trebuie să repete în întregime anul. Fie asta, fie exmatriculare, zise el clătinând din cap ostenit. Şi când i-am spus Tarei asta, au apucat-o istericalele. A zis că tatăl ei o s-o omoare. M-a implorat să mă răzgândesc. Am spus că nu încape discuţie. Şi atunci atitudinea ei s-a schimbat. A devenit foarte agresivă. M-a ameninţat. A zis că o să-mi distrugă cariera şi o să facă să fiu dat afară. Se pare că asta a încercat, oftă profesorul. Tot ce ți-a spus – acele insinuări despre sex – sunt o evidentă încercare de a-mi păta reputația. Coborî vocea: N-aș avea niciodată o relație sexuală cu una dintre studentele mele, ar fi cea mai grosolană înșelare a încrederii și un abuz de putere. După cum știi, țineam foarte mult la Tara. De aceea mă doare atât de tare să aud că a formulat această acuzație.

Fără să vrea, Mariana se lăsase convinsă. Nu exista nimic în purtarea lui care să sugereze nici măcar pe departe că mințea. Tot ce spunea suna a adevăr. Tara vorbise adesea cu teamă despre tatăl ei, și Zoe povestise, după vizita la moșia lor din Scoția, că tatăl Tarei fusese o gazdă severă, chiar draconică. Mariana își imagina cu ușurință reacția lui la vestea că Tara trebuia să repete anul. Își imagina și că această perspectivă putea s-o aducă pe Tara la isterie și, în cele din urmă, la disperare.

Îi aruncă o privire lui Zoe. Era încordată și privea țintă pardoseala de piatră, arătând stingherită.

– Sper că asta lămurește lucrurile, zise Fosca. Ceea ce este important acum este să ajutăm poliția să-l prindă pe făptaș. Le-am sugerat să-l cerceteze pe Conrad Ellis, bărbatul cu care Tara avea o relație. Din câte am auzit, omul e o pacoste.

Zoe nu răspunse. Fosca se uita lung la ea.

– Zoe? Ne-am lămurit? Dumnezeu știe că avem destule de înfruntat acum, fără ca tu să mă bănuiești de așa ceva.

Zoe ridică privirea și încuviință încet din cap.

– Ne-am lămurit, zise.

– Bine, făcu profesorul, deși nu părea deplin mulțumit. Trebuie să plec. Ne vedem mai târziu. Ai grijă de tine, da?

Fosca se uită la Mariana pentru prima dată, recunoscându-i prezența cu o scurtă înclinare a capului.

Apoi se răsuci și se îndepărtă, dispărând îndărătul unei coloane.

După o scurtă tăcere, Zoe se întoarse spre Mariana. Părea temătoare.

– Ei bine? oftă. Și acum?

Mariana se gândi o clipă.

– O să vorbesc cu Conrad.

– Dar cum? L-ai auzit pe inspector.

Mariana nu răspunse, căci îl zărise pe Julian Ashcroft ieșind din biroul decanului. Îl urmări cu privirea în timp ce traversa curtea.

Dădu din cap ca pentru sine și spuse:

– Am o idee.

16

Mai târziu în acea după-amiază, Mariana reuşi să-l vadă pe Conrad Ellis la secţia de poliţie.

– Bună, Conrad, îi spuse. Sunt Mariana.

Conrad fusese arestat îndată după interogatoriul luat de inspectorul-şef Sangha – poliţiştii erau convinşi de vinovăţia lui, în ciuda lipsei dovezilor, circumstanţiale sau de alt fel.

Tara fusese văzută în viaţă ultima oară la ora opt, de către portarul-şef, domnul Morris, care o zărise plecând din colegiu pe poarta principală. Conrad pretindea că o aşteptase pe Tara acasă la el, însă ea nu apăruse. Acestea erau doar afirmaţiile tânărului, pentru că nu i le putea confirma nimeni şi nu avea alibi pentru întreaga seară.

Nu fusese descoperită arma crimei în apartamentul lui, în pofida căutărilor minuţioase. Hainele şi alte lucruri de-ale sale fuseseră luate pentru testare, în speranţa că vor oferi indicii care să-l lege de crimă.

Spre surprinderea Marianei, Julian se învoi bucuros s-o ajute să-l vadă.

– Pot să te bag înăuntru cu permisul meu, îi zise. Oricum trebuie să-i fac evaluarea psihologică, şi poţi să asişti, dacă vrei. Câtă vreme nu ne prinde Sangha, adăugă el făcându-i cu ochiul.

– Mulţumesc. Îţi rămân datoare.

Pe Julian părea să-l încânte subterfugiul. Intrară în secția de poliție, iar el îi făcu iarăși cu ochiul când solicită să fie adus din celulă Conrad Ellis.

Peste câteva minute ședeau împreună cu Conrad în sala de interogatoriu. Era o încăpere rece, fără ferestre, fără aer. Un loc neplăcut în care să te afli – dar cu siguranță asta și era intenția.

– Conrad, sunt psihoterapeut, zise Mariana. De asemenea, sunt mătușa lui Zoe. O cunoști pe Zoe, nu-i așa? De la St. Christopher's?

Un moment, Conrad păru nedumerit; apoi în ochi i se ivi o lumină slabă și confirmă absent.

– Zoe, prietena Tarei?
– Da. Vrea să știi cât de rău îi pare... pentru Tara.
– E de treabă Zoe. Îmi place de ea. Nu-i ca celelalte.
– Celelalte?
– Prietenele Tarei. Conrad se strâmbă. Eu le zic „vrăjitoarele".
– Zău? Nu-ți plac prietenele ei?
– Ele nu mă plac pe mine.
– De ce?

Conrad ridică din umeri privind în gol, fără nici o expresie. Mariana sperase să obțină un răspuns emoțional de la el, ceva care s-o ajute să-l citească mai bine, însă părea inert. Îi veni în minte pacientul său, Henry. Avea aceeași privire voalată, de la ani întregi de abuz necontenit de alcool și droguri.

Înfățișarea lui Conrad îi era defavorabilă – asta făcea parte din problemă. Era greoi, uriaș, plin de tatuaje. Și totuși, Zoe avea dreptate; avea în el drăgălășenie, blândețe. Când vorbea, cuvintele erau încete și confuze; nu părea să-și dea prea bine seama ce i se întâmplă.

– Nu înțeleg, de ce cred ei că i-am făcut vreun rău? Nu i-am făcut nici un rău. O iubesc. Am iubit-o.

Mariana îi aruncă o privire lui Julian, ca să-i vadă reacția. Nu părea nici pe departe mișcat. Îi puse lui Conrad tot felul de întrebări supărătoare despre viața și copilăria lui – și cu cât înainta, cu atât mai chinuitor devenea interviul, cu atât lucrurile arătau mai rău pentru Conrad.

Și cu atât mai mult simțea Mariana că era nevinovat. Nu mințea; omul avea inima frântă. La un moment dat, epuizat de întrebările lui Julian, cedă: își prinse capul în mâini și plânse fără zgomot.

La sfârșitul interviului, Mariana vorbi din nou.

– Îl cunoști pe profesorul Fosca? Îndrumătorul Tarei?
– Mda.
– Cum l-ai cunoscut? Prin intermediul Tarei?

El încuviință din cap.

– I-am făcut rost de câteva ori.

Mariana clipi. Îi aruncă o privire lui Julian.

– Te referi la droguri?
– De care? întrebă Julian.

Conrad dădu din umeri.

– În funcție de ce dorea.
– Așadar, îl vedeai în mod regulat? Pe profesorul Fosca?

Altă ridicare din umeri.

– Destul de des.
– Cum era relația lui cu Tara? Îți părea ciudată în vreun fel?
– Păi, vreau să zic, îi plăcea de ea, nu? răspunse Conrad cu un nou gest semnificând nepăsarea.

Mariana și Julian se uitară unul la altul.

– Zău?

Ea avea de gând să insiste, însă Julian puse brusc capăt interviului zicând că avea destul cât să-și facă raportul.

– Sper că ți s-a părut instructiv, îi spuse Julian în timp ce plecau din secție. Grozav spectacol, nu crezi?

Mariana îl privi uluită.

– Nu s-a prefăcut. Nu-i în stare să se prefacă.

– Crede-mă, Mariana, lacrimile sunt doar reprezentație. Sau își plângea de milă. Le-am văzut pe toate până acum. Când ai făcut asta atâta timp ca mine, îți dai seama că toate cazurile sunt deprimant de asemănătoare.

– Nu ți se pare îngrijorătoare informația că i-a vândut profesorului Fosca droguri? îl întrebă ea nevenindu-i să creadă.

Julian îi înlătură obiecția cu o ridicare din umeri.

– Niște iarbă cumpărată din când în când nu-l face un ucigaș.

– Și cum rămâne cu ce-a zis Conrad, că lui Fosca îi plăcea de ea?

– Și ce dacă? Din câte am auzit, era superbă. Ai cunoscut-o, nu? Ce naiba găsea la prostovanul ăla?

Mariana clătină din cap cu tristețe.

– Îmi închipui că acest Conrad nu era decât mijlocul de a-și atinge un scop.

– Droguri?

Mariana oftă și încuviință din cap.

Julian îi aruncă o privire.

– Haide. Te duc înapoi. Asta, dacă n-ai chef să bem ceva.

– Nu pot, trebuie să mă întorc la colegiu. Se face o slujbă specială pentru Tara la șase.

– Păi, într-una dintre serile astea, sper? îi zise făcându-i cu ochiul. Îmi ești datoare, îți amintești? Mâine?

– Mă tem că n-o să fiu aici. Mâine plec.

– Bun, găsim noi o soluție. Pot să te vânez la Londra, la nevoie.

Julian râse – dar nu-i râdeau și ochii, observă Mariana. Rămâneau reci, duri, aspri. Ceva din felul în care o privea o făcu să se foiască stânjenită.

Se simți tare ușurată când ajunseră înapoi la St. Christopher's și putu să se eschiveze.

17

La ora şase se ţinu în capelă o slujbă specială pentru Tara.
Capela colegiului fusese construită în 1612 din piatră şi lemn. Avea podeaua din marmură neagră, vitralii în culori vii, albastru şi roşu şi verde, ilustrând întâmplări din viaţa Sfântului Cristofor, şi un tavan înalt cu muluri, împodobit cu însemne heraldice şi mottouri latine cu litere aurii.
Stranele erau ticsite cu profesori şi studenţi. Mariana şi Zoe se aşezară aproape de primul rând. Părinţii Tarei şedeau lângă decan şi directorul de colegiu.
Părinţii Tarei, Lordul şi Lady Hampton, veniseră cu avionul din Scoţia ca să identifice cadavrul. Mariana îşi imagina cât de chinuite trebuie să le fi fost minţile pe tot parcursul călătoriei de la moşia lor îndepărtată; drumul lung cu maşina până la aeroportul din Edinburgh, apoi zborul până la Stansted, care le dăduse timp să se gândească – să spere şi să se teamă şi să se frământe – până ce vizita la morga din Cambridge le rezolvase cu cruzime nesiguranţa, reunindu-i cu fiica lor şi edificându-i în privinţa destinului cumplit pe care-l avusese.
Lordul şi Lady Hampton şedeau ţepeni, cu feţele albe, contorsionate, îngheţate. Mariana îi privea fascinată, amintindu-şi acea senzaţie: ca şi cum ai fi fost

vârât într-un congelator, simțind un frig cumplit, amorțit de șoc. Nu dura mult, și era o binecuvântare în comparație cu ceea ce venea ulterior, când gheața se topea și șocul dispărea și începeau să simtă enormitatea pierderii pe care o suferiseră.

Mariana îl văzu pe profesorul Fosca intrând în capelă. Merse pe culoar în urma unui grup de șase tinere remarcabile – remarcabile deoarece toate erau extrem de frumoase și toate erau îmbrăcate cu rochii albe lungi. Mergeau cu un aer de încredere în sine și totodată de sfială, conștiente că erau privite. Ceilalți studenți se uitau lung la ele când treceau prin dreptul lor.

Acestea erau prietenele Tarei, care îi displăceau atât de mult lui Conrad? se întrebă Mariana. „Vrăjitoarele"?

O tăcere sumbră se lăsă asupra celor din capelă când începu slujba. În acompaniamentul orgii, o procesiune de băieți de altar, în sutane roșii cu gulere plisate din dantelă, cântă un imn în latină la lumina lumânărilor, și vocile lor îngerești se înălțară în spirală în întuneric.

Nu era o înmormântare; înmormântarea propriu-zisă avea să fie în Scoția. Nu era acolo nici un cadavru de jelit. Mariana se gândi la biata fată zdrobită care zăcea singură la morgă.

Și nu putea să nu-și amintească felul în care îi fusese înapoiat iubitul, pe o masă de ciment a spitalului din Naxos. Trupul lui Sebastian era încă ud când îl văzuse, apa picura din el pe podea, avea nisip în păr și în ochi. Avea găuri în obraji, bucățele de carne ciugulite de pești. Și îi lipsea vârful unui deget, pe care îl păstrase marea.

De cum văzuse acel trup ca de ceară, lipsit de viață, Mariana știuse că nu era Sebastian. Nu era decât o cochilie. Sebastian dispăruse – dar unde?

În zilele de după moartea lui fusese amorțită. Rămăsese în stare de șoc, incapabilă să accepte cele întâmplate – sau să le creadă. Părea cu neputință să nu-l mai vadă niciodată, să nu-i mai audă niciodată vocea, să nu-i mai simtă niciodată atingerea.

„Unde e?", se tot gândea. „Unde s-a dus?"

Și apoi, când realitatea începuse să-i pătrundă în minte, avusese un soi de prăbușire întârziată – și, ca un zăgaz care se rupe, toate lacrimile năvăliseră afară, o cascadă de durere, ducând cu ele viața și întreaga ei ființă.

După aceea venise mânia.

O mânie clocotitoare, o furie oarbă care amenința s-o mistuie pe ea și pe oricine din apropiere. Pentru prima dată în viață, Mariana dorea să provoace durere fizică, voia să lovească și să rănească pe cineva, mai ales pe sine însăși.

Se învinovățea, sigur că da. Ea insistase să meargă pe insula Naxos; dacă ar fi rămas la Londra, așa cum voia Sebastian, el ar fi fost încă în viață.

Și îl învinovățea și pe Sebastian. Cum îndrăznise să fie așa de nesocotit; cum îndrăznise să înoate pe acea vreme, să fie atât de neglijent cu propria-i viață – și cu a ei?

Zilele Marianei erau rele; nopțile erau și mai rele. La început, combinația de suficient alcool și somnifere îi oferise un soi de refugiu temporar, chiar dacă avea coșmaruri repetate, pline de dezastre precum naufragii, ciocniri de trenuri și inundații. Visa călătorii nesfârșite – expediții prin peisaje arctice pustii, mers trudnic prin vânt înghețat și zăpadă, nesfârșita căutare a lui Sebastian, fără să-l găsească vreodată.

Apoi somniferele nu-și mai făcuseră efectul, așa că stătea trează până la trei sau patru dimineața – zăcea acolo, tânjind după el, neavând nimic care să-i potolească setea în afară de niște amintiri proiectate în întuneric: imagini pâlpâitoare ale zilelor petrecute împreună, ale nopților, ale iernilor și verilor lor. În cele din urmă, pe jumătate scoasă din minți de durere și de lipsa somnului, se duse la medic. Întrucât era evident că abuzase de somnifere, doctorul Beck refuzase să-i dea altă rețetă. În loc de asta, îi propusese o schimbare de decor.

– Ești o femeie bogată, zisese, adăugând insensibil: Fără copii de îngrijit. Ce-ar fi să mergi în străinătate? Să călătorești. Să vezi lumea.

Dat fiind că ultima călătorie în care o trimisese doctorul Beck se încheiase cu moartea soțului ei, Mariana preferase să nu-i urmeze sfatul. În schimb, se retrăsese în propria-i imaginație.

Închidea ochii și se gândea la templul ruinat din Naxos, la coloanele de un alb murdar pe cerul albastru, amintindu-și rugăciunea șoptită către Fecioară – pentru fericirea lor, pentru dragostea lor.

Asta fusese greșeala ei? Oare zeița fusese cumva ofensată? Persefona era geloasă? Sau poate că se îndrăgostise la prima vedere de acel bărbat chipeș, poate că-l voise pentru ea și, așa cum ea însăși fusese odinioară luată cu forța, îl dusese pe lumea cealaltă?

Într-un fel, asta părea mai ușor de îndurat: să dea vina pe supranatural pentru moartea lui Sebastian. Pe capriciul unei zeițe. Alternativa – că fusese fără sens, la întâmplare, că nu însemnase nimic – era mai mult decât putea să suporte.

„Încetează", își zise. „Încetează, oprește-te." Simțea lacrimi penibile, de milă de sine, umplându-i ochii. Le șterse. Nu voia să cedeze psihic, nu acolo. Trebuia să plece, să iasă din capelă.

– Am nevoie de aer, îi șopti lui Zoe.

Fata încuviință din cap și o strânse de mână scurt, încurajator. Mariana se ridică și ieși în grabă.

Când păși afară din capela slab luminată și ticsită o năpădi ușurarea.

Nu se vedea nimeni. Main Court era tăcută și nemișcată. Singura lumină provenea de la stâlpii înalți amplasați prin curte – felinarele lor luceau în beznă înconjurate de halouri. O ceață grea se prelingea dinspre râu, furișându-se printre clădirile colegiului.

Mariana își șterse lacrimile și ridică privirea spre cer. Toate stelele, nevăzute la Londra, străluceau aici atât de viu – miliarde de diamante tremurătoare într-un întuneric infinit.

El trebuia să fie pe acolo pe undeva.

– Sebastian? șopti. Unde ești?

Aștepta un semn, o stea căzătoare sau un nor care să treacă prin fața lunii, ceva, orice.

Nu primi însă nici unul.

În jurul ei era doar întunericul.

18

După slujbă, participanții zăboviră afară, în curte, stând de vorbă în grupuri mici. Mariana și Zoe rămaseră deoparte, iar Mariana îi povesti repede despre vizita făcută lui Conrad, spunându-i că era de acord cu părerea ei.

– Vezi? exclamă Zoe. Conrad e nevinovat. N-a făcut-o el. Trebuie să-l ajutăm.

– Nu știu cum, zise Mariana.

– Trebuie să facem ceva. Sunt sigură că Tara se culca cu cineva. În afară de Conrad. A făcut de două ori aluzie la asta... Poate că există vreun indiciu în telefonul ei? Sau în laptop? Hai să încercăm să pătrundem în camera ei...

Mariana clătină din cap.

– Nu putem să facem asta, Zoe.

– De ce nu?

– Cred că trebuie să lăsăm ancheta în seama poliției.

– Dar l-ai auzit pe inspector. Nu caută – s-au hotărât deja. Trebuie să facem ceva. Oftând din rărunchi, adăugă: Mi-aș dori să fie aici Sebastian. El ar ști ce să facă.

Mariana acceptă mustrarea implicită.

– Și eu mi-aș dori ca el să fie aici. După o clipă spuse: Am o idee. Ce-ar fi să vii cu mine la Londra pentru câteva zile?

De îndată ce rosti vorbele știu că n-ar fi trebuit să spună asta. Zoe o privi cu uimire.

– Poftim?

– Ți-ar face bine să te îndepărtezi de locul ăsta un timp.

– Nu pot *să fug* pur și simplu. Asta n-ar schimba nimic. Crezi că ăsta e sfatul pe care mi l-ar da Sebastian?

– Nu, zise Mariana, simțindu-se brusc iritată. Dar eu nu sunt Sebastian.

– Nu, replică Zoe, oglindindu-i iritarea. Nu ești. Sebastian ar vrea să stai aici. Asta ar spune.

O vreme, Mariana păstră tăcerea. Apoi se hotărî să spună ceva – un lucru care o preocupa de la discuția lor din ajun.

– Zoe. Ești sigură... că mi-ai spus tot?

– Despre ce?

– Nu știu. Despre asta, despre Tara. Mă tot gândesc... nu-mi pot alunga impresia că ascunzi ceva.

Zoe clătină din cap.

– Nu, nimic.

Își feri privirea. Mariana continua să se îndoiască. Era ceva legat de ea.

– Zoe. Ai încredere în mine?

– Nu-i nevoie nici măcar să întrebi.

– Atunci ascultă. E important. E ceva ce nu-mi spui. Îmi dau seama. O simt. Așa că ai încredere în mine. Te rog...

Tânăra șovăi, apoi se înmuie.

– Mariana, ascultă...

În acel moment, privind peste umărul mătușii sale, Zoe văzu ceva – ceva care o amuți. O clipă, în ochii fetei se ivi o expresie ciudată, temătoare, care apoi dispăru. Se uită din nou la Mariana și clătină din cap.

– Nu-i nimic. Sincer.

Mariana se răsuci să vadă ce o descumpănise. Lângă intrarea capelei erau profesorul Fosca și suita lui, fetele frumoase în rochii albe, cu toții adânciți într-o discuție șoptită.

Fosca își aprindea o țigară. Ochii lui îi întâlniră pe ai Marianei prin fum – și se uitară unul la altul o clipă.

Apoi profesorul părăsi grupul și veni spre ele zâmbind. Mariana auzi oftatul slab al lui Zoe în timp ce el se apropia.

– Bună, le zise când ajunse în fața lor. Înainte n-am avut ocazia să mă prezint. Sunt Edward Fosca.

– Eu sunt Mariana... Andros. N-avusese de gând să-și folosească numele de fată. Așa îi venise, pur și simplu. Sunt mătușa lui Zoe, preciză.

– Știu cine sunteți. Zoe mi-a povestit câte ceva. Îmi pare foarte rău pentru soțul dumneavoastră.

– Oh, făcu Mariana uimită. Mulțumesc.

– Și îmi pare rău pentru Zoe, continuă el aruncându-i fetei o privire. Și-a pierdut unchiul, iar acum trebuie s-o jelească și pe Tara.

Zoe nu răspunse; doar ridică din umeri, fără să se uite la Fosca.

Era aici un mister. Zoe îl evita pe profesor. „Îi este frică de el", își zise dintr-odată Mariana. „De ce?"

Fosca nu lăsa impresia că ar fi fost amenințător. Îi părea cu totul sincer și plin de compasiune.

– Îmi pare rău pentru toți studenții, îi spuse el privind-o cu franchețe. Asta o să răvășească întregul an – dacă nu tot colegiul.

Zoe se răsuci brusc spre Mariana.

– Trebuie să plec, mă întâlnesc cu niște prieteni la un pahar. Vrei să vii și tu?

Mariana clătină din cap.

– Am spus că o să trec pe la Clarissa. Ne vedem mai târziu.

Zoe făcu un gest de încuviințare și plecă.

Mariana se întoarse spre locul în care fusese Fosca – însă, spre surprinderea ei, el plecase deja, traversând cu pași mari curtea.

În locul în care stătuse el zăbovea doar un fir de fum de țigară, încolăcindu-se înainte să se risipească în aer.

19

– Vorbește-mi despre profesorul Fosca, îi ceru Mariana.

Clarissa o privi curioasă în vreme ce turna ceai de culoarea chihlimbarului dintr-un ceainic de argint în două cești delicate de porțelan. Îi dădu musafirei sale ceașca și farfurioara.

– Profesorul Fosca? Ce te face să întrebi de el?

Mariana hotărî că era mai bine să nu intre în amănunte.

– Nimic special. Zoe l-a pomenit.

Clarissa ridică din umeri.

– Nu-l cunosc prea bine, nu e la noi decât de doi ani. O minte strălucită. American. Și-a dat doctoratul cu Robertson la Harvard.

Se așeză în fața Marianei, pe fotoliul de culoarea lămâilor verzi de la fereastră, și-i zâmbi duios. Profesoara Clarissa Miller, cu fața fără vârstă ascunsă sub un pămătuf rebel de păr cărunt, se apropia de optzeci de ani. Era îmbrăcată cu o bluză de mătase albă, fustă de tweed și un jerseu verde tricotat cu ochiuri mari, care probabil că avea mai mulți ani decât cea mai mare parte a studenților ei.

Clarissa fusese îndrumătoarea Marianei în studenție. La St. Christopher's, cea mai mare parte din predare se făcea unu la unu, între profesor și student, de obicei în locuința profesorului. În orice moment după prânz, sau chiar mai devreme, la discreția profesorului respectiv, în mod invariabil se servea alcool – un beaujolais excelent, în cazul Clarissei, scos din labirintul cramei de sub colegiu –, astfel că studenții primeau educație și în domeniul băuturii, pe lângă cel al literaturii.

Asta însemna și că lecțiile căpătau un caracter personal, iar liniile despărțitoare dintre profesor și discipol deveneau cețoase – se făceau confidențe și schimburi de intimități. Clarissa fusese înduioșată de această grecoaică singuratică, orfană de mamă, și poate că îi trezise curiozitatea. Veghease cu ochi materni asupra Marianei în anii petrecuți la St. Christopher's. În ceea ce o privea, Mariana fusese inspirată de Clarissa – nu numai de realizările academice remarcabile ale profesoarei într-un domeniu dominat de bărbați, ci și de cunoștințele ei și de entuziasmul cu care și le împărtășea. Iar răbdarea și blândețea Clarissei – și din când în când arțagul – făcuseră ca Mariana să rețină mai multe de la ea decât de la toți ceilalți îndrumători pe care-i avusese.

Ținuseră legătura după ce Mariana absolvise facultatea, trimițându-și din când în când scrisori și cărți poștale, până ce într-o zi venise un e-mail neașteptat de la Clarissa, anunțând că, împotriva tuturor așteptărilor, intrase și ea în epoca internetului. După moartea lui Sebastian îi trimisese un e-mail minunat, din toată inima, care o emoționase în așa măsură, încât Mariana îl păstrase și-l recitise de câteva ori.

– Mi s-a spus că profesorul Fosca îi preda Tarei, zise acum Mariana.

Clarissa încuviință.

– Așa e, da, i-a predat. Biata fată... Știu că el își făcea mari griji pentru ea.

– Chiar așa?

– Da, a zis că Tara se descurcă tare greu la învățătură. A zis că e o persoană cu foarte multe probleme. Oftă clătinând din cap. Groaznică poveste. Groaznică.

– Da. Da, așa este.

Mariana sorbi din ceai și o privi pe Clarissa cum își punea tutun în pipă. Era un obiect frumos, din lemn de cireș închis la culoare.

Fumatul pipei era un obicei pe care Clarissa îl luase de la răposatul său soț. Locuința ei mirosea a fum și a tutun de pipă aromat, înțepător; de-a lungul anilor, mirosul se impregnase în pereți, în hârtia cărților, în Clarissa însăși. Uneori era copleșitor, și Mariana știa că în trecut studenții se plânseseră că profesoara fuma în timpul ședințelor de îndrumare – până când, în cele din urmă, Clarissa fusese silită să se conformeze schimbării standardelor de sănătate și siguranță și nu le mai impusese studenților ei să-i rabde năravul.

Pe Mariana n-o deranja; de fapt, șezând în acea încăpere, își dădea seama cât de mult îi lipsise mirosul respectiv. În rarele ocazii în care întâlnea un fumător de pipă se simțea pe dată liniștită, asociind vălătucii de fum întunecat, urât mirositor, cu înțelepciunea și învățarea – și blândețea.

Clarissa aprinse pipa și pufăi din ea, dispărând îndărătul unui nor de fum.

– E greu să găsești un sens. Mă simt tare descumpănită, ca să fiu sinceră. Îmi amintește ce vieți protejate trăim noi aici, departe de lume – naivi, poate chiar ignorând voit ororile lumii de afară.

În sinea sa, Mariana era de acord. Lecturile despre viață nu te pregătesc s-o trăiești; învățase asta pe propria-i piele. Însă n-o spuse. Doar încuviință din cap.

– O astfel de violență e îngrozitoare. Oricui îi este greu să înțeleagă.

Clarissa arătă cu pipa spre vizitatoarea ei. Folosea adesea pipa ca obiect de recuzită, făcând tutunul să zboare și să lase găuri înnegrite în covor, unde aterizase jarul.

– Grecii aveau un cuvânt pentru asta, știi. Pentru soiul ăsta de mânie.

Mariana era curioasă.

– Aveau?

– *Menis*. Nu există echivalent perfect în engleză. Îți amintești, Homer începe *Iliada* cu „μῆνιν ἄειδε θεὰ Πηληϊάδεω Ἀχιλῆος" – „Cântă, Zeiță, mânia ce-aprinse pe Ahil' Peleianul[1]".

– Ah. Ce înseamnă, exact?

Clarissa cugetă o clipă.

– Presupun că traducerea cea mai apropiată este un soi de mânie imposibil de stăpânit, o furie cumplită, o *turbare*.

Mariana dădu din cap aprobator.

– O turbare, da... Era turbat.

Clarissa așeză pipa într-o scrumieră mică de argint și-i surâse.

– Mă bucur așa de mult că ești aici, draga mea! Vei fi de mare ajutor.

– Nu stau decât în noaptea asta, am venit doar pentru Zoe.

Bătrâna profesoară părea dezamăgită.

– Asta-i tot?

– Păi, trebuie să mă întorc la Londra. Am pacienți...

---

[1] Homer, *Iliada*, traducere de Dan Slușanschi, Editura Humanitas, București, 2012, p. 6

– Desigur, dar... Clarissa ridică din umeri. Ce-ar fi să stai câteva zile? De dragul colegiului.

– Nu văd cum aş putea fi de ajutor. Sunt psihoterapeut, nu detectiv.

– Ştiu asta. Eşti psihoterapeut specializat în grupuri... Şi ce este asta, dacă nu o problemă a unui grup?

– Da, dar...

– Mai eşti şi fostă studentă la St. Christopher's – ceea ce îţi dă un nivel de pătrundere şi înţelegere pe care poliţiştii, oricât de bine intenţionaţi ar fi, pur şi simplu nu-l au.

Mariana clătină din cap. Se simţea un pic agasată şi, din nou, pusă într-o situaţie delicată.

– Nu sunt criminalist. Chiar nu e domeniul meu.

Clarissa păru dezamăgită, dar nu comentă, mulţumindu-se s-o privească lung. Atunci când vorbi iarăşi tonul i se îmblânzise:

– Iartă-mă, dragă. Îmi dau seama că nu te-am întrebat niciodată cum este.

– Ce să fie?

– Să te afli aici... fără Sebastian.

Era prima dată când Clarissa îl pomenea. Tulburată, Mariana ezită înainte de a răspunde.

– Nu ştiu cum este.

– Trebuie să fie *ciudat*.

– „Ciudat" e un cuvânt potrivit, într-adevăr.

– Pentru mine a fost ciudat după ce Timmy a murit. Era întotdeauna acolo – şi, dintr-odată, n-a mai fost. Mă tot aşteptam să sară de după o coloană şi să mă surprindă... Încă mă aştept.

Clarissa fusese măritată cu profesorul Timothy Miller timp de treizeci de ani. Doi excentrici celebri din Cambridge, erau văzuţi adesea bântuind prin oraş împreună, cu cărţi sub braţ, cu părul nepieptănat, uneori cu şosete desperecheate, adânciți în conversație. Una dintre cele mai fericite perechi pe care le cunoscuse Mariana, până la moartea lui Timmy, cu zece ani în urmă.

– O să devină mai ușor, zise Clarissa.

– Da?

– E important să privești mereu înainte. Nu trebuie niciodată să privești înapoi, peste umăr. Gândește-te la viitor.

Mariana clătină din cap.

– Sinceră să fiu, nu prea văd un viitor... Nu văd mare lucru. Totul este... Își căută cuvintele. Apoi își aminti. Sub giulgiu. De unde este asta? „Sub giulgiu, sub giulgiu..."

– Tennyson, îi răspunse Clarissa fără șovăială. *In Memoriam*, strofa cincizeci și șase, dacă nu mă înșel.

Mariana zâmbi. Cei mai mulți profesori aveau în loc de creier o enciclopedie; Clarissa avea o întreagă bibliotecă. Profesoara închise ochii și începu să recite din memorie.

– „O, viață, ce plăpândă, în zadar! / O, glasu-ți, dulce binecuvântare! / Nădejde de răspuns ori vindecare? *Sub giulgiu, sub giulgiu răsar...*"

Mariana confirmă cu tristețe.

– Da... Da, asta este.

– Tennyson e destul de subapreciat în zilele noastre, mă tem. Clarissa zâmbi și aruncă o privire spre ceas. Dacă rămâi peste noapte, trebuie să-ți găsim o cameră. O să sun la loja portarului.

– Mulțumesc.

– Stai un pic.

Bătrâna se ridică din fotoliu cu trudă și se duse la bibliotecă, unde își plimbă degetul peste cotoare până ce dădu de o carte. O luă de pe raft și i-o îndesă Marianei în mâini.

– Uite. Am găsit în asta o mare sursă de alinare după ce a murit Timmy.

Era o carte subțire legată în piele neagră. Pe copertă era scris în relief cu litere aurii decolorate: *IN MEMORIAM A.H.H. de Alfred Tennyson*.

Clarissa îi aruncă Marianei o privire hotărâtă.

– Citește-o.

20

Domnul Morris, portarul-șef, îi găsi Marianei o cameră.

Mariana fu surprinsă să-l găsească în lojă. Și-l amintea bine pe bătrânul domn Morris: era un bărbat în vârstă, cu aer prietenos, popular în colegiu, renumit pentru îngăduința față de studenți.

Însă acest domn Morris era tânăr, sub treizeci de ani, înalt și voinic. Avea falca proeminentă și părul castaniu-închis pieptănat cu cărare într-o parte. Era îmbrăcat în costum negru, cu cravata albastru cu verde a colegiului și melon negru.

Zâmbi când văzu aerul de surprindere al Marianei.

– Arătați ca și cum v-ați fi așteptat să fie altcineva, domnișoară.

Mariana încuviință din cap stingherită.

– Într-adevăr, domnul Morris...

– Era bunicul meu. A murit acum câțiva ani.

– A, înțeleg. Îmi pare rău...

– Nu vă faceți probleme. Se întâmplă tot timpul. Eu nu sunt decât o copie palidă, lucru pe care ceilalți portari nu ezită să mi-l amintească. Ridicându-și pălăria în semn de salut, o invită: Pe aici, domnișoară. Urmați-mă.

Purtarea lui politicoasă, protocolară, părea să aparțină altei epoci, își zise Mariana. Uneia mai bune, poate.

El ținu morțiș să-i ducă geanta, în ciuda protestelor ei.
— Așa se face la noi, aici. Știți asta. La St. Christopher's timpul a rămas pe loc.

Îi zâmbea. Părea cu totul în largul său, cu un aer de siguranță deplină, stăpân pe domeniul lui – ceea ce era adevărat în cazul tuturor portarilor de acolo, din experiența Marianei, și pe drept cuvânt: dacă n-ar fi fost ei să se ocupe de colegiu zi de zi, totul s-ar fi dus curând de râpă.

Îl urmă până la o cameră din Gabriel Court. Era curtea în care locuise în ultimul an de studenție. Se uită la vechea ei scară când trecură pe lângă ea – la treptele de piatră pe care ea și Sebastian alergaseră în sus și-n jos de un milion de ori.

Merseră până în colțul curții, la un turn octogonal clădit din plăci de granit roase de vreme și pătate; adăpostea o scară care ducea la camerele de oaspeți ale colegiului. Intrară și urcară scara circulară lambrisată cu stejar până la al doilea etaj.

Morris descuie o ușă, o deschise și-i dădu Marianei cheia.

— Poftim, domnișoară.
— Mulțumesc.

Se uită în jur. Era o încăpere micuță cu un bovindou, un șemineu și un pat de stejar cu coloane răsucite ca acadelele-ciubuc. Patul avea un baldachin din creton gros și draperii de jur împrejur. Părea cam sufocant, își zise.

— Este una dintre camerele mai frumoase pe care le punem la dispoziția foștilor studenți, o informă Morris. Un pic cam mică, poate. Sper c-o să vă simțiți bine, adăugă așezându-i geanta pe podea, lângă pat.

— Mulțumesc, sunteți foarte amabil.

Nu vorbiseră despre crimă, dar simțea nevoia să amintească de ea, în principal pentru că era permanent în gândurile sale.

– E îngrozitor ceea ce s-a întâmplat.

Morris încuviință din cap.

– Nu-i așa?

– Trebuie să fie extrem de supărător pentru toată lumea din colegiu.

– Da, este. Mă bucur că bunicul meu n-a trăit să vadă asta. L-ar fi terminat.

– O cunoșteați?

– Pe Tara? Doar din auzite, spuse Morris. Era... faimoasă, să zicem. Ea și prietenele ei.

– Prietenele ei?

– Da. Un grup de tinere tare... provocator.

– „Provocator"? Este o alegere interesantă a cuvântului.

– Este, domnișoară?

Se prefăcea sfios, și Mariana se întrebă de ce.

– Ce vreți să spuneți mai precis?

Morris zâmbi.

– Doar că sunt un pic... turbulente, dacă mă înțelegeți. Trebuie să le supraveghem ferm, pe ele și petrecerile lor. De câteva ori a trebuit să le pun capăt. Tot soiul de chestii suspecte.

– Înțeleg.

Expresia lui era greu de descifrat. Mariana se întrebă ce zăcea sub politețea și purtarea lui amabilă. Ce gândea în realitate?

Cu același zâmbet, Morris îi spuse:

– Dacă sunteți curioasă în privința Tarei, ar fi bine să vorbiți cu una dintre cameriste. Ele par întotdeauna să știe ce se petrece în colegiu. Toate bârfele.

– O să țin minte, mulțumesc.

– Dacă asta e tot, domnișoară, o să vă las. Noapte bună.

Morris se duse la ușă și se strecură afară. O închise în urma lui fără zgomot.

Mariana era în sfârșit singură, după o zi lungă și obositoare. Sleită de puteri, se așeză pe pat.

Se uită la ceas. Ora nouă. Ar fi fost cazul să se culce, dar știa că n-ar fi putut să adoarmă. Era prea agitată, prea tulburată.

Și apoi, în timp ce-și despacheta geanta, găsi cartea subțire de poezie pe care i-o dăduse Clarissa.

In Memoriam.

Se așeză pe pat și o studie. Anii uscaseră paginile, scorojindu-le și făcându-le țepene, lăsaseră crețuri și valuri. O deschise larg și mângâie cu vârful degetelor filele aspre.

Ce spusese Clarissa despre ea? Că acum avea s-o vadă cu alți ochi. De ce? Din cauza lui Sebastian?

Își aminti că citise în studenție poemul. La fel ca majoritatea oamenilor, fusese descurajată de lungimea lui imensă. Erau mai mult de trei mii de versuri, și avusese o uriașă senzație de împlinire doar pentru că le citise până la capăt. În acel moment nu fusese sensibilă la el, însă pe atunci era mai tânără, fericită și îndrăgostită, și n-avea nevoie de poezii triste.

Din introducerea scrisă de un cărturar de odinioară află că Alfred Tennyson avusese o copilărie nefericită – „sângele negru" al neamului Tennyson era rău famat. Tatăl era bețiv și drogat și foarte violent, frații lui Tennyson au suferit de depresie și de boli mintale, și unii au fost internați, alții s-au sinucis. Alfred a fugit de acasă la optsprezece ani. Și, la fel ca Mariana, a nimerit la Cambridge într-o lume de libertate și frumusețe. Și el și-a găsit iubirea. Indiferent dacă relația dintre Arthur

Henry Hallam și Tennyson a fost sau nu sexuală, a fost evident profund romantică: din ziua în care s-au cunoscut, la sfârșitul anului întâi, și-au petrecut împreună fiecare clipă. Erau văzuți adesea mergând mână în mână – până ce, după câțiva ani, în 1833, Hallam a murit brusc din cauza unui anevrism.

Se pare că Tennyson nu și-a revenit niciodată deplin după pierderea lui Hallam. Deprimat, cu părul vâlvoi, nespălat, Tennyson s-a lăsat pradă suferinței. S-a prăbușit. În următorii șaptesprezece ani a jelit, scriind doar frânturi de poezie – versuri, strofe, elegii –, toate despre Hallam. În cele din urmă, aceste versuri au fost puse laolaltă într-un poem enorm. A fost publicat cu titlul *In Memoriam A.H.H.* și rapid a fost recunoscut ca unul dintre cele mai importante poeme scrise vreodată în limba engleză.

Mariana se așeză în capul oaselor și începu să citească. Curând descoperi cât de dureros de autentic și de familiar suna vocea lui – avea senzația ciudată, extrasenzorială, că era vocea *ei*, nu a lui Tennyson; că acesta punea în cuvinte sentimentele ei inexprimabile: „Și uneori aproape că-mi pare un păcat / În vorbe să-mi așez mâhnirea necurmată / Căci vorba, ca Natura, pe jumătate-arată / Și jumătate ascunde Sufletu-ndurerat". Întocmai ca Mariana, la un an după moartea lui Hallam, Tennyson s-a înapoiat la Cambridge. A umblat pe aceleași străzi pe care cutreierase cu Hallam; i s-a părut „la fel, dar nu la fel" – a stat în dreptul camerei lui Hallam, văzând că „alt nume era pe ușă".

Și apoi Mariana dădu peste acele versuri care deveniseră atât de cunoscute, încât trecuseră în limba engleză însăși; chiar îngropate printre atât de multe alte versuri, își păstrau iscusința de a se furișa în spatele ei, luând-o prin surprindere și tăindu-i răsuflarea:

> *I-un adevăr, oricând și-orice s-arată;*
> *O simt când mi-e mai aprigă mâhnirea;*
> *Să fi iubit și apoi să pierzi iubirea*
> *Mai bine-i decât neiubind vreodată.*

Ochii Marianei se umplură de lacrimi. Lăsă cartea din mână și se uită pe fereastră. Însă afară era întuneric, și fața i se reflecta în geam. Se uită țintă la ea însăși, în vreme ce lacrimile îi șiroiau pe obraji.

„Încotro acum? Unde te duci? Ce faci?", se întrebă.

Zoe avea dreptate, dădea bir cu fugiții. Dar încotro? Înapoi la Londra? Înapoi la casa bântuită din Primrose Hill? Nu mai era un cămin, ci doar o vizuină în care să se ascundă.

Zoe avea nevoie de ea acolo, indiferent dacă o recunoștea sau nu; pur și simplu nu putea s-o părăsească; asta ieșea din discuție.

Își aminti brusc ce spusese nepoata ei în fața capelei – că Sebastian ar fi îndemnat-o să stea. Zoe avea dreptate.

Sebastian ar fi vrut ca Mariana să rămână pe poziții și să lupte.

Ei bine, și atunci?

Mintea i se întoarse la spectacolul dat de profesorul Fosca în curte. Poate că „spectacol" era cuvântul potrivit. Nu era oare ceva cam prea șlefuit în discursul lui, cam prea *exersat*? Cu toate acestea, avea un alibi. Și, în afară de cazul în care își convinsese studentele să mintă pentru el, ceea ce părea improbabil, trebuia să fie nevinovat...

Și totuși...

Ceva nu ieșea la socoteală. Ceva n-avea sens.

Tara spusese că Fosca o amenințase c-o omoară. Și apoi... după câteva ore, Tara era moartă.

N-ar fi stricat să stea câteva zile la Cambridge și să se intereseze despre relația Tarei cu profesorul. Cu siguranță profesorul Fosca merita să fie cercetat.

Și dacă polițiștii n-aveau de gând să-l cerceteze, Mariana, ca o datorie de onoare față de prietena lui Zoe, putea să asculte povestea acelei tinere... și să o ia în serios.

Fie și pentru că nimeni altcineva n-o făcea.

PARTEA A DOUA

Nemulțumirea mea față de o mare parte a psihanalizei este ideea preconcepută că suferința este o greșeală, sau un semn de slăbiciune, sau chiar un semn de boală. Când, de fapt, poate că cele mai mari adevăruri pe care le știm au provenit din suferința oamenilor.

Arthur Miller

Lestrigonii și ciclopii,
Și fiorosul Poseidon, nu-i vei întâlni nicicând,
Dacă nu-i porți în suflet,
Dacă sufletul tău nu ți-i scoate în față.

K.P. Kavafis, „Ithaca"

1

Azi-noapte iar n-am putut să dorm. Prea plin de energie, prea încordat. Surescitat, ar zice mama.

Așa că n-am mai încercat – și m-am dus să mă plimb.

În vreme ce rătăceam pe străzile pustii ale orașului, am dat peste o vulpe. Nu mă auzise venind și a ridicat privirea, surprinsă.

Nu mai fusesem niciodată așa de aproape de una. Ce făptură magnifică! Ce blană, ce coadă și ce ochi negri care se uitau drept la mine!

M-am uitat în ei și… ce am văzut?

E greu de descris – am văzut toată minunea creației, minunea universului, acolo, în ochii acelui animal, în acea clipă. Era ca și cum l-aș fi văzut pe Dumnezeu. Și preț de o clipă am avut o senzație ciudată. Un fel de prezență. Ca și cum Dumnezeu ar fi fost acolo, pe stradă, lângă mine, ținându-mă de mână.

Dintr-odată, m-am simțit în siguranță. M-am simțit liniștit și împăcat – ca și cum o febră turbată s-ar fi potolit, un delir s-ar fi mistuit cu totul. Am simțit cealaltă parte a mea, cea bună, înălțându-se odată cu zorii…

Apoi însă, vulpea a pierit. A dispărut în umbre, și soarele s-a ridicat pe cer… Dumnezeu plecase. Eram singur și sfâșiat în două.

Nu vreau să fiu doi oameni. Vreau să fiu o persoană. Vreau să fiu întreg. Dar n-am de ales, se pare.

Când stăteam acolo, pe stradă, în vreme ce soarele se înălța, am avut o groaznică senzație de amintire – alt răsărit, acum câțiva ani. Altă dimineață – întocmai ca asta.

Aceeași lumină galbenă. Aceeași senzație că sunt rupt în două.
Dar unde?
Când?
Știu că-mi pot aminti dacă încerc. Dar vreau s-o fac? Am impresia că este ceva ce m-am străduit din răsputeri să uit. De ce anume sunt atât de speriat? Este tatăl meu? Încă mai cred că o să răsară dintr-o trapă ca personajul negativ dintr-o pantomimă și o să mă doboare cu o lovitură?

Sau este poliția? Mă tem de o mână pusă brusc pe umărul meu, de arestare și pedeapsă – condamnarea pentru crimele mele?

De ce îmi este atât de frică?

Răspunsul trebuie să fie pe acolo pe undeva.

Și știu unde trebuie să caut.

2

A doua zi dimineață, devreme, Mariana se duse la Zoe.

Fata tocmai se trezise și era amețită, cu o mână încleștată pe Zebră și cu cealaltă dând deoparte de pe față masca pentru somn.

Clipi spre mătușa ei, care trase în lături perdelele ca să lase să intre lumina. Zoe nu arăta bine: avea ochii injectați și părea sleită de puteri.

– Scuze, am dormit prost. Am tot visat urât.

Mariana îi puse în mână o cană cu cafea.

– Pe Tara? Cred că și eu am visat-o.

Zoe încuviință din cap și sorbi din băutura fierbinte.

– Toate astea par un coșmar. Nu-mi vine să cred că ea chiar nu mai este.

– Știu.

Ochii lui Zoe se umplură de lacrimi. Mariana nu știa dacă trebuia s-o consoleze ori să-i abată atenția. Alese a doua variantă. Luă în mână teancul de cărți de pe birou și se uită la titluri – *Ducesa de Amalfi, Tragedia răzbunătorului, Tragedia spaniolă*[1].

– Dă-mi voie să ghicesc. Semestrul ăsta studiezi tragedia?

– Tragedia *răzbunării*, spuse Zoe cu un mic geamăt. Ce tâmpenie.

---

[1] Piese de teatru de John Webster, Thomas Middleton, respectiv Thomas Kyd

– Nu-ți place?

– *Ducesa de Amalfi* e ca lumea. E haioasă, așa o nebunie mai rar.

– Îmi amintesc. Biblii otrăvite și vârcolaci. Dar cumva încă prinde la public, nu? Cel puțin, așa mi s-a părut întotdeauna. N-am mai citit-o de ani întregi.

– Semestrul ăsta e pusă în scenă la Teatrul ADC. Vino s-o vezi.

– O să vin. E un rol bun. De ce nu dai probă?

– Am dat. N-am primit rolul. Povestea vieții mele, suspină Zoe.

Mariana zâmbi. În clipa următoare, această mică prefăcătorie că totul era în ordine se duse pe apa sâmbetei. Zoe se uită lung la ea, încruntându-se tot mai tare.

– Pleci? Ai venit să-ți iei rămas-bun?

– Nu. Nu plec. Am hotărât să stau, cel puțin câteva zile – și să pun niște întrebări. Să văd dacă pot fi de ajutor.

– Zău? Ochii lui Zoe se luminară, iar încruntarea i se șterse. E minunat. Mulțumesc. După un moment de ezitare adăugă: Ascultă. Ce-am zis ieri, că aș fi preferat să fie aici Sebastian... îmi pare rău.

Mariana clătină din cap. Înțelegea. Nepoata ei și Sebastian avuseseră întotdeauna o legătură specială. Când era foarte mică, Zoe fugea întotdeauna la Sebastian când își julea genunchiul sau se tăia, sau avea nevoie de alinare. Pe Mariana n-o deranja asta: știa cât de important este să ai un tată. Iar Sebastian era persoana cea mai apropiată de un tată pe care o avusese Zoe după moartea părinților. Zâmbi.

– Nu trebuie să te scuzi. Sebastian s-a descurcat întotdeauna mai bine decât mine într-o criză.

– Cred că întotdeauna a avut grijă de noi. Și acum...

Zoe ridică din umeri.

– Acum avem grijă una de alta. Bine? îi spuse Mariana surâzându-i încurajator.
– Bine. Făcând un efort ca să-și vină în fire, Zoe zise: Dă-mi doar douăzeci de minute ca să fac duș și să mă pregătesc. Putem alcătui un plan...
– Ce vrei să zici? N-ai cursuri azi?
– Mda, dar...
– Nici un „dar", îi replică ferm Mariana. Du-te la cursuri. Du-te la seminare. Ne vedem la prânz. Putem vorbi atunci.
– Oh, Mariana...
– Nu. Vorbesc serios. Acum e mai important ca oricând să nu stai degeaba – și să te concentrezi pe muncă. E în ordine?
Zoe oftă din greu, dar nu mai protestă.
– E în ordine.
– Bine. Ne vedem mai târziu, îi spuse Mariana sărutând-o pe obraz.

Mariana plecă din camera lui Zoe și coborî până la râu.
Trecu pe lângă hangarul bărcilor cu vâsle ale colegiului – și pe lângă șirul de bărci cu fundul plat amarate cu lanțuri la mal, legănându-se pe apă.
În vreme ce mergea le telefonă pacienților săi ca să anuleze ședințele din acea săptămână.
Nu le dezvălui ce se întâmplase. Le spuse doar că avea o urgență în familie. Majoritatea primiră vestea fără comentarii, cu excepția lui Henry. Mariana nu se așteptase ca el să reacționeze bine, și el nu se dezminți.
– Mulțumesc frumos, zise Henry sarcastic. Hai să trăiești, frate. Apreciez mult asta.
Mariana încercă să-i explice că fusese o urgență, dar el nu se sinchisea. Ca un copil, nu vedea decât că

propriile lui nevoi erau nesocotite și nu-l interesa decât s-o pedepsească.

— Îți pasă de mine? Dai pe mine o ceapă degerată?

— Henry, nu eu controlez situația...

— Și cum rămâne cu mine? Am nevoie de tine, Mariana. Asta nu pot *eu* să controlez. Se întâmplă ceva. Eu... mă înec aici...

— Ce este? Care-i problema?

— Nu pot vorbi despre asta la telefon. Am nevoie de tine... De ce nu ești acasă?

Mariana înghețâ. De unde știa că ea nu-i acolo? Trebuie să fi supravegheat iar casa.

Simți brusc o alarmă sunându-i în cap. Ajunsese într-o situație imposibilă cu Henry; în primul rând, era furioasă pe sine că permisese să se întâmple așa ceva. Trebuia să se ocupe de asta – să se ocupe de Henry. Dar nu în acel moment. Nu în acea zi.

— Trebuie să închid, îi spuse.

— Știu unde ești, Mariana. Habar n-aveai, nu? Te urmăresc. Te văd...

Cuprinsă de îngrijorare, Mariana închise. Se uită în jur, pe maluri și pe cărările de pe ambele părți ale râului, dar Henry nu se vedea nicăieri.

Sigur că n-avea cum: încerca doar s-o înspăimânte. Se dojeni pentru că mușcase momeala.

Scutură din cap și merse mai departe.

3

Era o dimineață frumoasă. De-a lungul râului soarele se strecura prin sălcii, făcând frunzele să sclipească într-un verde luminos deasupra capului Marianei. La picioarele ei, pe marginea cărării, creșteau tufe de ciclame sălbatice ca niște fluturași trandafirii. Era greu să împace o asemenea frumusețe cu motivul pentru care se afla acolo sau cu gândurile sale, care se învârteau în jurul crimei și al morții.

„Ce mama naibii fac? E o nebunie."

Era greu să nu se gândească la partea negativă, la tot ce nu știa. N-avea habar cum să prindă un ucigaș. Nu era criminalist sau psiholog criminalist, ca Julian. Tot ce avea era o cunoaștere instinctivă a firii și comportamentului oamenilor, acumulată în anii de lucru cu pacienții. Și trebuia să se descurce cu asta; trebuia să alunge îndoiala de sine, altfel avea s-o paralizeze. Trebuia să se încreadă în instinctul său. Chibzui o clipă.

De unde să înceapă?

Păi, în primul rând – și cel mai important – trebuia s-o cunoască pe Tara: cine era ea ca persoană, pe cine iubea, pe cine ura – și de cine se temea. După toate probabilitățile, Julian avea dreptate: Tara își cunoștea ucigașul. Așa că Mariana trebuia să-i descopere secretele. N-ar trebui să fie prea greu. În grupuri ca acestea, din comunități mici izolate de lume, bârfa era în floare și oamenii știau amănunte intime despre viața particulară a celorlalți. De exemplu, dacă era ceva adevăr în presupusa relație a Tarei cu Edward Fosca, trebuie să fi existat zvonuri. Putea afla multe stând de vorbă cu studenții și membrii personalului de la colegiu. Așadar, cu asta avea să înceapă. Dar mai important decât să pună întrebări era să asculte.

Ajunsese la o parte mai circulată a râului, Mill Lane. În fața ei erau oameni care se plimbau, alergau, mergeau cu bicicleta. Mariana îi privi. Ucigașul putea să fie oricare dintre acei oameni.

Putea să se uite la ea.

Cum avea să-l recunoască? Păi, răspunsul simplu era că nu putea. Și, în ciuda tuturor pretențiilor de expert ale lui Julian, nici el nu putea. Mariana știa că, dacă se aducea în discuție psihopatia, Julian ar fi vorbit despre vătămarea lobului frontal sau temporal; sau ar fi citat o serie de etichete fără sens – tulburare de personalitate antisocială, narcisism malign –, alături de o serie superficială de caracteristici precum „foarte inteligent, fermecător la suprafață, grandoman, mincinos patologic, disprețuind morala" – toate acestea explicând foarte puțin. Nu explicau în ce fel – sau de ce – o persoană poate să ajungă așa: un monstru necruțător, care-i folosește pe alții ca și cum ar fi jucării stricate pe care le poate sfărâma.

Odinioară, psihopatia era numită simplu „răul". Despre oamenii răi – cărora le place să rănească sau să omoare – s-a scris cam de când Medeea și-a ucis cu toporul copiii, și probabil cu mult înainte de asta. Cuvântul „psihopat" a fost inventat de un psihiatru german în 1888, în același an în care Jack Spintecătorul teroriza Londra; termenul în germană era *psychopastiche*, cu sensul literal „suflet suferind". Pentru Mariana, aceasta era cheia: *suferind*, ideea că și acești monștri simt durere. Dacă se gândea la ei ca la niște victime, putea să fie mai rațională în abordare și mai miloasă. Psihopatia sau sadismul nu apar din nimic. Nu sunt un virus care infectează pe cineva din senin. Au o lungă preistorie în copilărie.

Copilăria este o experiență reactivă, ceea ce înseamnă că, pentru a simți empatie față de altă ființă omenească, trebuie mai întâi să ni se *ofere* empatie – de către părinții noștri sau cei care ne îngrijesc. Mariana era întru totul de acord cu această teorie. Bărbatul care o ucisese pe Tara fusese cândva un băiețel – un băiat căruia nu i se oferise empatie, bunătate. Suferise – și suferise cumplit.

Pe de altă parte, mulți copii cresc în medii unde maltratarea e la ordinea zilei și nu ajung ucigași. De ce? Ei bine, așa cum spunea bătrâna îndrumătoare a Marianei: „Nu-i nevoie de mare lucru ca să salvezi o copilărie". Un strop de bunătate, un strop de înțelegere sau validare: cineva care recunoaște și acceptă realitatea unui copil – și îi salvează sănătatea mintală.

În acest caz, Mariana bănuia că nu fusese nimeni – nici o bunică blândă, nici un unchi preferat, nici un vecin sau profesor bine intenționat care să-i vadă durerea, să-i spună pe nume și s-o facă reală. Singura realitate aparținea celui care comitea abuzul, iar sentimentele de rușine, teamă și furie ale copilașului erau prea periculoase ca să le proceseze de unul singur – nu știa cum s-o facă –, așa că nu le procesase; nu le simțise. Își adusese ca ofrandă sinele real, toată acea durere și furie, lumii de dincolo, lumii întunecoase a subconștientului.

Pierduse legătura cu cel care era cu adevărat. Bărbatul care o ademenise pe Tara în acel loc izolat era un străin pentru sine în aceeași măsură în care era pentru oricine altcineva. Era, după cum bănuia Mariana, un actor genial: de o politețe impecabilă, amabil și fermecător. Însă Tara îl provocase cumva, iar copilul îngrozit dinăuntru se dezlănțuise și întinsese mâna după cuțit.

Ce anume declanșase criza?

Aceasta era întrebarea. Mariana și-ar fi dorit să vadă în mintea lui și să-i citească gândurile – oricine o fi fost el.

– Hei, salutare.

Vocea din spatele său o făcu să tresară. Se răsuci repede.

– Îmi pare rău, n-am vrut să te sperii.

Era Fred, tânărul pe care-l întâlnise în tren. Împingea o bicicletă, cu un vraf de hârtii sub braț, mâncând un măr. Zâmbi larg.

– Îți amintești de mine?

– Da, îmi amintesc.

– Ți-am zis eu c-o să ne mai întâlnim, nu-i așa? Am prezis. Ți-am spus că sunt un pic clarvăzător.

Mariana zâmbi.

– Cambridge e un loc mic. E o coincidență.

– Ascultă-mă pe mine. Ca fizician. Nu există coincidențe. Lucrarea pe care o scriu chiar dovedește asta.

Fred făcu semn cu capul spre vraful de hârtii care-i alunecă de sub braț chiar în acel moment, astfel că o cascadă de foi cu ecuații matematice se revărsă pe cărare. Fir-ar să fie!

Își azvârli bicicleta pe jos și începu să alerge de colo colo, încercând să adune foile. Mariana îngenunche ca să-l ajute.

– Mulțumesc, zise el când strânseră ultimele file.

Era la câțiva centimetri de fața ei, privind-o drept în ochi. Se uitară unul la altul o clipă. „Are ochi frumoși", își zise ea, înainte să izgonească gândul și să se ridice în picioare.

– Mă bucur că ești încă aici, îi spuse Fred. Rămâi mult?

Mariana dădu din umeri.

– Nu știu. Sunt aici pentru nepoata mea. A primit o veste proastă.

– Te referi la crimă? Nepoata ta e la St. Christopher's, așa-i?

Mariana clipi nedumerită.

– Nu-mi amintesc să-ți fi spus asta.

– Oh... păi, ai făcut-o. Fred continuă repede: Toată lumea vorbește despre ce s-a întâmplat. M-am gândit mult la asta. Am câteva teorii.

– Ce fel de teorii?

– Despre Conrad. Tânărul se uită la ceas. Acum trebuie să fug, dar mă întreb dacă n-ai vrea să bem ceva. Să zicem... în seara asta? Am putea vorbi. Uitându-se la ea plin de speranță, adăugă: Adică, doar dacă vrei. Evident, nu-i nici o constrângere... nu-i mare lucru...

Se împotmolea tot mai tare; Mariana era gata să refuze și să-l izbăvească de chin. Însă ceva o opri. Ce știa el despre Conrad? Putea să obțină informații – poate că știa ceva folositor. Merita să încerce.

– Bine, zise.

Fred părea surprins și entuziasmat.

– Zău? Fantastic. Ce zici de ora nouă? La Eagle? Să-ți dau numărul meu de telefon.

– N-am nevoie de numărul tău. O să fiu acolo.

– Bine, spuse el zâmbind larg. Ieșim împreună.

– Nu ieșim împreună.

– Nu, sigur că nu. Nu știu de ce am zis asta. Bine... Ne vedem mai târziu.

Acestea fiind zise, încălecă pe bicicletă şi se îndepărtă pe cărarea de lângă râu. Mariana se întoarse şi porni înapoi spre colegiu.

Era vremea să înceapă. Vremea să-şi suflece mânecile şi să se apuce de treabă.

4

Mariana traversă repede Main Court spre un grup de femei de vârstă mijlocie care beau ceai din căni aburinde, mâncau biscuiți și pălăvrăgeau. Erau cameristele – în pauza de ceai.

Termenul special al universității era *bedder*, „cea care face patul", și desemna o adevărată instituție: de sute de ani, armate de femei din partea locului fuseseră tocmite de colegii ca să aștearnă paturile, să golească coșurile de gunoi și să deretice prin camere, cu toate că, trebuie spus, contactul zilnic al cameristei cu studenții însemna că rolul trecea adesea de la serviciul domestic la grija părintească. Uneori, camerista era singura persoană cu care Mariana vorbea în fiecare zi, până ce-l întâlnise pe Sebastian.

Cameristele erau o trupă de temut. Mariana se simțea un pic intimidată în vreme ce se apropia de ele. Se întreba – nu pentru prima oară – ce credeau cu adevărat despre studenți acele femei din clasa muncitoare care nu aveau nici unul dintre avantajele tinerilor privilegiați, adesea răzgâiați.

„Poate că ne urăsc pe toți", își zise brusc. Nu le-ar fi învinovățit dacă ar fi fost așa.

– Bună dimineața, doamnelor, le spuse.

Conversațiile se stinseră. Femeile îi aruncară o privire curioasă și un pic bănuitoare. Ea zâmbi.

– Mă întreb dacă m-ați putea ajuta. O caut pe camerista Tarei Hampton.

Câteva capete se întoarseră spre o femeie care stătea în spate, aprinzându-și o țigară.

Se apropia de șaptezeci de ani, poate și mai în vârstă. Purta un halat albastru și avea o găleată cu diferite produse de curățenie și un pămătuf de praf. Nu era durdulie, ci greoaie și cu fața ca o plăcintă. Avea părul vopsit roșu, alb la rădăcină, și își desena zilnic sprâncenele: astăzi le desenase sus pe frunte, ceea ce o făcea să arate surprinsă. Părând iritată că fusese scoasă în evidență, îi oferi Marianei un zâmbet crispat.

– Eu sunt aceea, dragă. Mă cheamă Elsie. Cu ce te pot ajuta?

– Numele meu este Mariana. Am fost studentă aici. Continuă improvizând: Sunt psihoterapeut. Decanul m-a rugat să vorbesc cu diferiți membri ai colegiului despre impactul morții Tarei. Mă întrebam dacă am putea... să avem o mică discuție.

Pretextul era penibil, și nu prea trăgea nădejde ca Elsie să muște momeala. Avea dreptate.

Elsie își strânse gura pungă.

– Nu-mi trebuie terapeut, dragă. Nu-i nimic nelalocul lui în capul meu, mulțumesc frumos.

– N-am vrut să spun asta. De fapt, este în folosul meu. Este... fac o cercetare...

– Ei bine, chiar n-am timp.

– Nu durează mult. Ce-ar fi să-ți ofer o ceașcă de ceai? O felie de prăjitură?

Când auzi de prăjitură, în ochii lui Elsie apăru o licărire, iar trăsăturile i se îmblânziră. Dădu din umeri și trase un fum din țigară.

– Bine. Va trebui să ne grăbim. Mai am o scară de dereticat înainte de prânz. Elsie strivi țigara pe piatra cubică, apoi își scoase șorțul și i-l aruncă altei cameriste, care-l luă fără să spună nimic. La final îi zise Marianei: Ia-te după mine, dragă. Știu locul cel mai potrivit.

Mariana o urmă, și în clipa în care se întoarse cu spatele le auzi pe celelalte femei cum șușoteau între ele cu aprindere.

5

Cele două femei o luară pe King's Parade. Trecură de Market Square, cu corturile ei mari verde cu alb și tarabele cu flori, cărți și haine, și de Senate House, sclipind albă îndărătul unui grilaj negru lucios. Trecură pe lângă prăvălia cu ciocolată fondantă, pe a cărei ușă deschisă se revărsa mirosul copleșitor de dulce al zahărului și ciocolatei fierbinți.

Elsie se opri în dreptul copertinei roșu cu alb de la Copper Kettle.

– Ăsta-i locul meu preferat, zise.

Mariana încuviință din cap. Își amintea din studenție ceainăria.

– După dumneata.

O urmă pe Elsie înăuntru. Locul era plin de un amestec de studenți și turiști vorbind în toate limbile pământului.

Elsie se duse drept la vitrina cu prăjituri. Cercetă colecția de negrese, torturi de ciocolată, prăjituri cu nucă de cocos, plăcinte cu mere și tarte cu lămâie și bezea.

– Zău că n-ar trebui, murmură. Ei bine... poate că doar una. Se răsuci spre vânzătoarea în vârstă, cu părul alb, din spatele vitrinei: O felie de tort de ciocolată. Și un ceainic cu ceai negru. Ea plătește, preciză făcând semn cu capul spre însoțitoarea ei.

Mariana îşi comandă ceai şi se aşezară la o masă de lângă fereastră.

După un moment de tăcere, Mariana zâmbi.

– Mă întreb dacă o ştii pe nepoata mea, Zoe. Era prietena Tarei.

Elsie mormăi. Nu părea impresionată.

– A, e nepoata dumitale? Da, deretic la ea. Ce mai cuconiţă!

– Zoe? Ce vrei să spui?

– A fost foarte nepoliticoasă cu mine, în mai multe rânduri.

– Vai, îmi pare rău să aud asta. Nu-i stă în fire. O să vorbesc cu ea.

– Aşa să faci, dragă.

Urmă o clipă de stinghereală. Fu întreruptă de apariţia unei chelneriţe – tânără, drăguţă, est-europeană – care aducea ceaiul şi prăjitura. Elsie se lumină la faţă.

– Paulina! Ce mai faci?

– Sunt bine, Elsie. Tu?

– Ai auzit? Ochii i se lărgiră şi un tremur de emoţie falsă i se furişă în glas. Una dintre micuţele lui Elsie a fost măcelărită – tăiată în bucăţi lângă râu.

– Da, da, am auzit. Îmi pare rău.

– Ai grijă acum cum umbli. Nu-i sigur pentru o fată drăguţă ca tine, pe afară noaptea.

– O să fiu cu băgare de seamă.

– Bine.

Elsie se uită cu simpatie după chelneriţa care se îndepărta. Apoi se concentră asupra prăjiturii, pe care o atacă pofticioasă.

– Nu-i rea, zise printre îmbucături, fără să-şi dea seama că avea urme de ciocolată în jurul gurii. Vrei un pic?

Mariana clătină din cap.

– Nu, mulțumesc.

Prăjitura avu efectul scontat, îmbunătățind starea de spirit a cameristei. O privi gânditoare pe Mariana în timp ce mesteca.

– Acum, dragă, sper că nu te aștepți să cred aiureala aia cu psihoterapia. Cercetare, haida-de!

– Ești foarte perspicace, Elsie.

Femeia chicoti și lăsă că cadă în ceașcă un cubuleț de zahăr.

– Nu-i scapă multe lui Elsie, spuse mândră; avea obiceiul destul de derutant de a vorbi despre sine la persoana a treia. Îi aruncă Marianei o privire pătrunzătoare. Zi atunci, care-i treaba de fapt?

– Vreau doar să-ți pun câteva întrebări despre Tara... Pe un ton confidențial, Mariana zise: Erai apropiată de Tara, nu-i așa?

Elsie o cântări din ochi cu un aer bănuitor.

– Cine ți-a spus asta? Zoe?

– Nu. Am presupus că, fiindu-i cameristă, ați petrecut mult timp împreună. Mie mi-a fost foarte dragă camerista mea.

– Zău, dragă? Ce frumos.

– Păi, oferiți un serviciu atât de important... Nu sunt sigură că primiți întotdeauna aprecierea pe care o meritați.

Elsie aprobă din cap cu înfocare.

– Ai dreptate cu asta. Lumea crede că a fi cameristă înseamnă doar să ștergi praful și să golești câte un coș de gunoi. Însă micuțele sunt departe de casă pentru prima dată; nu pot fi lăsate să se descurce singure, trebuie să aibă cineva grijă de ele. Elsie e cea care are grijă de ele, spuse cu un zâmbet duios. Elsie vede de fătucile astea în fiecare zi: le trezește în fiecare dimineață – sau le găsește moarte, dacă s-au spânzurat în timpul nopții.

Surprinsă, Mariana ezită înainte de a formula următoarea întrebare.

– Când ai văzut-o ultima dată?

– În ziua în care a murit, firește... N-am să uit niciodată. Am văzut-o pe biata fată cum se îndrepta spre moarte.

– Ce vrei să spui?

– Păi, eram în curte, așteptând două colege – întotdeauna luăm împreună autobuzul spre casă. Și am văzut-o pe Tara plecând din camera ei. Arăta groaznic de necăjită. I-am făcut semn cu mâna și am strigat-o, dar, cine știe de ce, nu m-a auzit. Am văzut-o plecând – și nu s-a mai întors...

– Cât era ceasul? Îți amintești?

– Exact opt fără un sfert. Îmi amintesc pentru că mă uitam la ceas – riscam să pierdem autobuzul. Elsie țâțâi: Nu că i s-ar întâmpla să ajungă la timp.

Mariana îi mai turnă niște ceai din ceainic.

– Știi, mă întrebam despre prietenii ei. Ce părere ai despre ei?

Elsie înălță o sprânceană.

– A, vrei să zici *ele*, nu?

– „Ele"? Cum femeia zâmbea misterios, Mariana continuă prudentă: Când am vorbit cu Conrad, le-a zis „vrăjitoare".

– Nu zău? chicoti Elsie. Mai degrabă „scorpii", dragă.

– Nu-ți place de ele?

Camerista ridică din umeri.

– Nu erau prietenele ei, nu cu adevărat. Tara le ura. Nepoata dumitale era singura care se purta frumos cu ea.

– Și celelalte?

– Oh, celelalte o hărțuiau, sărăcuța de ea. Plângea pe umărul meu, asta făcea. „Ești singura mea prietenă, Elsie", zicea. „Te iubesc așa de mult, Elsie."

Își șterse o lacrimă imaginară. Marianei i se întorsese stomacul pe dos: acest spectacol era la fel de dezgustător de dulce ca tortul de ciocolată pe care tocmai îl înfulecase Elsie – și nu credea nici un cuvințel din el. Elsie fie se lăsa mânată de fantezie, fie era pur și simplu o mincinoasă. În ambele cazuri, Marianei îi displăcea tot mai mult compania ei. Cu toate acestea, insistă:

– De ce o hărțuiau pe Tara? Nu înțeleg.

– Erau geloase, nu? Pentru că era așa de frumoasă.

– Așa, deci. Mă întreb dacă n-ar fi putut să fie mai mult decât atât...

– Păi, ai face mai bine s-o întrebi pe Zoe despre *asta*, nu?

– Zoe? Mariana era surprinsă. Ce vrei să spui? Ce are Zoe de-a face cu asta?

Elsie îi răspunse cu zâmbetul său enigmatic.

– Ei, asta chiar că e o întrebare, nu-i așa, dragă?

Nu explică mai departe. Mariana era iritată.

– Și cum e cu profesorul Fosca?

– Ce-i cu el?

– Conrad a zis că i se aprinseseră călcâiele după Tara.

Elsie nu părea impresionată, nici surprinsă.

– Profesorul e bărbat, nu? La fel ca toți ceilalți.

– Adică?

Elsie pufni, dar nu răspunse. Mariana avea impresia că discuția se apropia de sfârșit și dacă ar fi tatonat mai departe, n-ar fi obținut decât o dezaprobare împietrită. Așa că, pe cât de nonșalant putu, strecură adevăratul motiv pentru care o adusese pe Elsie acolo și o mituise cu lingușeli și prăjitură.

– Elsie... crezi că... aș putea să văd camera Tarei?

– Camera ei? În primul moment păru că avea să refuze, dar apoi ridică din umeri. N-are ce să strice, presupun. Poliţiştii au cercetat totul, aşa că aveam de gând să fac curăţenie zdravănă mâine. Uite ce-i. Lasă-mă să-mi termin ceaşca de ceai, şi putem merge acolo împreună.

Mariana zâmbi satisfăcută.

– Mulţumesc, Elsie.

6

Elsie descuie camera Tarei, intră și aprinse lumina. Mariana o urmă.

Era ca orice cameră de adolescent, mai dezordonată decât cele mai multe. Poliția îi cercetase lucrurile fără să lase urme – era ca și cum Tara tocmai ieșise și se putea întoarce în orice clipă. Mai erau în aer o dâră de parfum și mirosul de mosc al marijuanei impregnat în mobilier.

Mariana nu știa ce caută. Căuta *ceva* ce le scăpase polițiștilor – dar ce anume? Luaseră toată aparatura în care Zoe spera să găsească vreun indiciu – computerul Tarei, telefonul și iPad-ul, toate lipseau. Rămâneau hainele, în dulap și înșirate pe fotoliu, în mormane pe podea – haine scumpe aruncate ca niște cârpe. Cărțile erau tratate cu aceeași lipsă de respect, lepădate pe jumătate citite, deschise pe podea, cu cotorul crăpat.

– Întotdeauna era așa de dezordonată?

– O, da, dragă. Elsie țâțâi și scoase un chicot îngăduitor. De nelecuit. Nu știu ce s-ar fi făcut dacă nu eram eu să am grijă de ea.

Camerista se așeză pe pat. Se părea că o luase pe Mariana drept confidentă. Și vorbele ei nu mai erau reținute; dimpotrivă.

– Părinții ei îi împachetează lucrurile azi. M-am oferit s-o fac eu. Să-i scutesc de osteneală. Cine știe de ce, n-au vrut să mă lase. Pe unii oameni nu-i poți mulțumi niciodată. Nu mă mira. Știu ce credea Tara despre ei. Mi-a zis. Că Lady Hampton e o scorpie cu nasul pe sus – și *nu-i nici o lady*, dă-mi voie să-ți spun. Cât despre soțul ei...

Mariana nu asculta decât cu o ureche, dorindu-și ca Elsie să plece, ca să se poată concentra. Se duse la măsuța de toaletă, pe oglinda căreia erau niște fotografii prinse în ramă. Într-una se vedeau Tara și părinții săi. Tara era incredibil de frumoasă, plină de lumină. Avea părul roșcat și lung și trăsături delicate – fața unei zeițe grecești.

Examină restul obiectelor de pe măsuță. Două sticluțe de parfum, cosmetice și o perie de păr. Se uită la perie. Rămăsese în ea o șuviță de păr roșcat.

– Avea un păr minunat, spuse Elsie, care o urmărise cu privirea. Obișnuiam să i-l perii. Îi plăcea să fac asta.

Mariana zâmbi politicos. Luă în mână o jucărie mică de pluș – un iepuraș pufos care era rezemat de oglindă. Spre deosebire de bătrâna Zebră a lui Zoe, roasă și ponosită după ani de smotoceală, această jucărie arăta ciudat de nouă, aproape neatinsă.

Elsie rezolvă iute misterul.

– Eu i l-am cumpărat. Era așa de însingurată atunci când a ajuns aici! Avea nevoie de un muțunache pufos pe care să-l strângă în brațe. Așa că i l-am adus pe iepurilă.

– Drăguț din partea dumneavoastră.

– Elsie are inima cât roata carului. Tot eu i-am adus și buiota. E groaznic de frig aici noaptea. Pătura aia pe care o primesc ei nu-i bună de nimic, e subțire ca un carton. Femeia căscă, arătând plictisită, și o întrebă: Crezi că mai stai mult, dragă? Că eu trebuie să-mi văd de treabă. Mai am o scară de curățat.

– Nu vreau să vă reţin. Poate... poate aş putea să mai stau câteva minute?

Elsie chibzui o clipă.

– În ordine. Mă duc să trag câteva fumuri înainte să mă întorc la lucru. Trage uşa după dumneata când pleci.

– Mulţumesc.

Elsie ieşi şi închise uşa. Mariana oftă. Slavă Domnului! Se uită în jur. Încă nu găsise – orice o fi fost ceea ce căuta. Spera că avea să recunoască acel lucru când îl vedea. Un fel de indiciu – o revelaţie despre starea de spirit a Tarei. Ceva care s-o ajute să înţeleagă – dar ce era?

Se duse la comodă şi deschise pe rând sertarele, cercetându-le conţinutul. O sarcină deprimantă, morbidă. Era ca o operaţie chirurgicală, de parcă ar fi tăiat trupul Tarei şi ar fi scormonit printre organe. Îi examină lucrurile cele mai intime – lenjeria de corp, cosmeticele, produsele pentru îngrijirea părului, paşaportul, permisul de conducere, cardurile de credit, fotografiile din copilărie, instantaneele ei ca bebeluş, micile amintiri şi însemnările pe care le făcuse, vechi chitanţe de la cumpărături, tampoane rătăcite, fiole de cocaină goale, tutun împrăştiat şi urme de marijuana.

Era ciudat: Tara dispăruse, întocmai ca Sebastian – lăsându-şi în urmă toate lucrurile. „După ce murim, tot ce rămâne în urma noastră este un mister; şi lucrurile noastre, desigur, sunt menite să fie cercetate de alţii", se gândi.

Hotărî să se lase păgubaşă. Orice o fi fost ceea ce căuta, nu era acolo. Poate că, de fapt, nici nu existase. Închise ultimul sertar şi dădu să plece.

În momentul în care deschise uşa, ceva o făcu să se oprească... şi să se întoarcă. Se uită prin încăpere încă o dată.

Ochii îi rămaseră la panoul de plută de pe perete, de deasupra biroului. Erau prinse pe el însemnări, pliante, ilustrate, două fotografii.

Una dintre ilustrate era o imagine pe care o cunoștea: un tablou de Tițian – *Tarquinius și Lucreția*. Se întinse s-o studieze mai atent.

Lucreția era în dormitor, pe pat, despuiată și lipsită de apărare; Tarquinius stătea în picioare lângă pat, ridicând deasupra ei un pumnal care lucea în lumină, și era pregătit să lovească. Era frumos, dar profund tulburător.

Desprinse ilustrata de pe panou. O întoarse pe partea cealaltă.

Acolo, pe dos, era un citat scris de mână cu cerneală neagră. Patru versuri, în greaca veche:

ἐν δὲ πᾶσι γνῶμα ταὐτὸν ἐμπρέπει·
σφάξαι κελεύουσίν με παρθένον κόρῃ
Δήμητρος, ἥτις ἐστὶ πατρὸς εὐγενοῦς,
τροπαῖά τ' ἐχθρῶν καὶ πόλει σωτήριαν.

Se holbă la ele nedumerită.

7

Mariana o găsi pe Clarissa așezată în fotoliul de lângă fereastră, cu pipa în mână, înconjurată de nori de fum, corectând un teanc de lucrări pe care le ținea în poală.

– Putem vorbi un pic? o întrebă din prag.

– Oh, Mariana! Ești încă aici? Intră, intră. Clarissa îi făcu semn să vină. Ia loc.

– Nu te întrerup?

– Orice mă poate lua de la corectarea lucrărilor e o păsuire cu adevărat bine-venită. Clarissa zâmbi și puse deoparte foile, apoi îi aruncă o privire plină de curiozitate Marianei, care se așeza pe canapea. Ai hotărât să mai stai?

– Doar câteva zile. Zoe are nevoie de mine.

– Bine. Foarte bine. Sunt tare bucuroasă. Își reaprinse pipa și pufăi un moment. Acum, ce pot face pentru tine?

Mariana vârî mâna în buzunar, scoase ilustrata și i-o dădu.

– Am găsit asta în camera Tarei. Mă întrebam ce înțelegi din ea.

Clarissa se uită un moment la pictură, apoi răsuci ilustrata. Înălțând o sprânceană, citi versurile cu glas tare:

– ἓν δὲ πᾶσι γνῶμα ταὐτὸν ἐμπρέπει: / σφάξαι κελεύουσίν με παρθένον κόρῃ / Δήμητρος, ἥτις ἐστὶ πατρὸς εὐγενοῦς, / τροπαῖά τ' ἐχθρῶν καὶ πόλει σωτήριαν.
– Ce este? întrebă Mariana. Recunoşti citatul?
– Cred că este Euripide. *Heraclizii*, dacă nu mă înşel. Ţi-e cunoscută?

Mariana simţi o fulgerare de ruşine că nu auzise niciodată de piesă, darămite s-o citească.

– Adu-mi aminte, te rog.
– Se petrece în Atena, spuse Clarissa întinzând mâna după pipă. Regele Demofon se pregăteşte de război, ca să apere oraşul de micenieni. Îşi propti pipa în colţul gurii, scăpără un chibrit şi o aprinse iar. Zise printre pufăieli: Demofon consultă oracolul... ca să afle şansele de succes... Citatul este din această parte a piesei.
– Înţeleg.
– Asta te ajută?
– Nu prea.
– Nu? Clarissa împrăştie cu mâna un nor de fum. Care-i problema?

Mariana zâmbi auzind întrebarea. Uneori mintea sclipitoare a Clarissei o făcea să pară un pic obtuză prin comparaţie.

– Greaca mea veche e cam ruginită, mă tem.
– Ah... da. Desigur, iartă-mă... Clarissa aruncă o privire ilustratei. În mare, spune: „Oracolele sunt de acord: pentru a învinge duşmanul şi a salva oraşul... trebuie să fie sacrificată o fecioară – o fecioară de viţă nobilă..."

Mariana clipi surprinsă.

– De viţă nobilă? Zice asta?

Clarissa încuviinţă din cap.

– Fiica unui πατρὸς εὐγενοῦς – un nobil... trebuie să-i fie sacrificată lui κόρῃ Δήμητρος...

– „Δήμητρος"?
– Zeița Demetra. Și „κόρη", desigur, înseamnă...
– Fiică.
– Așa e. Clarissa dădu din cap aprobator. O fecioară de viță nobilă trebuie să-i fie sacrificată fiicei Demetrei, adică Persefonei.

Mariana simți cum inima i-o lua la galop. „Nu-i decât o coincidență. Nu înseamnă nimic", își zise.

Clarissa îi dădu ilustrata zâmbind.

– Persefona era o zeiță cam răzbunătoare, sunt sigură că știi asta.

Incapabilă să vorbească, Mariana se mulțumi să încuviințeze din cap.

Bătrâna profesoară o privi cu atenție.

– S-a întâmplat ceva, draga mea? Pari un pic...
– Sunt bine... numai că...

O clipă se gândi să încerce să-i explice. Dar cum? Să-și dezvăluie ideea superstițioasă că această zeiță răzbunătoare avusese de-a face cu moartea soțului ei? Cum ar fi putut să spună asta cu voce tare fără să pară cu totul sărită de pe fix? Așa că ridică din umeri și murmură:

– E un pic ironic, asta-i tot.
– Ce anume? A, vrei să zici că Tara este *de viță nobilă* – și a fost *sacrificată*, ca să zicem așa? Într-adevăr, o ironie foarte neplăcută.
– Și nu crezi că ar putea să fie mai mult decât atât?
– Adică?
– Nu știu. Doar că... de ce era acolo? În camera ei. De unde a venit ilustrata?

Deloc impresionată de agitația vizitatoarei sale, Clarissa își flutură pipa.

– O, asta e uşor. În semestrul ăsta, Tara avea de făcut o lucrare despre tragedia greacă. Nu-i deloc imposibil să fi copiat un fragment dintr-una din piese, nu?

– Nu... presupun că nu.

– E un pic contrar firii sale, te asigur... După cum sunt sigură că va confirma profesorul Fosca.

Mariana clipi.

– Profesorul Fosca?

– El îi preda tragedia greacă.

– Înţeleg. Încercând să pară dezinvoltă, Mariana o îmboldi să-i ofere mai multe detalii: Chiar aşa?

– O, da. El este expertul, la urma urmei. E sclipitor. Cât eşti aici, ar trebui să asişti la un curs de-al lui. Foarte impresionant. Ştii că prelegerile lui au cea mai mare audienţă din facultate? Studenţii fac coadă de la parter să intre în sală, stau aşezaţi pe podea dacă nu mai sunt locuri. Ai mai auzit aşa ceva? Clarissa râse, apoi se grăbi să adauge: Desigur, la cursurile mele au fost întotdeauna foarte mulţi studenţi. Am fost tare norocoasă în această privinţă. Dar nu în aceeaşi măsură, trebuie să recunosc... Ştii, dacă eşti curioasă în privinţa lui Fosca, ar trebui să stai de vorbă cu Zoe. Ea îl cunoaşte cel mai bine.

– Zoe? făcu Mariana surprinsă. Cum aşa?

– Păi, este îndrumătorul ei, la urma urmei.

– A, înţeleg. Mariana încuviinţă, căzută pe gânduri. Da, desigur.

8

Mariana o luă pe Zoe în oraş ca să prânzească. Se duseră la o braserie franţuzească din apropiere, deschisă de curând. Era populară printre studenţii lihniţi de foame la care veniseră rudele în vizită.

Era un local mult mai rafinat decât restaurantele pe care Mariana şi le amintea din zilele de studenţie. Era plin şi zgomotos, cu discuţii, râsete şi tacâmuri ciocnite de farfurii. Mirosea îmbietor a usturoi şi vin şi carne care sfârâie. Un chelner elegant, cu vestă şi cravată, le conduse pe cele două la un separeu din colţ, cu faţă de masă albă şi banchete de piele neagră.

Mariana începu oarecum extravagant, comandând o jumătate de sticlă de şampanie rosé. Nu era ceva obişnuit la ea, şi Zoe înălţă o sprânceană.

– Ei bine, de ce nu? zise Mariana ridicând din umeri. Ne-ar prinde bine un pic de înveselire.

– Sunt cu totul de acord, răspunse fata.

Când sosi şampania, bulele trandafirii care sfârâiau şi scânteiau în paharele de cristal gros le îmbunătăţiră considerabil starea de spirit. La început nu aduseră vorba despre Tara sau crimă. Săreau de la un subiect la altul, spunându-şi ce mai făcuseră în ultimul timp. Vorbiră despre studiile lui Zoe la St. Christopher's şi despre felul în care se simţea intrând în anul trei – şi despre imaginea frustrant de neclară pe care o avea despre viața ei și ceea ce-și dorea să facă.

Apoi ajunseră la subiectul dragostei. Mariana o întrebă dacă se întâlnea cu cineva.

– Sigur că nu. Sunt așa de *puști* cei de aici! Sunt absolut fericită să n-am pe nimeni. N-o să mă îndrăgostesc niciodată.

Mariana zâmbi. Părea atât de tânără, își zise, când vorbea așa. *Apele liniștite...* Bănuia că, în ciuda protestelor lui Zoe, atunci când avea să se îndrăgostească, avea să se îndrăgostească puternic și profund.

– Într-o bună zi, o să vezi. O să se întâmple.

– Nu. Zoe clătină din cap. Nu, mersi. Din câte văd eu, dragostea nu aduce decât întristare.

Mariana nu-și putu stăpâni râsul.

– E o viziune cam pesimistă.

– Nu cumva vrei să zici *realistă?*

– Nu prea.

– Cum rămâne cu tine și Sebastian?

Mariana nu era pregătită pentru această lovitură sub centură, și încă dată atât de nonșalant. Avu nevoie de câteva secunde ca să-și găsească vocea.

– Sebastian mi-a adus mult mai mult decât întristare.

Zoe își ceru imediat scuze.

– Iartă-mă. N-am vrut să te necăjesc, eu...

– Nu sunt necăjită. E în ordine.

Însă nu era în ordine. Faptul că se aflau acolo, în acel restaurant plăcut, bând șampanie, le îngăduia să se prefacă o vreme – să fugă de crimă și de toate neplăcerile – și să existe fericite într-o mică bulă a clipei de față. Dar acum Zoe spărsese acea bulă, și Mariana simțea cum revine întregul șuvoi al tristeții, îngrijorării și spaimei sale.

O vreme mâncară în tăcere. Apoi Mariana spuse cu voce scăzută:

– Zoe. Cum te descurci...? În privința Tarei?

Zoe nu răspunse imediat. Dădu din umeri fără să ridice privirea.

– Bine. Nu grozav. Nu pot să nu mă gândesc la asta – la felul în care a murit, vreau să zic. Nu pot să mi-o scot din cap.

Ridică ochii spre mătușa ei, iar aceasta simți durerea empatiei frustrate; ar fi vrut să vindece totul, să alunge durerea lui Zoe, așa cum făcea când era mică, să-i bandajeze rana și să sărute locul ca să-i treacă, însă de data asta era imposibil. Se întinse peste masă și o strânse de mână.

– Știu că e greu să crezi în momentul ăsta, dar o să fie mai ușor.

– Da? A trecut mai mult de un an de când a murit Sebastian, și nu e deloc mai ușor. Încă doare, oftă Zoe.

– Știu. Mariana nu putea s-o contrazică, întrucât avea dreptate. Tot ce putem să facem este să încercăm să le cinstim amintirea – în cel mai bun mod în care suntem în stare.

Zoe îi susținu privirea și dădu din cap aprobator.

– Înțeleg.

Mariana continuă:

– Și cel mai bun fel de-a o cinsti pe Tara...

– Este să-l prindem?

– Da. Și o vom face.

Zoe păru consolată de acest gând.

– Așadar, ai făcut vreun progres?

– De fapt, chiar am făcut, zâmbi Mariana. Am vorbit cu camerista Tarei, Elsie. Și a zis...

– Of, Dumnezeule mare! exclamă Zoe dându-şi ochii peste cap. Află de la mine că Elsie e sociopată. Şi Tara o ura.

– Zău? Elsie s-a lăudat că erau foarte apropiate... Elsie a spus şi că ai fost nepoliticoasă cu ea.

– Pentru că e *psihopată*, de aceea. Mi se încreţeşte pielea când o văd.

„Psihopată" nu era cuvântul pe care l-ar fi folosit Mariana, însă nu era cu totul în dezacord cu impresia lui Zoe.

– În orice caz, nu-ţi stă în fire să fii nepoliticoasă. După o clipă de ezitare adăugă: Elsie a dat de înţeles şi că ştii mai multe decât îmi spui.

O privi cu atenţie, însă fata se mulţumi să dea din umeri.

– Nu contează. Ţi-a spus şi că Tara i-a interzis să mai intre în camera ei? Pentru că Elsie tot intra fără să bată la uşă, încercând să nimerească atunci când ieşea de la duş. Practic, o hărţuia.

– Înţeleg. Mariana se gândi un pic, apoi vârî mâna în buzunar. Şi despre asta ce zici? Scoase ilustrata pe care o găsise în camera Tarei şi-i traduse citatul. Crezi că e posibil ca Tara să fi scris versurile?

Zoe clătină din cap.

– Mă îndoiesc.

– De ce spui asta?

– Păi, sinceră să fiu, Tarei nu-i păsa nici cât negru sub unghie de tragedia greacă.

Mariana nu-şi putu stăpâni zâmbetul.

– Ai vreo idee cine ar fi putut să i-o trimită?

– Nu prea. E tare ciudat să faci asta. Un citat aşa de sinistru.

– Şi profesorul Fosca?

– Ce-i cu el?

– Crezi că ar putea fi autorul?
Zoe ridică din umeri. Nu părea convinsă.
– Adică, poate – dar de ce să trimită un mesaj în greaca veche? Și de ce acel mesaj?
– Într-adevăr, de ce? Mariana încuviință din cap pentru sine. Peste câteva momente, privind-o cu atenție, zise: Vorbește-mi despre el. Despre profesor.
– Ce anume vrei să-ți spun?
– Păi, cum este?
Zoe ridică din umeri, și pe față îi apăru o ușoară încruntare.
– Știi deja. Ți-am povestit despre el când a început să-mi predea. V-am spus, ție și lui Sebastian.
– Ne-ai spus? Dintr-odată, Mariana se lumină: A, da, profesorul american. Asta e. Acum îmi amintesc.
– Da?
– Da, îmi rămăsese în minte, cine știe de ce. Sebastian se întreba dacă nu cumva ți-a căzut cu tronc.
Zoe se strâmbă.
– Ei bine, s-a înșelat. N-a fost așa.
O spusese pe un ton atât de iritat, cu o asemenea vehemență, încât Mariana se întrebă dacă nu cumva *chiar* îi căzuse cu tronc. Și ce dacă? Nu era deloc neobișnuit ca studenților să li se aprindă călcâiele după îndrumători – mai ales când erau atât de charismatici și chipeși ca Edward Fosca.
Dar poate că o citea greșit pe Zoe... Poate că era îndârjită din cu totul alt motiv.
Hotărî să abandoneze subiectul, cel puțin pe moment.

9

După prânz se întoarseră la colegiu de-a lungul râului.

Zoe își cumpărase o înghețată de ciocolată și era absorbită cu totul de ea. Merseră o vreme într-o tăcere prietenoasă.

Tot timpul Mariana era conștientă de un fel de imagine dublă – un alt tablou palid proiectat peste cel din fața ochilor ei: Zoe copiliță, mergând exact pe aceeași cărare cu pietre sparte, mâncând altă înghețată. În timpul acelei vizite din studenția Marianei îl cunoscuse micuța Zoe pe Sebastian. Își amintea sfiala fetiței – și cum Sebastian i-o risipise cu un mic truc de magician, scoțându-i o liră de după ureche, truc care o încântase în continuare ani în șir.

Și acum Sebastian mergea alături de ele, desigur, altă imagine spectrală proiectată peste prezent.

„Ciudat, ce lucruri îți amintești." Mariana se uită la banca de lemn veche, roasă de intemperii, în dreptul căreia ajunseseră. Ea și Sebastian șezuseră acolo, pe acea bancă, după examenele ei de absolvire, sărbătorind cu prosecco amestecat cu *crème de cassis* și fumând Gauloises albastre șterpelite de Sebastian de la o petrecere din ajun. Își aminti că-l sărutase; cât de dulci fuseseră sărutările acelea, cu urma slabă de băutură amestecată cu tutun pe buzele lui!

Zoe o privi.

– Ești foarte tăcută. E vreo problemă?

Mariana încuviință din cap.

– Putem să ne așezăm un pic? Și apoi, repede: Nu pe banca asta. Pe aceea, zise arătând spre altă bancă, mai departe.

Merseră până la bancă și se așezară.

Era un loc liniștit, în umbra cu bănuți de soare a unei sălcii, chiar pe malul apei. Crengile salciei se legănau în adiere și vârfurile lor lăsau leneș dâre prin apă. Mariana se uită la o barcă purtată de curent pe sub pod.

Apoi observă o lebădă alunecând pe apă.

Pasărea avea ciocul portocaliu și ochii încercuiți cu negru. Arăta destul de rău. Penele cândva strălucitoare erau murdare și pătate la gât, înverzite de apa râului. Cu toate acestea, era o făptură impresionantă – ponosită, însă senină și foarte impunătoare. Își răsuci gâtul lung și se uită spre Mariana.

Să fi fost imaginația ei, sau o privea țintă?

O clipă, ochii negri ai lebedei părură că o măsoară, cu o inteligență rece.

În cele din urmă, evaluarea luă sfârșit. Pasărea își întoarse capul, și Mariana fu concediată – uitată. Se uită după lebăda care dispărea sub pod.

– Spune-mi, zise aruncându-i o privire lui Zoe. Nu-ți place de el, nu-i așa?

– De profesorul Fosca? N-am zis niciodată asta.

– E doar impresia pe care o am eu. Îți place?

Zoe ridică din umeri.

– Nu știu... Profesorul mă *fascinează*, presupun.

Mariana fu surprinsă să audă asta, și nu prea știa ce să înțeleagă.

– Și nu-ți place să fii fascinată?

– Sigur că nu. Zoe clătină din cap. Îmi place să văd pe unde merg. Și e ceva la el – nu știu cum să descriu, e ca și cum ar *juca un rol*, ca și cum n-ar fi cine pretinde că este. Ca și cum n-ar vrea să vezi cine este el cu adevărat. Dar poate că greșesc... Toți ceilalți cred că e uimitor.

– Da, Clarissa a zis că e foarte popular.

– Nici nu știi cât de popular. E ca un cult. Fetele, mai ales.

Mariana se gândi brusc la fetele în alb strânse în jurul lui Fosca la slujba ținută pentru Tara.

– Vrei să zici prietenele Tarei? Grupul acela de fete? Nu sunt și prietenele tale?

Zoe scutură din cap cu tărie.

– Nici vorbă. Mă feresc de ele ca de ciumă.

– Înțeleg. Nu par foarte populare.

Zoe o sfredeli cu privirea.

– Depinde pe cine întrebi.

– Adică?

– Păi, sunt preferatele profesorului Fosca... *Clubul admiratoarelor* lui.

– Cum adică? De ce le spui așa?

Zoe ridică din umeri.

– Sunt în grupul lui de studiu privat. O societate secretă.

– De ce secretă?

– E doar pentru *ele* – studentele lui „speciale". El le zice Fecioarele, pufni Zoe dându-și ochii peste cap. Nu-i cel mai tâmpit lucru pe care l-ai auzit?

– Fecioarele? Mariana se încruntă. Sunt doar fete acolo?

– Îhî.

– Înțeleg, murmură Mariana, care începea să vadă unde puteau duce toate astea și de ce Zoe fusese atât de reticentă. Și Tara era una dintre Fecioare?

– Da, confirmă Zoe. Era.
– Aha. Și celelalte? Pot să mă întâlnesc cu ele?
Zoe se strâmbă.
– Vrei să faci asta? Nu-s prea prietenoase.
– Unde sunt acum?
– Acum? Zoe se uită la ceas. Păi, profesorul Fosca are curs peste o jumătate de oră. Toată lumea o să fie acolo.
Mariana încuviință din cap.
– Atunci o să fim și noi.

10

Mariana și Zoe ajunseră la Facultatea de Engleză cu numai câteva minute înainte de ora prelegerii.

Se uitară la panoul din fața clădirii, căutând orarul zilei. Cursul de după-amiază ținut de profesorul Fosca era în cea mai mare sală de la etaj. Porniră într-acolo.

Sala de curs era un spațiu mare, bine luminat, cu șiruri de bănci din lemn închis la culoare coborând până la postamentul de jos, pe care se aflau un pupitru și un microfon.

Clarissa avusese dreptate în privința popularității cursurilor lui Fosca: amfiteatrul era ticsit. Găsiră două locuri libere în spate, sus de tot. Era o atmosferă palpabilă de emoție în rândul publicului, mai apropiată de cea a unui concert sau spectacol de teatru decât a unei prelegeri despre tragedia greacă, își zise Mariana.

Și apoi își făcu apariția profesorul Fosca.

Era îmbrăcat cu un costum negru elegant, părul îl avea pieptănat pe spate și înnodat strâns. Ținând un dosar cu însemnări, traversă postamentul până la pupitru. Reglă microfonul, se uită o clipă la cei din sală, apoi își plecă fruntea.

Prin public trecu o undă de ațâțare. Toate conversațiile încetară. Mariana nu-și putea alunga o umbră de scepticism – teoria grupurilor o învățase să nu aibă încredere în nici un grup îndrăgostit de profesorul lui;

rareori acele situații se încheiau cu bine. Din punctul ei de vedere, profesorul Fosca arăta mai degrabă a star pop bosumflat decât a profesor, și aproape că se aștepta să-l audă cântând. Dar când el ridică privirea nu începu să cânte. Spre surprinderea ei, avea ochii plini de lacrimi.

– Astăzi vreau să vorbesc despre Tara, rosti.

Mariana auzi în jur șoapte și văzu cum se răsuceau capetele, cum se uitau unii la alții; asta speraseră studenții. Ba chiar observă că doi dintre ei începuseră să plângă.

Lacrimile profesorului i se revărsară din ochi și se prelinseră pe obraji, fără ca el să le șteargă. Nu voia să reacționeze la ele, și glasul îi rămase calm și ferm. Vorbea cu atâta forță, își zise Mariana, încât nu avea nevoie de microfon.

Ce spusese Zoe? Că Fosca dădea întotdeauna un spectacol? În cazul acesta spectacolul era atât de bun, încât Mariana – la fel ca restul publicului – nu se putea împiedica să nu se simtă mișcată.

– La fel ca mulți dintre voi, Tara se număra printre studenții mei, iar soarta ei mi-a frânt inima. Îmi vine să spun că m-a adus la disperare. Am vrut să contramandez cursul de astăzi, însă ce îmi plăcea cel mai mult la Tara era forța ei, neînfricarea ei – și ea n-ar fi vrut ca noi să ne lăsăm pradă disperării și să fim învinși de ură. Trebuie să mergem mai departe. Aceasta este singura noastră apărare în fața răului... și cel mai bun mod de a o cinsti pe prietena noastră. Astăzi sunt aici pentru Tara. La fel ca voi.

Izbucni o furtună de aplauze și aclamații din partea publicului, la care el răspunse cu o înclinare a capului. Își adună însemnările și ridică din nou privirea.

– Și acum, doamnelor și domnilor, să trecem la lucru.

Profesorul Fosca era un vorbitor impresionant. Rareori se uita pe notițe, dând senzația că improviza întregul curs. Era însuflețit, atrăgător, spiritual, pasionat – și, cel mai important, prezent; părea să comunice direct cu fiecare persoană din public.

– Astăzi m-am gândit că ar fi o idee bună să vorbesc, printre altele, despre *liminal* în tragedia greacă. Ce înseamnă asta? Ei bine, gândiți-vă la Antigona, silită să aleagă între moarte și dezonoare; sau la Ifigenia, pregătindu-se să moară pentru Grecia; sau la Oedip, hotărând să se orbească singur și să rătăcească pe drumuri. *Liminalul* este între două lumi, chiar la marginea a ceea ce înseamnă să fii uman, unde ești despuiat de toate; unde transcenzi această viață și trăiești ceva mai presus de ea. Tragediile ne dau o imagine a acestui proces.

Fosca prezentă un diapozitiv proiectat pe ecranul mare din spatele său. Era un basorelief în marmură cu două femei care stăteau de o parte și de alta a unui tânăr gol, fiecare cu mâna dreaptă întinsă spre el.

– Le recunoaște cineva pe aceste două doamne?

O mare de capete clătinându-se. Mariana avea o idee, și spera din tot sufletul să se înșele.

– Aceste două zeițe, spuse el, sunt pe cale să inițieze un tânăr în tainicul cult eleusin. Sunt, desigur, Demetra și fiica sa, Persefona.

Mariana trase brusc aer în piept. Străduindu-se din răsputeri să nu se lase distrasă, încercă să se concentreze.

– Acesta este cultul eleusin, zise Fosca. Ritul secret din Eleusis, care îți dă exact experiența liminală de a fi între viață și moarte și de a transcende moartea. Ei bine, ritul eleusin este povestea Persefonei – Fecioara, cum i se spunea –, zeița morții, regina lumii de dincolo...

În timp ce vorbea, Fosca prinse pentru o clipă privirea Marianei. Zâmbi, abia perceptibil.

„Știe. Știe ce i s-a întâmplat lui Sebastian, și de aceea face asta. Ca să mă chinuiască pe mine."

Dar de unde știa? N-avea cum. Nu era cu putință. Nu spusese nimănui, nici măcar lui Zoe. Nu era decât o coincidență, atâta tot; și nu însemna *nimic*. Se sili să se liniștească și să se concentreze asupra discursului.

– Când și-a pierdut fiica la Eleusis, Demetra a cufundat lumea într-o beznă iernatică, până ce Zeus a fost silit să intervină. I-a îngăduit Persefonei să se întoarcă din moarte în fiecare an, timp de șase luni, care sunt primăverile și verile noastre. Și apoi, în cele șase luni în care locuiește în lumea de dincolo, avem toamna și iarna. Lumina și întunericul, viața și moartea. Această călătorie a Persefonei – de la viață la moarte și înapoi – a dat naștere cultului eleusin. Și acolo, la Eleusis, în locul de intrare în lumea de dincolo, *și tu* poți lua parte la acest rit secret – care îți dă aceeași trăire ca a zeiței.

Își coborâse vocea, și Mariana vedea capetele înclinându-se în față, gâturile lungindu-se ca să prindă fiecare cuvânt. Îi mâncau cu toții din palmă.

– Natura exactă a riturilor eleusine a rămas secretă mii de ani, continuă el. Riturile, misterele erau „de nerostit" – deoarece erau o încercare de a ne iniția în ceva mai presus de cuvinte. Cei care le-au trăit n-au mai fost aceiași. Au fost povești despre viziuni și apariții ale duhurilor și călătorii în viața de apoi. Dat fiind că la rituri putea participa oricine – bărbați, femei, sclavi sau copii –, nici măcar nu trebuia să fii grec. Singura cerință era să *cunoști* limba greacă, pentru a putea înțelege ce ți se spune. Ca pregătire, ți se dădea o băutură numită *kykeon*, făcută din orz. Și pe acest orz creștea o ciupercă neagră numită ergot, care are proprietăți halucinogene; peste mii de ani, din ea avea să fie preparat LSD-ul. Indiferent dacă grecii o știau sau nu, cu toții aveau halucinații. Ceea ce ar putea să explice unele viziuni.

Fosca spuse asta făcând cu ochiul, și obținu râsete. Lăsă râsul să se stingă și reluă pe un ton mai grav:

– Închipuiți-vă. Doar pentru o clipă. Închipuiți-vă că sunteți acolo – închipuiți-vă ațâțarea și teama. Toți acei oameni întâlnindu-se la miezul nopții la Ploutonion și fiind conduși de preoți în încăperile din stâncă, în peșterile dinăuntru. Singurele lumini erau torțele purtate de preoți. Cât de întunecat și plin de fum trebuie să fi fost! Stânca rece, umedă, înaintând tot mai adânc sub pământ, într-o încăpere uriașă – un spațiu *liminal*, chiar la marginea lumii de dincolo. Telesterionul, unde aveau loc misterele, era imens – patruzeci și două de coloane de marmură uriașe, o pădure făcută din piatră. Puteau să încapă acolo mii de inițiați deodată și era destul de mare ca să găzduiască alt templu – Anaktoronul, spațiul sacru în care doar preoții puteau să intre, unde erau păstrate relicvele Fecioarei.

Ochii negri ai lui Fosca scânteiau în timp ce vorbea. Vedea toate aceste lucruri în fața sa, pe când le evoca în cuvinte, ca și cum ar fi aruncat o vrajă.

– N-o să știm niciodată exact ce se petrecea acolo – misterul eleusin rămâne, la urma urmei, un *mister* –, însă în zori inițiații ieșeau la lumină, după ce trecuseră prin experiența morții și renașterii – și cu o nouă înțelegere a ceea ce înseamnă să fii om, să fii viu.

Tăcu o clipă și se uită lung la public. Apoi vorbi cu alt ton – scăzut, pasionat, plin de emoție.

– Dați-mi voie să vă spun ceva – despre *aceasta* este vorba în vechile piese de teatru grecești. Ce înseamnă să fii om. Ce înseamnă să fii viu. Și dacă vă scapă asta atunci când le citiți, dacă nu vedeți în ele decât o mână de vorbe moarte, atunci vă scapă cu totul afurisitul de miez. Vreau să spun, nu doar al pieselor – ci al vieții voastre, chiar *acum*. Dacă nu sunteți conștienți de transcendență, dacă nu percepeți gloriosul mister al vieții și morții din care sunteți destul de norocoși să faceți parte – dacă asta nu vă umple de bucurie și de venerație... atunci ați putea la fel de bine să nu fiți vii. Acesta este mesajul tragediilor. Participați la minunare. De dragul vostru – de dragul Tarei –, *trăiți-o*.

Nu se auzea nici musca. Și apoi – dintr-odată, aplauze spontane tari, pline de emoție.

Aplauzele ținură destul de mult.

11

Zoe și Mariana trebuiră să stea la rând ca să iasă din amfiteatru.
– Ei bine? o întrebă fata privind-o cu curiozitate. Cum ți s-a părut?
Mariana râse.
– Știi, „fascinant" e un cuvânt potrivit.
Zoe zâmbi.
– Ți-am spus eu.
Ieșiră în lumina soarelui. Mariana se uită la mulțimea de studenți care se învârteau pe acolo.
– Sunt aici? Fecioarele?
Zoe încuviință din cap.
– Acolo.
Arătă spre șase tinere adunate în jurul unei bănci. Patru erau în picioare, două, așezate; două dintre ele fumau.
Spre deosebire de ceilalți studenți care mișunau pe acolo, aceste fete nu erau dezordonate sau îmbrăcate excentric. Hainele lor erau elegante și păreau scumpe. Toate erau îngrijite, machiate, frumos coafate, cu manichiură. Cea mai distinctivă era atitudinea lor: un evident aer de încredere în sine, chiar de superioritate.
Mariana le examină un moment.
– Ai dreptate, nu par prietenoase.
– Nu sunt. Sunt tare snoabe. Se cred așa de „importante". Presupun că sunt – și totuși...

– De ce spui asta? De ce sunt importante?
Zoe ridică din umeri.
– Păi... Arată spre o blondă înaltă, cocoțată pe rezemătoarea băncii. De exemplu, ea e Carla Clarke. Tatăl ei e *Cassian Clarke*.
– Cine?
– Of, Mariana. E actor. E celebru.
Mariana zâmbi.
– Înțeleg. Bine. Și celelalte?
– Cea din stânga, frumușica aceea cu părul negru tuns scurt? E Natașa. Rusoaică. Tatăl ei e oligarh sau așa ceva, stăpânește jumătate din Rusia. Diya e prințesă indiană, iar anul trecut a avut cea mai mare medie din universitate. Practic, e un geniu. Cea cu care vorbește e Veronica – tatăl ei e senator, cred că a candidat la președinție... Îi aruncă o privire Marianei. Ai prins ideea?
– Da. Vrei să spui că sunt inteligente și totodată foarte privilegiate.
Zoe dădu aprobator din cap.
– Doar auzind despre vacanțele lor e destul ca să-ți vină să verși. Întotdeauna iahturi și insule particulare și cabane pentru schi...
– Îmi închipui, surâse Mariana.
– Nu-i de mirare că toată lumea le urăște.
– Chiar toată lumea?
– Mă rog, toată lumea le invidiază, oricum, spuse Zoe.
Mariana se gândi un pic.
– Bine. Hai să facem o încercare.
– Ce vrei să spui?
– Hai să vorbim cu ele despre Tara și Fosca.
– Acum? Zoe clătină din cap. Nici vorbă. N-o să meargă.
– De ce nu?

– Nu te cunosc, așa că se vor închide în ele sau, mai rău, se vor întoarce împotriva ta, mai ales dacă pomenești de profesor. Crede-mă, n-o face.

– S-ar zice că ți-e frică de ele.

– Îmi este, să știi. Sunt îngrozită, mărturisi fata.

Înainte ca Mariana să poată răspunde, îl văzu pe profesorul Fosca ieșind din clădirea cu amfiteatrul. Se duse la fete, iar ele se strânseră în jurul lui șoptind intim.

– Haide, zise Mariana.

– Ce? Nu, Mariana, să nu...

Fără s-o bage în seamă pe Zoe, se îndreptă spre Fosca și studente.

În vreme ce se apropia, profesorul ridică privirea spre ea și-i zâmbi.

– Bună ziua, Mariana. Mi s-a părut că te văd în amfiteatru.

– Așa este.

– Sper că ți-a plăcut.

Mariana căută cuvintele potrivite.

– A fost foarte... instructiv. Foarte impresionant.

– Mulțumesc.

– Sunt studentele dumneavoastră? îl întrebă uitându-se la tinerele adunate în jurul lui.

– Unele dintre ele, răspunse el amuzat. Unele dintre cele mai interesante.

Mariana le zâmbi fetelor, însă ele îi răspunseră cu o privire împietrită, un zid orb.

– Eu sunt Mariana, se prezentă. Mătușa lui Zoe.

Se uită în jur, dar Zoe n-o urmase și nu se vedea pe nicăieri. Se răsuci înapoi spre grupul de studente.

– Știți, n-am putut să nu vă remarc la slujba pentru Tara. Ieșeați toate în evidență, îmbrăcate în alb, le spuse zâmbind. Sunt curioasă de ce.

Sesiză o uşoară ezitare. Apoi una dintre ele, Diya, îi aruncă o privire lui Fosca şi răspunse:

— A fost ideea mea. În India întotdeauna purtăm alb la înmormântări. Şi albul era culoarea preferată a Tarei, aşa că...

Ridică din umeri, şi altă fată îi completă fraza.

— Aşa că am purtat alb în cinstea ei.

— Ura negrul, a zis alta.

— Înţeleg, spuse Mariana încuviinţând din cap. E interesant.

Le zâmbi din nou fetelor. Ele nu-i răspunseră la zâmbet.

În tăcerea care se lăsase, Mariana se uită la Fosca.

— Domnule profesor, aş vrea să cer o favoare.

— Spune.

— Ei bine, decanul m-a rugat, în calitatea mea de psihoterapeut, să port câteva discuţii neoficiale cu studenţii, să văd cum fac faţă celor întâmplate. Le aruncă o privire fetelor. Pot să le reţin pe câteva dintre studentele dumneavoastră?

Lansase propunerea cu toată nevinovăţia posibilă, dar acum, în timp ce continua să se uite la fete, simţea asupra sa privirea ca un laser a lui Fosca — aţintind-o, încercând s-o descifreze. Şi-l imagina gândind, întrebându-se dacă era sinceră sau încerca pe ascuns să-l verifice. Profesorul îşi consultă ceasul.

— Tocmai avem lecţie, dar presupun că mă pot lipsi de unele. Făcu semn cu capul spre două dintre ele. Veronica? Serena? Ce ziceţi?

Cele două tinere se uitară la Mariana. Era imposibil să-ţi dai seama ce părere aveau.

— Sigur, zise Veronica ridicând din umeri. Vorbea cu accent american: Mă rog, am deja un psihiatru... Dar o să beau un pahar dacă plăteşte ea.

Serena încuviință din cap.
— Și eu.
— Bine, atunci. Un pahar să fie. Mariana îi zâmbi lui Fosca. Mulțumesc.

Ochii negri ai profesorului stăruiau pe chipul ei. Îi zâmbi și el.
— Mi-a făcut plăcere, Mariana. Sper sincer să obții tot ce dorești.

12

Când plecă împreună cu cele două fete de la Facultatea de Engleză, Mariana o găsi pe Zoe pândind la intrare. O invită să li se alăture, și oferta unui pahar o făcu să accepte cu reținere. Se duseră la un bar din St. Christopher's College, aflat într-un colț al curții principale.

Barul era în întregime din lemn – dușumea cu scânduri vechi, strâmbe și noduroase, pereți lambrisați cu stejar și o tejghea mare din lemn. Mariana și cele trei tinere se așezară împreună la masa mare de stejar de la fereastra care dădea spre un zid acoperit cu iederă. Mariana se așeză lângă Zoe, față în față cu Veronica și Serena.

Își dădu seama că Veronica era fata care citise cu emoție din Biblie la slujba pentru Tara. Se numea Veronica Drake și provenea dintr-o familie bogată de politicieni americani – tatăl ei era senator la Washington.

Veronica avea o înfățișare remarcabilă și o știa. Obișnuia să-și dea părul blond peste umăr și să se joace cu el când vorbea. Era foarte machiată, accentuându-și gura și ochii mari, albaștri. Avea un corp frumos pe care și-l punea în valoare în blugi strâmți. Și se purta cu încredere în sine, cu autoritatea lipsită de sfială a cuiva care avusese parte încă de la naștere de toate avantajele.

Veronica comandă o halbă de Guinness pe care o dădu pe gât la iuțeală, iar asta îi dezlegă limba. Remarcându-i nota de prețiozitate din vorbire, Mariana se întrebă dacă luase lecții de dicție. Când Veronica mărturisi că după absolvire voia să devină actriță, Mariana nu fu surprinsă. Își spuse că sub machiaj, purtare și dicție se afla cu totul altă persoană, însă n-avea nici o idee cine anume; era posibil ca nici Veronica să nu știe.

Peste o săptămână Veronica avea să împlinească douăzeci de ani. Încerca să organizeze o petrecere, în ciuda atmosferei sumbre din colegiu.

– Viața trebuie să meargă mai departe, nu? Asta e ceea ce ar fi vrut Tara. Oricum, închiriez o sală privată la Groucho Club din Londra. Zoe, trebuie să vii și tu, adăugă, nu foarte convingător.

Zoe mormăi cu nasul în pahar.

Mariana se uită la cealaltă fată – Serena Lewis, care își sorbea în tăcere vinul alb. Serena avea corpul mic și suplu, și felul în care ședea acolo ducea cu gândul la o pasăre micuță cocoțată pe o ramură, care urmărește cu privirea totul, dar nu spune nimic.

Spre deosebire de Veronica, Serena nu era machiată – nu că ar fi avut nevoie; avea pielea curată, fără cusur. Părul negru și lung era împletit strâns și era îmbrăcată cu o bluză roz-pal și o fustă care cobora sub genunchi.

Serena era din Singapore, dar crescuse într-o serie de internate englezești. Avea vocea moale, cu un accent englezesc distinct din clasa superioară. Pe cât de îndrăzneață era Veronica, pe atât de reținută era Serena. Se tot uita la telefon; mâna îi era atrasă de el ca de un magnet.

– Spuneți-mi despre profesorul Fosca, le îndemnă Mariana.

– Ce-i cu el?

– Am auzit că el și Tara erau foarte apropiați.

– Nu știu unde ați auzit așa ceva. Nu erau *deloc* apropiați. Veronica se răsuci spre Serena. Erau?

Ca la un semnal, Serena ridică privirea de la mesajul pe care îl scria și scutură din cap.

– Nu, deloc. Profesorul se purta frumos cu Tara, însă ea nu făcea altceva decât să se folosească de el.

– Se folosea de el? repetă Mariana. În ce fel se folosea de el?

– Serena n-a vrut să spună asta, interveni Veronica. Vrea să spună că Tara îi irosea timpul și energia. Profesorul Fosca muncește foarte mult cu noi, știți. Este cel mai bun îndrumător care poate fi găsit.

Serena se grăbi s-o aprobe.

– Este cel mai grozav profesor din lume. Cel mai eminent. Și...

Mariana întrerupse osanalele.

– Mă întrebam despre seara crimei.

Veronica ridică din umeri.

– Am fost cu profesorul Fosca toată seara. Ne ținea o lecție particulară în apartamentul său. Tara ar fi trebuit să fie acolo, dar nu s-a arătat.

– Și la ce oră era asta?

Veronica îi aruncă o privire Serenei.

– A început la opt, așa-i? Și am continuat până la... Cât era? Zece?

– Da, așa cred. Zece sau un pic după.

– Și profesorul Fosca a fost cu voi tot timpul?

Ambele fete răspunseră deodată.

– Da, spuse Veronica.

– Nu, spuse Serena.

În ochii Veronicăi fulgeră iritarea. Se uită acuzator la colega ei.

– Ce vrei să zici?

Serena părea agitată.

– Oh, eu... nimic. Vreau să zic că a lipsit doar vreo două minute, asta-i tot. Să fumeze o țigară afară.

Veronica se destinse.

– Da, așa a fost. Am uitat. N-a lipsit decât un minut.

Serena încuviință din cap.

– Nu fumează înăuntru când sunt eu acolo din cauză că am astm. E foarte grijuliu.

Telefonul ei scoase brusc un bip, la primirea unui mesaj. Se repezi să vadă, și fața i se lumină când citi textul.

– Trebuie să plec, le spuse. Trebuie să mă întâlnesc cu cineva.

– A, nu! făcu Veronica dându-și ochii peste cap. Bărbatul misterios?

Serena se încruntă la ea.

– Termină!

Veronica râse și începu să cânte:

– *Serena are un iubit secret!*

– Nu-i iubitul meu.

– Dar e secret – nu vrea să ne spună cine este. Nici măcar *mie*. Făcu semn cu ochiul, cu tâlc. Mă întreb... e *însurat*?

– Nu, nu e însurat, bombăni Serena îmbujorându-se. Nu e *nicicum* – doar un prieten. Trebuie să plec.

– De fapt, și eu trebuie să plec, zise Veronica. Am repetiție. Îi zâmbi dulce lui Zoe. Ce păcat că n-ai primit nici un rol în *Ducesa de Amalfi*! O să fie un spectacol uimitor. Nikos, regizorul, e un geniu. O să fie cu adevărat celebru cândva. Arborând un aer triumfător, îi explică Marianei: *Eu* joc rolul Ducesei.

– Nu încape îndoială. Ei bine, îți mulțumesc că ai vorbit cu mine, Veronica.

– Nici o problemă.

Veronica îi aruncă o privire șireată, apoi plecă din bar, urmată de Serena.

– Îîîh... Zoe împinse deoparte paharul gol și oftă lung. Ți-am spus eu. Complet otrăvitoare.

Mariana n-o contrazise. Nici ei nu-i plăcuseră prea mult.

Mai important însă, avea impresia, șlefuită de ani de lucru cu pacienții, că și Veronica, și Serena o mințiseră.

Dar despre ce – și de ce?

13

Ani întregi m-am temut să deschid bufetul în care era.

Însă astăzi m-am pomenit cocoțat pe un scaun, întinzând mâna în sus și apucând cutia mică din nuiele împletite – această colecție de lucruri pe care voiam să le uit.

M-am așezat la lumină și am deschis-o. Am scotocit prin ea: scrisorile de dragoste stinghere, triste, pe care le-am scris pentru două fete, dar nu le-am trimis, două povești copilărești despre viața la fermă, câteva poezii proaste de care uitasem.

Însă ultimul lucru din această cutie a Pandorei era ceva de care-mi aminteam mult prea bine. Jurnalul intim îmbrăcat în piele cafenie pe care l-am ținut în acea vară în care aveam doisprezece ani – vara în care mi-am pierdut mama.

Am deschis jurnalul și l-am frunzărit: paragrafe lungi scrise cu o mână copilărească, necoaptă. Arăta atât de banal! Însă dacă n-ar fi fost conținutul acestor pagini, viața mea ar fi fost foarte diferită.

Pe alocuri scrisul era greu de descifrat. Era haotic și mâzgălit, mai ales spre sfârșit, ca și cum ar fi fost scris în grabă, într-un acces de nebunie – sau de sănătate mintală. În timp ce ședeam acolo, a fost ca și cum o ceață ar fi început să se ridice.

A apărut o cărare, ducând înapoi până în acea vară. Înapoi în tinerețea mea.

E o călătorie familiară. O fac adesea în vise: cotesc pe drumeagul șerpuit, îndreptându-mă spre fermă.

Nu vreau să merg înapoi.

Nu vreau să-mi amintesc...

Și totuși, trebuie s-o fac. Pentru că asta e mai mult decât o mărturisire. E o căutare a ceea ce s-a pierdut, a tuturor speranțelor care au pierit și a întrebărilor uitate. E o căutare a explicației: a cumplitelor secrete la care face aluzie jurnalul intim al acelui copil – pe care acum îl consult ca o ghicitoare care se uită în globul de cristal.

Atâta doar că nu caut viitorul.

Caut trecutul.

14

La ora nouă, Mariana se duse la Eagle să se întâlnească cu Fred.

Eagle era cel mai vechi local din Cambridge, la fel de popular acum ca în secolul al XVII-lea. Era alcătuit dintr-o serie de săli mici, lambrisate, legate între ele. Era luminat de lumânări și mirosea a friptură de miel, rozmarin și bere.

Sala principală era cunoscută ca „barul RAF[1]". Câțiva stâlpi susțineau tavanul povârnit, acoperit cu graffiti din al Doilea Război Mondial. În vreme ce aștepta la tejghea, Mariana deveni conștientă de mesajele de deasupra capului său, lăsate de oameni morți de mult. Piloții britanici și americani folosiseră creioane, lumânări și brichete ca să-și scrie pe tavan numele și numărul escadronului și făcuseră desene – de pildă, caricaturi de femei schițate cu ruj.

Barmanul cu față de copil, care purta o cămașă în carouri verde cu negru, îi zâmbi în timp ce scotea din mașina de spălat vase o tavă cu pahare aburinde.

– Cu ce să te servesc, scumpo?

– Un pahar de sauvignon blanc, vă rog.

– Vineee!

Îi turnă în pahar vinul. Mariana plăti, apoi căută un loc unde să se așeze.

---

[1] Royal Air Force – aviația militară britanică

Peste tot erau perechi de tineri care se țineau de mână și purtau conversații romantice. Refuză să se uite la masa din colț, unde ședea întotdeauna cu Sebastian.

Se uită la ceas. Nouă și zece.

Fred întârzia – poate că n-avea să vină. Spera să fie așa. Intenționa să mai aștepte zece minute înainte să plece.

În cele din urmă capitulă și aruncă o privire spre masa din colț. Era goală. Adunându-și curajul, se duse să se așeze acolo.

Începu să mângâie cu vârfurile degetelor crăpăturile din lemnul mesei, întocmai cum obișnuia pe vremuri. Așezată acolo, sorbind din vinul rece cu ochii închiși, ascultând sunetul atemporal al pălăvrăgelii și râsetelor din jur, își putea închipui că fusese transportată în trecut – cât timp ținea ochii închiși, putea fi acolo, în vârstă de nouăsprezece ani, așteptând să apară Sebastian cu tricoul lui alb și blugii decolorați, cu ruptura deasupra genunchiului.

– Bună, zise el.

Însă nu era vocea care trebuia, nu a lui Sebastian, și Mariana se simți derutată o fracțiune de secundă, înainte să deschidă ochii și să se rupă vraja.

Vocea era a lui Fred, care avea în mână o halbă de Guinness și îi zâmbea larg. Avea ochii scânteietori și părea îmbujorat.

– Iertare pentru întârziere. Îndrumarea a durat mai mult, așa că am pedalat cât de repede am putut. M-am ciocnit de un felinar.

– Ai pățit ceva?

– Sunt bine. Felinarul a fost cel care a încasat-o. Îmi dai voie?

La gestul ei aprobator, tânărul se așeză – pe scaunul lui Sebastian. O clipă, Mariana se gândi să-i propună să se mute la altă masă, dar își luă seama. Cum spusese Clarissa? Trebuia să nu se mai uite peste umăr. Trebuia să se concentreze pe prezent.

Cu un surâs larg, Fred scoase din buzunar un pachețel cu nuci de caju și i-l întinse. Ea clătină din cap.

El își aruncă în gură două nuci și le ronțăi, nedezlipindu-și privirea de pe chipul ei. Tăcerea era stânjenitoare, Mariana îl aștepta să spună ceva. Era supărată pe sine. Ce căuta acolo, cu puștiul acela cumsecade? Ce idee prostească! Hotărî să fie necaracteristic de tăioasă. La urma urmei, n-avea nimic de pierdut.

– Uite ce-i, zise. N-o să se întâmple nimic între noi. Pricepi? Niciodată.

Fred se înecă și începu să tușească. Abia după ce dădu pe gât niște bere izbuti să-și recapete răsuflarea.

– Scuze, îngăimă stingherit. Nu... nu mă așteptam la asta. Mesajul a fost recepționat. Nu ești de nasul meu, evident.

– Nu te prosti, îi replică Mariana. Nu-i asta.

– Atunci de ce?

– Un milion de motive, spuse ea ridicând din umeri.

– Zi unul.

– Ești mult prea tânăr pentru mine.

– Poftim? Fața lui Fred se înroși. Părea indignat și jenat. Asta-i *ridicol*!

– Câți ani ai?

– Nu-s chiar așa de tânăr, am aproape douăzeci și nouă de ani.

Mariana izbucni în râs.

– *Asta*-i ridicol.

– De ce? Câți ani ai tu?

– Destui ca să nu-mi rotunjesc vârsta. Am treizeci și șase.

– Şi ce-i cu asta? făcu el nonşalant. Vârsta nu contează. Nu când te simţi... aşa cum te simţi. Ştii, când te-am văzut în tren, am avut cea mai puternică presimţire că într-o bună zi o să-ţi cer să te măriţi cu mine. Şi tu o să spui da.
– Ei bine, te-ai înşelat.
– De ce? Eşti măritată?
– Da... nu, adică...
– Să nu-mi spui că te-a părăsit! Ce idiot!
– Da, asta-mi spun adesea. Mariana oftă, apoi vorbi repede, ca să termine cu subiectul: A... murit. Acum un an şi ceva. Mi-e greu... să vorbesc despre asta.
– Îmi pare rău, murmură Fred pleoştit. Acum mă simt ca un tont, adăugă peste câteva clipe.
– Nu trebuie. Nu-i vina ta. Mariana se simţea brusc foarte obosită şi supărată pe sine. Îşi goli paharul de vin şi spuse: Ar trebui să plec.
– Nu, încă nu. Nu ţi-am spus ce cred despre crimă. Despre Conrad. De aceea te afli aici, nu-i aşa?
– Ei bine?
Fred îi aruncă o privire piezişă, vicleană.
– Cred că au arestat pe cine nu trebuia.
– Zău? Ce te face să spui asta?
– L-am întâlnit pe Conrad. Îl ştiu. Nu-i un ucigaş.
Mariana încuviinţă din cap.
– Nici Zoe nu crede asta. Însă poliţiştii sunt de altă părere.
– Ei bine, am întors povestea asta pe toate părţile. Parcă îmi vine să încerc să rezolv eu însumi cazul. Îmi place să dezleg enigme. Am genul ăla de creier. Ce zici? o întrebă surâzător.
– Ce zic despre ce?
– Tu şi cu mine? Să facem echipă? Să-l rezolvăm împreună?

Mariana se gândi o clipă. Probabil că i-ar fi fost de folos ajutorul lui, însă știa că ar fi ajuns să-i pară rău. Clătină din cap.

– N-aș crede, dar mulțumesc.

– Ei bine, dă-mi de știre dacă te răzgândești. Scoase un pix din buzunar, își mâzgăli numărul de telefon pe dosul suportului pentru pahar și-i dădu cartonașul. Uite. Dacă ai nevoie de ceva, absolut orice, sună-mă.

– Mulțumesc, dar n-am intenția să mai stau mult.

– Tot zici asta, dar ești încă aici. Fred zâmbi larg. Am un presentiment bun în privința ta, Mariana. O intuiție. Cred cu tărie în intuiție.

La plecarea din local, Fred pălăvrăgea voios.

– Ești din Grecia, așa-i?

Ea confirmă printr-o înclinare a capului.

– Da. Am crescut la Atena.

– Ah, Atena e foarte distractivă. Iubesc Grecia. Ai fost în multe insule?

– În câteva.

– Ce părere ai de Naxos?

Mariana încremeni. Rămase în loc cu un aer stingher, brusc neputând să se uite la el.

– Poftim? șopti.

– Naxos? Am fost acolo anul trecut. Sunt pasionat de înot – mă rog, mai ales de scufundări – și e grozav acolo. Ai fost? Chiar că ar trebui...

– Trebuie să plec.

Mariana îi întoarse spatele înainte ca Fred să-i poată vedea lacrimile din ochi și plecă fără să se uite înapoi.

– Oh, îl auzi exclamând. Părea un pic șocat. Atunci, bine. Ne vedem mai încolo...

Mariana nu-i răspunse. „Nu-i decât o coincidență. Nu înseamnă nimic – uită, nu e nimic. Nimic", își zise.

Încercă să-și izgonească din minte gândul la insulă și merse mai departe.

15

După ce îl părăsi pe Fred în bar, Mariana se grăbi să se întoarcă la colegiu.

Seara era mai rece acum, iar în aer plutea o undă de frig tăios. Peste râu se lăţea ceaţa – în faţă, strada dispărea într-un nor dens, pâcla plutea deasupra pământului ca un fum gros.

Curând, îşi dădu seama că era urmărită.

Aceiaşi paşi se auziseră în urma sa curând după ce plecase de la Eagle. Erau paşi apăsaţi, paşi de bărbat; ghetele grele, cu tălpi tari, loveau în mod repetat pietrele pavajului, stârnind ecou pe strada pustie – şi destul de aproape în spatele ei. Era greu să-şi dea seama la ce distanţă, nu fără să se răsucească. Într-un târziu îşi luă inima-n dinţi şi se uită peste umăr.

Nu era nimeni acolo – nu cât vedea cu ochii, ceea ce nu era prea departe. Vălătuci de ceaţă înveleau strada, înghiţind-o.

Îşi văzu de drum. Dădu colţul.

Peste câteva clipe, paşii veniră după ea.

Merse mai repede. La fel făcură şi paşii.

Se uită peste umăr – şi de această dată văzu pe cineva.

Umbra unui bărbat, nu departe în spatele ei. Mergea departe de lumina felinarelor, pe lângă ziduri, ţinându-se în întuneric.

Mariana își simțea inima galopând. Se uită în jur după o cale de scăpare – și zări un bărbat și o femeie mergând la braț pe partea cealaltă a străzii. Coborî repede de pe trotuar și traversă spre ei.

Tocmai când ajunsese pe trotuarul celălalt, cei doi urcară treptele spre ușa unei case, o descuiară și dispărură înăuntru.

Merse mai departe, ciulind urechile să-și audă urmăritorul. Și când se uită peste umăr, iată-l: un bărbat în haine închise la culoare, cu fața în umbră, traversa strada după ea.

Zări la stânga o alee îngustă. Fără să mai stea pe gânduri, coti brusc pe acolo și începu să alerge.

Aleea ducea la râu, podul de lemn era în fața sa. Își înteți goana ca să treacă peste apă, de cealaltă parte.

Acolo, pe mal, era mai întuneric, fără felinare care să împrăștie bezna. Ceața era mai groasă, rece și udă pe pielea ei, și mirosea a îngheț, a zăpadă.

Mariana feri cu grijă crengile unui copac, apoi îi dădu ocol și se ascunse după el. Se lipi de trunchi, simțindu-i scoarța netedă și udă, și încercă să stea cât mai nemișcată și mai tăcută. Respira mai rar și fără zgomot.

Cu privirea ațintită spre malul celălalt, se puse pe așteptat.

Inevitabil, după câteva secunde îl zări – sau zări umbra lui – furișându-se pe pod și pe partea ei de râu.

Îl pierdu din vedere, dar îi auzea încă pașii, acum pe teren mai moale, pe pământ – dând târcoale la câțiva metri de ea.

Și apoi tăcere. Nici un sunet. Își ținu răsuflarea.

Unde era? Unde se dusese?

Așteptă un timp care i se păru nesfârșit, ca să fie sigură. Plecase? Se părea că da.

Ieși cu băgare de seamă de după copac. Îi trebuiră câteva secunde ca să se orienteze. Apoi își dădu seama – râul era acolo, în fața sa, lucind în întuneric. Nu trebuia decât să se țină de-a lungul lui.

Merse repede pe mal până la intrarea din spate a colegiului St. Christopher's. Acolo trecu podul de piatră și se duse la poarta mare de lemn din zidul de cărămidă.

Întinse mâna, apucă inelul de alamă rece și trase. Poarta nu se mișcă. Era încuiată.

Mariana șovăi, neștiind ce să facă. În timp ce-și analiza posibilitățile, auzi iar zgomot de pași.

Aceiași pași impetuoși. Același bărbat.

Și se apropia.

Se uită în jur, însă nu văzu nimic – doar vălătuci de ceață pierind în umbrele negre.

Dar îl auzea apropiindu-se, venind pe pod spre ea.

Încercă din nou poarta – degeaba, nu se clintea. Era prinsă în capcană. Simțea cum o cuprinde panica.

– Cine e? strigă în beznă. Cine-i acolo?

Nici un răspuns. Doar pași care erau aproape, mai aproape...

Mariana deschise gura să țipe...

Apoi, dintr-odată, la stânga sa, un pic mai departe, se auzi un scârțâit. O poartă mică se deschise în zid. Era ascunsă în parte de un tufiș, motiv pentru care n-o observase înainte. Făcută din lemn simplu, nelăcuit, era cam cât o treime din poarta principală. Din ea se ivi în întuneric fasciculul unei lanterne care îi lumină fața, orbind-o.

– E totul în ordine, domnișoară?

O năpădi un val de ușurare când recunoscu vocea lui Morris. În momentul în care îi îndepărtă lumina din ochi, îl văzu stând drept, după ce se încovoiase ca să treacă prin poarta joasă. Morris avea un pardesiu negru și mănuși negre. Se uită la ea atent.

— Sunteți bine? Îmi făceam rondul. Poarta din spate se încuie la zece, ar trebui să știți asta.

— Am uitat. Da... sunt bine.

El îndreptă lanterna spre pod. Neliniștită, Mariana urmări lumina cu privirea, însă nu se vedea nimeni.

Ascultă. Liniște deplină. Nu se auzeau pași.

Individul plecase.

— Îmi dați voie să intru? i se adresă lui Morris.

— Sigur. Intrați pe acolo, spuse el făcând semn spre poarta mică din spatele său. O folosesc adesea ca scurtătură. Urmați pasajul și o să ajungeți în curtea principală.

— Mulțumesc, zise Mariana. Vă sunt foarte recunoscătoare.

— Pentru nimic, domnișoară.

Trecu pe lângă el spre poarta deschisă. Își înclină capul, se cocârjă un pic și intră. Pasajul vechi din cărămidă era foarte întunecat și mirosea a umezeală. Poarta se închise în urma sa. Îl auzi pe Morris cum o încuie.

Mariana merse cu atenție prin pasaj, gândindu-se la cele întâmplate. Avu un moment de îndoială — chiar o urmărise cineva? Dacă da, cine? Sau era pur și simplu paranoică?

În orice caz, era ușurată să se afle înapoi la St. Christopher's.

Ajunse într-un coridor lambrisat cu stejar, o parte a clădirii care găzduia cantina din curtea principală. Se apropia de capăt când aruncă o privire în spate, iar ceea ce văzu o făcu să se oprească.

De-a lungul pasajului slab luminat atârnau portrete, iar unul îi atrăsese în mod special atenția. Era singur pe peretele respectiv. Mariana se uită lung la el. Era o față pe care o recunoștea.

Clipi de câteva ori, nesigură că vedea bine, apoi se apropie încet, ca în transă.

Rămase pe loc, cu fața în dreptul feței din tablou. Miji ochii. Da, el era.

Era Tennyson.

Dar nu era Tennyson la bătrânețe, cu părul alb și barba lungă, ca în alte imagini pe care le văzuse Mariana. Era Alfred Tennyson tânăr. De fapt, un băiețandru.

Nu putea să aibă mai mult de douăzeci și nouă de ani când i se făcuse portretul acela. Arăta chiar mai tânăr. Dar era neîndoielnic el.

Rareori văzuse un chip de o asemenea perfecțiune, se gândi. Frumusețea lui îi tăia răsuflarea. Avea falca puternică, cu unghiuri bine desenate, buze senzuale și părul lung până la umăr, negru și răvășit. O clipă îi veni în minte Edward Fosca, dar îl izgoni repede. În primul rând, ochii erau cu totul altfel. Ai lui Fosca erau negri, pe când ai lui Tennyson erau de un albastru pal, apos.

Hallam probabil că murise de vreo șapte ani când fusese pictat portretul, ceea ce însemna că Tennyson avea în față un întreg deceniu până să termine *In Memoriam*. Încă zece ani de suferință.

Și totuși chipul acela nu era răvășit de disperare. Se putea desluși pe el surprinzător de puțină emoție, sau deloc. Nu era tristețe, nu era nici urmă de melancolie. Erau încremenire și o frumusețe glacială. Dar nimic altceva.

De ce?

Era, își zise Mariana mijindu-și ochii spre tablou, ca și cum Tennyson s-ar fi uitat la ceva... ceva aflat nu prea departe.

Da, ochii aceia de un albastru pal păreau că privesc țintă ceva chiar lângă marginea vederii, ceva aflat într-o parte, în spatele capului ei.

La ce se uita oare?

Se îndepărtă de tablou destul de decepționată – ca și cum Tennyson ar fi dezamăgit-o. Nu știa ce nădăjduise să găsească în ochii lui – un pic de alinare, poate? Consolare sau forță? Până și suferința cumplită ar fi fost preferabilă.

Dar nu *nimic*.

Alungă portretul din minte și se grăbi să se întoarcă în camera ei.

În fața ușii o aștepta ceva.

Un plic negru pe podea.

Mariana îl ridică și-l deschise. Înăuntru era o hârtie împăturită. O desfăcu și o citi.

Era un mesaj scris cu cerneală neagră, cu litere elegante, înclinate:

Dragă Mariana,
Sper că ești bine. Ai vrea oare să ne întâlnim mâine dimineață ca să stăm un pic de vorbă? Ce zici de ora zece în Fellows' Garden?
Cu cele mai bune gânduri,

Edward Fosca

16

Dacă m-aș fi născut în Grecia antică, la nașterea mea ar fi fost numeroase semne rele și horoscoape care să prezică dezastre. Eclipse, comete învâlvorate și prevestiri despre Judecata de Apoi...

Așa, n-a fost nimic – de fapt, nașterea mea a fost caracterizată prin lipsa oricărui eveniment. Tata, omul care avea să-mi strâmbe viața și să mă prefacă în monstrul care sunt, nici măcar n-a fost de față. Juca de zor cărți cu unul dintre argații de la fermă, fumând trabucuri și bând whisky până noaptea târziu.

Dacă încerc să mi-o imaginez pe mama, dacă mijesc ochii, aproape că pot s-o văd, în ceață, neclar – frumoasa mea mamă, doar o copilă la cei nouăsprezece ani ai săi, într-o rezervă de spital. Aude asistentele vorbind și râzând în fundul coridorului. E singură, dar asta nu-i o problemă. Singură, poate avea un pic de tihnă – își poate desfășura gândurile fără teama de a fi atacată. Așteaptă cu nerăbdare pruncul, își dă ea seama, deoarece pruncii nu vorbesc.

Știe că soțul său vrea un băiat – dar în taină se roagă să fie fată. Dacă e băiat, o să crească și o să fie bărbat.

Și în bărbați nu poți avea încredere.

E ușurată când încep iar contracțiile. Îi abat atenția de la gânduri. Preferă să se concentreze asupra trupului: respirația, numărătoarea – durerea arzătoare care îi șterge din minte toate gândurile, așa cum e ștearsă creta de pe tablă. Apoi se lasă în voia ei, a durerii crâncene, și se pierde...

Până ce, în zori, m-am născut.

Spre întristarea mamei, nu eram fată. Când tata a auzit vestea că avea un băiat, a fost în culmea fericirii. Fermierii, la fel ca regii, au nevoie de mulți fii. Eu eram primul.

Pregătindu-se să-mi sărbătorească nașterea, a ajuns la spital cu o sticlă de vin spumos ieftin.

Dar era o sărbătoare?

Sau o catastrofă?

Soarta mea era pecetluită, chiar și atunci? Era prea târziu? Ar fi trebuit să mă sufoce la naștere? Să mă lase să mor și să putrezesc pe dealuri?

Știu ce ar zice mama dacă ar putea să citească ce scrie aici, căutarea vinovăției, dorința de a obține o condamnare. N-ar tolera asta.

„Nimeni nu-i răspunzător", ar zice. „Nu proslăvi evenimentele din viața ta și nu încerca să le dai un sens. Nu există sens. Viața nu înseamnă nimic. Moartea nu înseamnă nimic."

N-a gândit așa întotdeauna.

Mama n-a fost o singură persoană. Era altcineva odinioară, când presa flori și sublinia poezii: un trecut tainic pe care l-am găsit ascuns într-o cutie de pantofi, în fundul unui bufet. Fotografii vechi, flori turtite, poezii de dragoste cu greșeli de ortografie de la tata pentru mama, scrise când îi făcea curte. Însă tata a încetat curând să scrie poezii. Iar mama a încetat să le citească.

S-a măritat cu un bărbat pe care nu-l cunoștea aproape deloc. Iar el a dus-o departe de tot ce cunoscuse ea până atunci. A dus-o într-o lume a neplăcerii – cu zori reci și muncă fizică epuizantă cât e ziua de lungă: să cântărească mieii, să-i tundă, să-i hrănească. Iar și iar. Și iar.

Erau și clipe fermecate, desigur – cum ar fi vremea nașterii mieilor, când făpturile micuțe și nevinovate răsăreau ca ciupercile albe. Asta era partea cea mai bună.

Însă nu-și îngăduia să se atașeze de miei. Învățase să n-o facă.

Partea cea mai rea era moartea. Constantă, la nesfârșit – și toate procesele asociate cu ea: marcarea animalelor care urmau să fie ucise pentru că se îngrăşau prea puţin sau prea mult, sau nu rămâneau gestante. Şi apoi apărea măcelarul, în halatul lui îngrozitor, pătat de sânge. Şi tata zăbovea pe acolo, nerăbdător să ajute. Îi plăcea să omoare. Părea să se delecteze cu asta.

Mama fugea şi se ascundea cât dura totul, lua pe furiş o sticlă de votcă în baie, sub duş, unde credea că nu i se aude plânsul. Iar eu mă duceam în cel mai îndepărtat ungher al fermei, cât de departe puteam. Îmi astupam urechile, dar tot auzeam zbieretele.

Când mă întorceam în casă, peste tot plutea duhoarea morţii. Leşuri ciopârţite în şopronul fără pereţi, cel mai apropiat de bucătărie – şi jgheaburi înroşite de sânge. Carnea puţea îngrozitor cât era cântărită şi împachetată în bucătăria noastră. Bucăţele de carne cu sânge închegat se lipeau de masă şi bălţi de sânge se adunau pe suprafeţe, atrăgând roiuri de muşte grase.

Părţile nedorite ale cadavrelor – organe şi maţe şi alte rămăşiţe – erau îngropate de tata. Le arunca în puţul din spatele fermei.

Puţul era un loc de care mă fereu întotdeauna. Mă îngrozea. Tata ameninţa că mă îngroapă de viu în puţ dacă nu-l ascult sau nu mă port cum trebuie – sau îi trădez secretele.

„Nimeni n-o să te găsească vreodată", zicea. „Nimeni n-o să ştie vreodată."

Îmi tot închipuiam cum e să fiu îngropat de viu în puţ – înconjurat de stârvuri putrede, în care se zvârcolesc larve şi viermi şi alte făpturi cenuşii devoratoare de carne – şi mă cutremuram de frică.

Încă mă cutremur când mă gândesc la asta.

17

A doua zi, la zece, Mariana se duse la întâlnirea cu profesorul Fosca.

Ajunse la Fellows' Garden când ceasul capelei bătea ora zece. Profesorul era deja acolo. Purta o cămaşă albă descheiată la gât şi o haină de catifea reiată gri-închis. Părul lăsat liber îi curgea în jurul umerilor.

– Bună dimineaţa, îi zise. Mă bucur să te văd. Nu eram sigur c-o să vii.

– Sunt aici.

– Şi atât de punctuală. Mă întreb ce spune asta despre dumneata, Mariana.

Zâmbi, însă ea nu-i răspunse la zâmbet. Era hotărâtă să dezvăluie cât mai puţin cu putinţă.

Fosca deschise poarta de lemn şi-i făcu semn să intre în grădină.

– Mergem?

Îl urmă înăuntru. În Fellows' Garden aveau acces doar profesorii şi invitaţii lor, studenţilor fiindu-le interzis să intre. Mariana nu-şi amintea să mai fi fost vreodată acolo.

O izbi imediat atmosfera senină, frumuseţea locului. Era o grădină cufundată în stilul epocii Tudorilor, înconjurată de un zid de cărămidă vechi, neregulat. Flori de valeriană roşii ca sângele creşteau printre cărămizi, în crăpături, spărgând încetul cu încetul zidul.

Şi peste tot se vedeau plante viu colorate în trandafiriu, albastru şi roşu înfocat.

– E minunat, murmură ea.

Fosca încuviinţă din cap.

– O, da, într-adevăr. Vin aici adesea.

În timp ce păşeau pe cărare, Fosca reflectă cu glas tare la frumuseţea grădinii şi a oraşului, în general.

– E un fel de vrajă aici. O simţi şi dumneata, nu-i aşa? Îi aruncă o privire. Sunt sigur că ai simţit-o de la bun început, la fel ca mine. Mi te pot închipui – o studentă, abia coborâtă de pe vapor, în această ţară nouă, în această viaţă nouă... la fel ca mine. Simplă... singuratică... Am dreptate?

– Vorbiţi despre mine sau despre dumneavoastră?

Fosca zâmbi.

– Bănuiesc că amândoi am avut experienţe foarte asemănătoare.

– Am mari îndoieli.

Profesorul o cercetă o clipă, ca şi cum ar fi fost pe punctul de a spune ceva, dar se hotărî să n-o facă. Merseră mai departe în tăcere.

În cele din urmă, el zise:

– Eşti foarte tăcută. Nu mă aşteptam deloc la asta.

– La ce vă aşteptaţi?

Fosca ridică din umeri.

– Nu ştiu. La inchiziţie.

– Inchiziţie?

– Interogare, atunci.

Îi oferi o ţigară. Ea clătină din cap.

– Nu fumez.

– Nimeni nu mai fumează – în afară de mine. Am încercat să mă las şi n-am reuşit.

Îşi puse o ţigară între buze. Era o marcă americană, cu filtru. Scoase un chibrit, o aprinse şi scoase o trâmbă lungă de fum. Mariana privi fumul care dansă câteva momente în aer înainte de a dispărea.

– Te-am chemat să ne întâlnim aici deoarece am simțit că trebuie să vorbim. Am auzit că te interesezi de mine. Că le pui studenților mei tot felul de întrebări... Apropo, adăugă Fosca. Am verificat cu decanul. Din câte știe el, nu ți-a cerut niciodată să vorbești cu studenții, neoficial ori altfel. Așa că întrebarea e simplă: ce mama naibii pui la cale?

Mariana se uită la el și văzu că o scruta, încercând să-i citească gândurile cu ochii lui pătrunzători. Se feri de privirea lui și ridică din umeri.

– Sunt interesată, asta-i tot...

– În privința mea anume?

– În privința Fecioarelor.

– Fecioarelor? Fosca părea surprins. De ce?

– Pare ciudat să aveți un grup special de studenți. Cu siguranță asta nu face decât să stârnească rivalități și resentimente printre ceilalți, nu?

Fosca zâmbi și trase un fum.

– Ești specializată în terapia de grup, nu-i așa? Prin urmare, dumneata, mai mult ca oricine, ar trebui să știi că grupurile mici oferă un mediu perfect pentru ca mințile excepționale să înflorească. Asta e tot ce fac, creez acel spațiu.

– Un cocon pentru minți excepționale?

– Bine zis.

– Minți feminine.

Profesorul clipi și-i aruncă o privire rece.

– Adesea, cele mai inteligente minți sunt feminine... E așa de greu de acceptat asta? Nu se petrece nimic sinistru. Sunt un tip cumsecade, cu îngăduință mare pentru alcool – dacă cineva suferă vreun abuz aici, eu sunt acela.

– Cine a pomenit de abuz?
– Nu fi reticentă, Mariana. Îmi dau seama că m-ai pus în rolul personajului negativ – un prădător care vânează studentele vulnerabile. Numai că acum, că te-ai întâlnit cu aceste tinere doamne, vezi că n-au nimic vulnerabil. Nimic necuvenit nu se petrece la aceste întâlniri – nu-i decât un mic grup de studiu care discută despre poezie, savurând vin și dezbateri intelectuale.
– Cu excepția faptului că una dintre aceste fete e moartă.

Profesorul Fosca se încruntă. Prin ochi îi trecu un inconfundabil fulger de mânie. Se uită lung la ea.

– Crezi că poți vedea în adâncul sufletului meu?

Mariana își feri privirea, stingherită de întrebare.

– Nu, sigur că nu. N-am vrut să...
– Las-o baltă. Trase iar din țigară; toată mânia părea să i se fi evaporat când reluă: Cuvântul „psihoterapeut", după cum știi, vine din cuvintele grecești *psyche*, care înseamnă „suflet", și *therapeia*, care înseamnă „vindecare". Ești o vindecătoare de suflete? O să mi-l vindeci pe al meu?
– Nu. Doar dumneavoastră puteți face asta.

Fosca azvârli țigara pe cărare și o apăsă cu piciorul în pământ.

– Ești hotărâtă să nu-ți placă de mine. Nu știu de ce.

Spre iritarea sa, Mariana își dădu seama că nici ea nu știa.

– Ne întoarcem?

Porniră înapoi spre poartă. El se tot uita la Mariana.

– Mă intrigă persoana ta, îi spuse. Mă întreb la ce te gândești.
– Nu mă gândesc. Ascult, atâta tot.

Și asta făcea. Mariana n-o fi fost detectiv, însă era terapeut și știa să asculte. Să asculte nu doar ce se spune, ci și tot ce nu este spus, toate cuvintele nerostite – minciuni, evitări, proiectări, transferuri și alte fenomene psihologice care apar între doi oameni și care necesită un fel special de ascultare. Trebuia să asculte toate sentimentele pe care Fosca i le comunica inconștient. Într-un context terapeutic, acele sentimente ar fi fost numite transferuri și i-ar fi zis tot ce voia să știe despre acest bărbat, cine era – și ce ascundea. Câtă vreme își putea ține propriile emoții departe, desigur, ceea ce nu era ușor. Încercă să-și asculte trupul în timp ce mergeau și percepu o încordare crescândă: falca încleștată, dinții strânși pe mușcătură. Simți o arsură în stomac, o furnicătură pe piele – pe care le asocia cu mânia.

Dar a cui mânie? A ei?

Nu. Era a *lui*.

Mânia lui. Da, putea să o simtă. Acum el tăcea, dar sub tăcere era furie. O renega, desigur, însă era acolo, clocotind sub suprafață: cumva, Mariana îl înfuriase în timpul acestei întâlniri; fusese imprevizibilă, greu de citit, dificilă. Își zise brusc: „Dacă poate să se înfurie așa de tare, așa de repede, ce se întâmplă dacă îl provoc cu adevărat?"

Nu era sigură că ținea să afle.

Când ajunseră la poartă, Fosca se opri și o măsură gânditor cu privirea. În cele din urmă, luă o hotărâre.

– Ai vrea oare să continuăm această conversație... la cină? Ce zici de mâine-seară?

Se uita la ea, așteptând răspunsul. Mariana îi susținu privirea fără să clipească.

– În regulă.

Fosca zâmbi.

– Perfect. În apartamentul meu, la opt? Și încă ceva...

Pe neașteptate, se aplecă în față...

Și o sărută pe buze.

Nu durase decât o clipă. Până ca Mariana să poată reacționa, el se trăsese deja înapoi.

Fosca se răsuci și trecu pe poarta deschisă. Mariana îl auzi fluierând în vreme ce se îndepărta.

Își șterse buzele cu pumnul.

„Cum îndrăznește?"

Se simțea ca și cum ar fi fost agresată, atacată; și că el cumva câștigase, izbutise s-o prindă pe picior greșit, s-o intimideze.

De această dată mânia pe care o simțea nu era a lui.

Era a ei.

În întregime a ei.

18

După ce se despărți de Fosca, Mariana scoase din geantă suportul pentru pahar pe care i-l dăduse Fred. Formă numărul și-l întrebă dacă avea timp pentru o scurtă discuție.

Peste douăzeci de minute se întâlni cu Fred la poarta principală de la St. Christopher's. Tânărul își legă bicicleta de gard cu lanțul, apoi vârî mâna în tașcă și scoase două mere roșii.

– Eu numesc asta mic dejun. Vrei unul?

Îi întinse un măr. În primul moment ea vru să-l refuze, însă, dându-și seama că-i era foame, încuviință din cap.

Fred păru încântat. Alese mărul cel mai frumos, îl lustrui pe mânecă și i-l dădu.

– Mulțumesc.

Mariana îl luă și mușcă. Era fraged și dulce.

Fred îi zâmbi, vorbind printre înghițituri:

– Am fost bucuros să te aud la telefon. Aseară ai plecat cam brusc, am crezut că te-am supărat cu ceva.

Mariana ridică din umeri.

– N-a fost vina ta. A fost... Naxos.

– Naxos? întrebă el nedumerit.

– E... locul în care a murit soțul meu. S-a... înecat acolo.

– Of, Iisuse Hristoase! Ochii lui Fred se lărgiră. Of, Dumnezeule! Îmi pare așa de rău...
– N-ai știut?
– Cum aș fi putut să știu? Sigur că nu.
– Deci e o simplă coincidență? stărui ea privindu-l cu atenție.
– Păi... ți-am spus. Sunt un pic clarvăzător. Așa că poate am prins din zbor ceva, și de asta mi-a răsărit în minte Naxos.

Mariana se încruntă.
– Scuză-mă, dar nu cred.
– Ei bine, e adevărat. Ca să rupă tăcerea stânjenitoare care se lăsase, Fred rosti: Uite ce-i, îmi pare rău dacă te-am rănit...
– N-ai făcut-o, de fapt. N-are importanță.
– De aceea m-ai sunat? Să-mi spui asta?

Mariana clătină din cap.
– Nu.

Nu prea știa de ce îl sunase. Probabil era o greșeală. Își spusese că avea nevoie de ajutorul lui Fred, însă de fapt era o scuză – probabil că se simțea doar singură și o supărase întâlnirea cu Fosca. Își reproșa că făcuse asta, dar prea târziu; dacă tot îl chemase, putea măcar să profite la maximum de prezența lui.

– Vino, îi spuse. Vreau să-ți arăt ceva.

Intrară în colegiu și traversară Main Court, apoi trecură printr-o arcadă în Eros Court.

Mariana aruncă o privire spre fereastra lui Zoe. Nepoata ei nu era acasă, avea curs cu Clarissa. Dinadins nu-i vorbise despre Fred, pentru că nu știa cum să-i explice fetei de ce închegase o relație cu el. Nu și-o putea explica nici ei înseși.

În timp ce se apropiau de scara Tarei, Mariana făcu semn cu capul spre fereastra de la parter.

— Asta e camera Tarei. În seara în care a murit, camerista ei a văzut-o ieșind exact la opt fără un sfert.

Fred arătă spre poarta dosnică prin care se ieșea din Eros Court spre The Backs.

— Și a ieșit pe acolo?

— Nu. Clătinând din cap, Mariana întinse mâna în direcția opusă, prin arcadă. A ieșit prin Main Court.

— Hmm... asta-i ciudat. Poarta din spate duce la râu – cea mai scurtă cale spre Paradis.

— Ceea ce sugerează că se ducea altundeva.

— Să se vadă cu Conrad, cum a spus el?

— Poate. După o clipă de gândire, Mariana spuse: Mai e ceva. Morris, portarul, a văzut-o pe Tara ieșind pe poarta principală la ora opt. Așadar, dacă a plecat din cameră la opt fără un sfert...?

Lăsă întrebarea în aer. Fred o termină.

— De ce i-au trebuit cincisprezece minute ca să parcurgă o distanță care ar lua un minut, două cel mult? Înțeleg... Păi, ar putea să fie orice. Ar fi putut să-i scrie cuiva un mesaj, sau să fi văzut un prieten, sau...

În timp ce el vorbea, Mariana se uita la stratul de flori de sub fereastra Tarei, un petic cu flori de degețel violete și roz.

Și acolo, pe pământ, era un muc de țigară. Se aplecă și-l luă. Avea un filtru alb distinctiv.

— E o marcă americană, zise Fred.

Mariana încuviință din cap.

— Da... ca acelea pe care le fumează profesorul Fosca.

— Fosca? Fred își coborî glasul: Am auzit de el. Am prieteni în colegiul ăsta. Am auzit poveștile.

Mariana îl privi întrebător.

— Ce povești? La ce te referi?

— Cambridge e un loc mic. Toți vorbesc.

— Și ce spun?

– Că Fosca e faimos – sau *rău famat*... Oricum, petrecerile lui sunt.

– Ce petreceri? Ce anume știi?

Fred ridică din umeri.

– Nu mare lucru. Sunt numai pentru studenții lui. Dar am auzit că-s demențiale. O privi atent, descifrându-i expresia. Crezi că el a avut ceva de-a face cu asta? Cu uciderea Tarei?

Mariana reflectă câteva momente, apoi cedă.

– O să-ți spun ce-am aflat până acum.

În timp ce se plimbau în jurul curții îi povesti totul despre acuzațiile Tarei la adresa lui Fosca și despre dezmințirea lui, cu alibiul confirmat de martori. Îi mărturisi că, în ciuda alibiului, nu reușea să se convingă de nevinovăția lui. Se aștepta ca Fred să râdă sau s-o ia peste picior, sau cel puțin să n-o creadă, însă el n-o făcu, lucru pentru care îi era recunoscătoare. Descoperi că între ei se crease o complicitate; pentru prima dată după multă vreme, se simțea mai puțin singură.

– În afară de cazul în care Veronica și Serena și celelalte mint, încheie Mariana, Fosca a fost cu ele tot timpul – în afară de două minute, cât a ieșit să fumeze o țigară...

– Destul timp cât să coboare și să se vadă cu Tara aici, în curte, dacă o văzuse pe fereastră, sugeră Fred.

– Și să stabilească să se vadă în Paradis la ora zece?

– De ce nu?

Mariana ridică din umeri.

– Tot n-ar fi putut s-o facă. Dacă Tara a fost omorâtă la ora zece, el n-avea cum să ajungă acolo la timp. E nevoie de cel puțin douăzeci de minute ca să parcurgi distanța pe jos, și probabil mai mult cu mașina...

– În afară de cazul în care s-a dus pe apă, spuse Fred după un moment de gândire.

Mariana îl privi fără nici o expresie.

– Poftim?
– Poate că a luat o barcă.
– O barcă?

Suna atât de absurd, că-i veni să râdă.

– De ce nu? Nimeni nu supraveghează râul, așa că nimeni n-ar fi observat o barcă, mai ales noaptea. Ar fi putut să ajungă acolo și să plece neobservat... în vreo două minute.

Mariana se gândi la asta.

– Poate că ai dreptate.
– Știi să manevrezi o barcă cu fundul plat?
– Nu prea bine.
– Eu știu, o informă el zâmbind larg. De fapt, sunt chiar iscusit, dacă mi se îngăduie să spun asta... Ce zici?
– Despre ce anume?
– Mergem la hangar, închiriem o barcă și verificăm. De ce nu?

Înainte ca Mariana să poată face vreun comentariu, îi sună telefonul. Era Zoe. Răspunse imediat.

– Zoe? Ești bine?
– Unde ești?

Vocea fetei avea acel ton imperios, neliniștit, care îi spunea Marianei că ceva nu era în ordine.

– Sunt în colegiu. Tu unde ești?
– Sunt cu Clarissa. Tocmai au fost aici polițiștii...
– De ce? Ce s-a întâmplat?

Urmă o tăcere. Zoe se străduia din răsputeri să nu plângă, își dădu seama Mariana. Într-un târziu, spuse într-o șoaptă abia auzită:

– S-a întâmplat din nou.
– Ce... ce vrei să zici?

Mariana știa ce urma să audă. Cu toate acestea, avea nevoie ca nepoata ei să rostească vorbele.

– Altă înjunghiere, îngăimă Zoe. Au mai găsit un cadavru.

PARTEA A TREIA

O intrigă bine închegată trebuie să fie, prin urmare, simplă mai degrabă decât dublă, așa cum se pretinde. Mai trebuie iarăși ca schimbarea de situații să nu ducă de la nenorocire la fericire, ci, dimpotrivă, de la fericire la nenorocire, și nu din pricina unei josnicii înnăscute, ci a unei greșeli mari săvârșite.[1]

Aristotel, *Poetica*

---

[1] Aristotel, *Poetica*, traducere și comentarii de D.M. Pippidi, Editura IRI, București, 1998, p. 81

1

Cadavrul fusese găsit pe un câmp, la marginea Paradisului. Era un izlaz comunal pentru care fermierii aveau drepturi de pășunat încă din Evul Mediu, și un fermier, scoțând cireada de vaci în acea dimineață, făcuse descoperirea îngrozitoare.

Mariana voia să ajungă acolo cât mai repede posibil. În ciuda protestelor furioase ale lui Zoe, nu-i îngădui s-o însoțească. Era hotărâtă s-o apere cât mai mult posibil de neplăceri, iar ceea ce urma avea să fie neplăcut.

În schimb, îl luă pe Fred, care folosi harta de pe telefon ca să găsească drumul.

În timp ce mergeau de-a lungul râului, dincolo de colegii și pajiști, Mariana trăgea în piept mirosul de iarbă și pământ și arbori – și era purtată înapoi în prima toamnă, cu atâția ani în urmă, când sosise în Anglia, schimbând căldura umedă a Greciei pe cerurile de cărbune și iarba udă din estul Angliei.

De atunci, pentru Mariana zona rurală a Angliei își păstrase neatins farmecul – până acum. Astăzi nu simțea nici o încântare, ci doar o senzație de groază care-i răscolea stomacul. Acele câmpuri și pajiști pe care le iubea, acele cărări pe care mersese cu Sebastian erau pângărite pentru totdeauna. Nu mai erau sinonime cu dragostea și fericirea – de acum încolo, aveau să însemne doar sânge și moarte.

Nu-și spuseră mare lucru pe drum. După vreo douăzeci de minute, Fred arătă ceva în față.

– Acolo este.

La marginea câmpului era un șir de vehicule – ale poliției, care de reportaj – parcate unul în spatele altuia pe drumul de pământ. Mariana și Fred merseră pe lângă mașini până ajunseră la banda pusă de poliție, unde câțiva agenți țineau în frâu presa. Mai era și o ceată de gură-cască.

Mariana se uită la ei și-și aminti dintr-odată de mulțimea morbidă care se strânsese pe plajă să asiste la scoaterea cadavrului lui Sebastian din apă. Își aminti acele chipuri – expresii îngrijorate care mascau ațâțarea obscenă. Doamne, cum îi mai urâse! Acum, văzând aici aceleași expresii, o cuprinse greața.

– Haide, zise. Să mergem.

Fred nu se urni însă. Părea un pic nesigur.

– Unde?

Mariana arătă dincolo de banda pusă de poliție.

– Pe acolo.

– Cum o să intrăm? Ne vor vedea.

Mariana privi în jur.

– Ce-ar fi să te duci să le abați atenția, ca să-mi dai șansa să mă strecor?

– Sigur. Pot să fac asta.

– Nu te deranjează că nu vii și tu?

Fred clătină din cap ferindu-și privirea.

– Sincer să fiu, nu prea suport vederea sângelui – cadavre și chestii de-astea. Prefer să aștept aici.

– Bine. Nu stau mult.

– Noroc!

– Și ție, zise ea.

El stătu câteva clipe ca să-și adune curajul, apoi se duse la polițiști și intră în vorbă cu ei, năpădindu-i cu întrebări.

Mariana profită de ocazie și se apropie de bandă. Se încovoie ca să se strecoare pe dedesubt, apoi își îndreptă spatele și merse mai departe – dar nu făcu decât câțiva pași până ce auzi o voce.

– Hei! Ce faci?

Se întoarse. Un polițist venea în goană spre ea.

– Stai pe loc! Cine ești?

Înainte ca Mariana să poată răspunde, fură întrerupți de Julian, care ieșise dintr-un cort al criminaliștilor. Acesta îi făcu semn cu mâna agentului ca să-l liniștească:

– E în ordine. E cu mine. E o colegă.

Polițistul îi aruncă Marianei o privire neîncrezătoare, dar se dădu deoparte. Când se asigură că nu mai era nici o problemă din partea lui, Mariana se răsuci spre Julian.

– Mulțumesc.

Julian zâmbi.

– Nu te dai bătută ușor, nu? Îmi place asta. Să sperăm că nu dăm nas în nas cu inspectorul. Îi făcu un semn complice cu ochiul. Vrei să arunci o privire? Legistul e un vechi prieten de-al meu.

Se îndreptară către cort. Legistul stătea în fața lui, scriind un mesaj pe telefon. Era un bărbat de vreo patruzeci de ani, înalt, complet chel, cu ochi albaștri pătrunzători.

– Kuba, zise Julian, am adus o colegă, dacă nu te deranjează.

– Nici o problemă. Kuba îi aruncă Marianei o privire. Vorbea cu un ușor accent polonez. Te previn că nu-i o priveliște frumoasă. Mai rău decât data trecută.

Arătă cu mâna înmănuşată spre spatele cortului.
Mariana trase adânc aer în piept şi o luă într-acolo.
În clipa următoare îi apăru în faţa ochilor.
Era cel mai îngrozitor lucru pe care-l văzuse vreodată. Îi era frică să se uite. Nu părea real.
Cadavrul unei tinere, sau ce mai rămăsese din el, era întins pe iarbă. Torsul era sfârtecat până ce nu mai putea fi recunoscut – nu mai rămăsese decât un amestec de sânge şi organe, noroi şi pământ uscat. Capul era neatins şi ochii erau deschişi, văzând şi nevăzând – în această privire, o cale ducea spre nefiinţă.
Mariana se holba încremenită la aceşti ochi; la fel ca privirea Meduzei, aveau puterea de a împietri chiar şi după moarte...
O replică din *Ducesa de Amalfi* îi fulgeră prin minte: „Acoperă-i faţa, ochii mi-s orbiţi – a murit tânără".
Chiar că murise tânără. Prea tânără. N-avea decât douăzeci de ani. Săptămâna viitoare era ziua ei, organiza o petrecere.
Mariana ştia asta deoarece o recunoscuse pe dată.
Era Veronica.

2

Mariana se îndepărtă de cadavru.

Îi era rău fizic. Trebuia să pună o oarecare distanță între ea și ceea ce văzuse. Voia să plece, dar știa că n-avea cum să fugă – era o imagine care urma s-o bântuie tot restul vieții. Sângele, capul, acei ochi holbați...

„Încetează", își zise. „Încetează să te gândești."

Merse mai departe până când ajunse la un gard de lemn șubred care despărțea acel câmp de următorul. Părea șubred și gata să se dărâme; se rezemă de el – un sprijin fragil, dar mai bine decât nimic.

– Ești bine?

Julian se ivi lângă ea și-i aruncă o privire îngrijorată.

Mariana încuviință din cap. Dându-și seama că avea ochii plini de lacrimi, le șterse jenată.

– Sunt bine.

– După ce vezi atâtea scene ale unor crime, ca mine, te deprinzi cu ele. Nu știu cât îți este de folos s-o spun, dar cred că ești curajoasă.

– Ba nu sunt, deloc, suspină ea.

– Și ai avut dreptate în privința lui Conrad Ellis. Era în arest în timpul crimei, așa că asta îl exonerează... Julian se uită la Kuba, care se apropia de ei. În afară de cazul în care nu crezi că au fost ucise de aceeași persoană...

Kuba clătină din cap, scoțând din buzunar o țigară electronică.

– Nu, e același individ. Același mod de operare, am numărat douăzeci și două de răni de cuțit.

Trase din țigară și suflă nori de aburi.

Mariana îl privi cu atenție.

– Avea ceva în mână. Ce era?

– Ah. Ai observat? Un con de pin.

– Așa mi s-a părut. Ce ciudat.

– De ce spui asta? o întrebă Julian.

Mariana ridică din umeri.

– Păi, nu-i nici un pin pe aici. Se gândi o clipă. Mă întreb, există cumva un inventar al tuturor lucrurilor găsite pe cadavrul Tarei?

– Interesant că spui asta, zise Kuba. Mi-a dat și mie prin cap, așa că am verificat. Și era un con de pin și pe cadavrul Tarei.

– Un con de pin? făcu Julian. Ce interesant. Trebuie să însemne ceva pentru el... dar ce anume, mă întreb.

În timp ce el spunea asta, Mariana își aminti brusc unul dintre diapozitivele pe care le prezentase profesorul Fosca la cursul despre misterele din Eleusis: un basorelief de marmură înfățișând un con de pin.

„Da", se gândi. „Înseamnă ceva."

Frustrarea îl făcu pe Julian să izbucnească:

– Dar cum reușește? Ucide în mijlocul câmpului, apoi se face nevăzut, plin de sânge, fără să existe vreun martor, vreo armă a crimei, vreo dovadă perceptibilă... nimic.

– Doar o privire aruncată în iad, spuse Kuba. Însă te înșeli în privința sângelui. Nu-i obligatoriu să fie plin de sânge. La urma urmei, hăcuirea a fost făcută după moarte.

– Poftim? Mariana îl privea fix. Ce vrei să zici?

– Exact asta. Mai întâi le-a tăiat beregata.

– Ești sigur?
– O, da, răspunse legistul. În ambele cazuri, cauza morții este o incizie profundă, care a despicat țesuturile gâtului până la os. Moartea trebuie să fi fost instantanee. Judecând după adâncimea rănii... bănuiesc că a lovit de la spate. Îmi dai voie?

Se duse în spatele lui Julian și demonstră cu eleganță, folosind țigara electronică în chip de cuțit. Mariana tresări când Kuba mimă tăierea gâtului.

– Vedeți? Sângele arterial țâșnește în față. Apoi, cu cadavrul întins pe pământ, în timpul hăcuirii, sângele se prelinge în jos, în pământ. Așa că se poate să nu se fi murdărit deloc.

Mariana clătină din cap.
– Dar asta n-are nici un sens.
– De ce?
– Pentru că ăsta nu-i un atac sub imperiul freneziei. Nu se poate vorbi de pierderea controlului, de *furie*...
– Nu. Dimpotrivă. E foarte calm, controlat, ca și cum ar executa un fel de dans. E o operațiune de mare precizie. E ceva... *rytualistyczny*... Legistul căută cuvântul în engleză. Ritualic...? E corect?
– Ritualic?

Mariana îl privi lung în timp ce o serie de imagini îi fulgerau în minte: Edward Fosca pe postament, vorbind la curs despre riturile religioase; ilustrata din camera Tarei, cu un oracol din Grecia antică cerând un sacrificiu; și, într-un ungher dosnic al minții, amintirea de neșters a unui cer albastru strălucitor, cu soarele învăpăiat și ruinele unui templu dedicat unei zeițe răzbunătoare.

Era ceva – ceva la care trebuia să se gândească. Dar înainte să-l poată presa mai mult pe Kuba, în spatele ei se auzi o voce.

– Ce se petrece aici?

Se răsuciră cu toții. Inspectorul-șef Sangha nu părea deloc încântat să-i vadă.

3

– Ce caută ea aici? se răsti încruntat Sangha.

Julian făcu un pas în față.

– Mariana e cu mine. M-am gândit că ar putea să aibă vreo idee, și a fost de foarte mare ajutor.

Sangha deșurubă termosul, îl puse în echilibru precar pe un stâlp din gard și-și turnă ceai. Părea obosit, își zise Mariana; nu-i invidia slujba. Investigația tocmai își dublase volumul, și el tocmai își pierduse singurul suspect. Nu-și dorea să înrăutățească lucrurile, dar n-avea de ales.

– Domnule inspector-șef, știți că victima este Veronica Drake? Era studentă la St. Christopher's.

Pe chipul inspectorului apăru o expresie de consternare.

– Sunteți sigură?

Mariana încuviință din cap.

– Știți și că profesorul Fosca le preda ambelor victime? Amândouă erau în grupul lui special.

– Ce grup special?

– Cred că ar trebui să-l întrebați pe el despre asta.

Inspectorul Sangha își bău ceaiul înainte de a răspunde.

– Înțeleg. Alte ponturi, Mariana?

Marianei nu-i plăcu tonul lui, dar zâmbi politicos.

– Asta-i tot, deocamdată.

Sangha vărsă pe pământ restul ceaiului, scutură capacul termosului și-l înșurubă la loc.

– Ți-am cerut deja să nu te amesteci în ancheta mea. Așa că hai să formulez altfel. Dacă te mai prind nepoftită la altă scenă a unei crime, te arestez eu însumi. Bine?

Mariana deschise gura să răspundă, însă Julian vorbi primul:

– Scuze. N-o să se mai întâmple. Hai, Mariana.

O conduse, împotriva voinței ei, înapoi spre banda pusă de poliție.

– Mă tem că lui Sangha i s-a pus pata pe tine, îi zise. În locul tău, m-aș feri din calea lui. Mușcă infinit mai rău decât latră. Nu-ți face griji, o să te țin la curent cu orice se mai ivește, adăugă făcându-i cu ochiul.

– Mulțumesc. Îți sunt recunoscătoare.

Julian zâmbi.

– Unde stai? Pe mine m-au cazat la un hotel de lângă gară.

– Eu stau în colegiu.

– Drăguț. Ai chef de un pahar diseară? Ca să ne povestim ce-am mai făcut?

Mariana clătină din cap.

– Nu, îmi pare rău, nu pot.

– Oh, de ce nu?

Julian îi oferi un zâmbet luminos, dar apoi îi urmări privirea și văzu că Mariana se uita la Fred, care îi făcea semn cu mâna din cealaltă parte a benzii.

– Ah, făcu el încruntându-se. Văd că ai deja planuri.

– Poftim? Înțelegând, Mariana se grăbi să-i explice: Nu, e doar un prieten de-al lui Zoe.

– Sigur. Julian îi zâmbi neîncrezător. Nici o grijă. Ne mai vedem, Mariana.

Julian părea un pic enervat. Se răsuci pe călcâie și se îndepărtă.

Și Mariana se simțea enervată – de ea însăși. Se aplecă pe sub bandă și se întoarse la Fred. Furia i se întețea cu fiecare clipă. De ce spusese acea minciună stupidă, că Fred era un prieten de-al lui Zoe? Nu era vinovată de nimic, n-avea nimic de ascuns; și atunci, de ce să *mintă*?

Doar dacă, desigur, nu era sinceră cu sine în privința sentimentelor pe care le nutrea față de Fred. Să fie cu putință? Dacă da, era un gând profund neliniștitor.

Despre ce altceva se mai mințea singură?

4

Când se află că încă o studentă de la St. Christopher's College fusese ucisă – și că era fiica unui senator american –, povestea ajunse pe prima pagină a ziarelor din întreaga lume.

Senatorul Drake și soția sa urcară în primul avion disponibil de la Washington, hăituiți de presa din Statele Unite și urmăriți de corespondenții unor publicații din toată lumea, care descinseră în câteva ore la St. Christopher's.

Asta îi amintea Marianei de un asediu medieval. Hoarde de reporteri și cameramani ținute în frâu de o barieră fragilă, câțiva agenți de poliție în uniformă și câțiva portari ai colegiului; domnul Morris era în frunte, cu mânecile suflecate, gata să-și apere instituția cu pumnii.

O tabără pentru presă se înălță pe piatra cubică din dreptul porții principale, lățindu-se până pe King's Parade, unde erau parcate șiruri de dube cu antene de satelit. Un cort special fu instalat lângă râu; acolo, senatorul Drake și soția sa dădură un interviu televizat, făcând un apel înduioșător pentru orice informații care ar fi putut duce la prinderea celui care le ucisese fiica.

La cererea senatorului Drake, Scotland Yardul se implică în anchetă. Fură trimiși de la Londra polițiști suplimentari care să organizeze puncte de control, să facă cercetări din casă în casă şi să patruleze pe străzi.

Faptul că acum aveau de-a face cu un criminal în serie însemna că întregul oraş era în alertă. Între timp, Conrad Ellis fusese eliberat şi toate acuzaţiile fuseseră retrase.

În aer plutea o energie nervoasă, agitată. Un monstru cu cuţit era printre ei, nevăzut, la vânătoare pe străzi, aparent în stare să lovească şi apoi să se topească în beznă... Invizibilitatea îl făcea să fie mai mult decât uman, mai mult decât supranatural: o făptură născută din legendă, o fantomă.

Numai că nu era fantomă sau monstru, Mariana o ştia foarte bine. Era doar un om, şi nu avea de ce să fie transformat în mit; nu merita asta.

Nu merita decât – dacă putea găsi asta în inima ei – *milă* şi *teamă*. Tocmai calităţile care, după părerea lui Aristotel, constituie catharsisul în tragedii. Ei bine, Mariana nu ştia destule despre acest nebun ca să simtă milă.

Simţea teamă însă.

5

Mama spunea adesea că nu-și dorește pentru mine această viață.

Îmi spunea că într-o bună zi o să plecăm, noi doi. Însă n-o să fie ușor.

„N-am educație", spunea. „M-am lăsat de școală la cincisprezece ani. Jură-mi că nu faci la fel. Trebuie să fii educat – așa faci bani. Așa supraviețuiești, așa ești în siguranță."

N-am uitat niciodată asta. Mai mult ca orice, voiam să fiu în siguranță.

Nici măcar acum nu mă simt încă în siguranță.

Tata era un om periculos, de aceea. După un șuvoi neîntrerupt de whisky, în ochi îi apărea o flăcăruie. Devenea tot mai certăreț. Ca să-i eviți furia era ca și cum ai fi pășit pe un teren minat.

Eram mai priceput la asta decât mama – mai priceput să păstrez o atmosferă calmă, să fiu cu câțiva pași înainte, să țin discuția pe un teren sigur, să ghicesc încotro se îndrepta – să-i dejoc planurile, la nevoie, să-l îndepărtez de orice subiecte care ar fi putut să-i stârnească furia. Întotdeauna, mai devreme sau mai târziu, mama eșua. Fie accidental, fie dinadins, din masochism, spunea ceva, făcea ceva, îl contrazicea, îl critica, îi servea ceva ce lui nu-i plăcea.

Ochii lui scânteiau. Buza de jos se răsfrângea. Își dezgolea dinții. Ea își dădea seama prea târziu de turbarea lui. Apoi o masă era răsturnată, un pahar era sfărâmat. Priveam, incapabil să mă împotrivesc sau să o apăr, cum fugea în dormitor ca să se ascundă.

Se trudea cu disperare să încuie ușa... dar prea târziu – el o deschidea cu o lovitură și apoi, apoi...

Nu pricep.

De ce n-a plecat? De ce nu și-a făcut bagajele și n-a fugit cu mine în noapte? Am fi putut să plecăm împreună. Dar ea n-a ales asta. De ce nu? Era prea speriată? Sau n-a vrut să recunoască faptul că familia ei avea dreptate – că făcuse o greșeală cumplită, iar acum fugea acasă cu coada între picioare?

Sau refuza să recunoască realitatea, agățându-se de speranța că lucrurile se vor îmbunătăți ca prin farmec? Poate că asta era. La urma urmei, se pricepea de minune să ignore ceea ce nu voia să vadă – și se afla chiar sub nasul ei.

Am învățat și eu să fac asta.

Am învățat și eu, de la o vârstă fragedă, că nu pășesc pe pământ – ci pe o plasă îngustă din funii invizibile, suspendate deasupra solului. Trebuia să umblu pe ele cu băgare de seamă, încercând să nu alunec sau să cad. Se părea că unele aspecte ale personalității mele erau insultătoare. Aveam de ascuns secrete groaznice – chiar dacă nu știam în ce constau acestea.

Însă tata știa. Îmi cunoștea păcatele.

Și mă pedepsea corespunzător.

Mă căra la etaj. Mă ducea în baie și încuia ușa...

Și începea.

Dacă mi-l imaginez acum pe acel băiețel înspăimântat – simt un junghi de tristețe? O împunsătură de simpatie? Nu-i decât un puști, nu-i vinovat de nici una dintre crimele mele; e îngrozit, e cuprins de durere. Simt milă timp de o clipă? Îmi pasă de situația lui grea și de tot prin ce a trecut?

Nu. Nu-mi pasă.

Izgonesc din inimă toată mila.

N-o merit.

6

Veronica fusese văzută pentru ultima dată în viață când pleca de la repetiția cu *Ducesa de Amalfi* la Teatrul ADC, Amateur Dramatic Club[1], la ora șase. Apoi părea să fi intrat în pământ – până ce-i fusese descoperit cadavrul, a doua zi.

Cum era cu putință?

Cum apăruse ucigașul ei din senin și o răpise în plină zi fără să fie văzut de nimeni, fără să lase nici o urmă? Mariana nu putea să tragă decât o concluzie: Veronica îl urmase de bunăvoie. Se dusese la moarte liniștită, fără să crâcnească, pentru că îl cunoștea pe bărbatul acela și avea încredere în el.

A doua zi dimineață, Mariana hotărî să arunce o privire locului în care fusese văzută Veronica pentru ultima oară. Așa că se duse la Teatrul ADC de pe Park Street.

Teatrul fusese un vechi han pentru diligențe, transformat în jurul anului 1850. Logoul era pictat cu litere negre deasupra intrării.

Pe un panou mare era un afiș cu următoarea premieră, *Ducesa de Amalfi*; evident, se gândi Mariana, nu mai putea să aibă loc – nu cu Veronica în rolul Ducesei.

Se duse la intrare și încercă ușa. Era încuiată. Nu erau lumini în foaier.

---

[1] Clubul dramatic al amatorilor, departament al Universității din Cambridge

Coborî treptele și dădu colțul, urmând latura clădirii. O poartă mare din fier forjat dădea într-o curte în care odinioară fuseseră grajdurile. Mariana încercă poarta și constată că se deschidea cu ușurință, așa că intră în curte.

Acolo era intrarea actorilor. Apăsă pe clanță, însă ușa aceea era încuiată.

Era gata să se lase păgubașă, când îi veni o idee. Se uită la scara de incendiu. O scară în spirală care ducea la barul teatrului, aflat la etaj.

În studenția ei, barul ADC era celebru pentru că rămânea deschis până târziu. Uneori, sâmbătă seara, mergea acolo cu Sebastian să mai bea un pahar, să danseze și să se sărute cherchelițí.

Porni în sus pe trepte, roată și iar roată, până ajunse sus, la ieșirea de incendiu.

Fără prea mare nădejde, întinse mâna și apăsă pe clanță. Spre surprinderea sa, ușa se deschise.

După câteva secunde de ezitare, intră.

7

Barul ADC era un bar de teatru de modă veche – avea taburete îmbrăcate în catifea și mirosea a bere stătută și a fum de țigară.

Luminile erau stinse. În semiîntunericul plin de umbre, atenția Marianei fu abătută un moment de o pereche de stafii care se sărutau la tejghea.

Apoi un bubuit puternic o făcu să tresară.

Alt bubuit. Întreaga clădire părea să se clatine.

Hotărî să cerceteze. Zgomotul venea de jos. Ieși din bar și pătrunse mai adânc în clădire. Încercând să facă cât mai puțin zgomot, coborî pe scara principală.

Alt bubuit.

Părea că vine din sală. Se opri la baza scării și ascultă. Dar era liniște.

Se furișă până la ușile sălii, le întredeschise și se uită înăuntru.

Sala părea goală. Decorul pentru *Ducesa de Amalfi* era montat – o imagine de coșmar a unei închisori în stilul expresionist german, cu pereți înclinați și gratii întinse în unghiuri distorsionate.

Și pe scenă era un tânăr.

Era dezbrăcat până la brâu, iar pieptul îi lucea de sudoare. Părea decis să demoleze tot decorul mânuind un ciocan cu o violență alarmantă.

N-o observă decât atunci când ea ajunse chiar în dreptul lui, jos. Avea peste un metru optzeci, păr negru scurt și barbă de o săptămână. Nu putea să aibă mai mult de douăzeci și unu de ani, dar fața lui nu era nici tânără, nici prietenoasă.

– Cine ești? zise, fulgerând-o cu privirea.

Mariana hotărî să mintă.

– Sunt psihoterapeut, lucrez cu poliția.

– Aha. Tocmai au fost aici.

– Întocmai.

Marianei i se păru că-i recunoaște accentul.

– Ești grec?

– De ce? Se uită la ea cu interes. Tu ești?

Ciudat, acest instinct care o îndemna să mintă. Cine știe de ce, nu voia să-i dezvăluie nici o informație despre ea. Însă avea să scoată mai multe de la el dacă arăta un soi de înrudire.

– Pe jumătate, îi răspunse surâzând. Apoi, în greacă: Am crescut la Atena.

Păru bucuros să audă asta. Trăsăturile i se destinseră, furia i se mai domoli.

– Iar eu sunt din Salonic. Mă bucur să te cunosc. Zâmbi, dezvelindu-și dinții; erau ascuțiți, ca niște brice. Hai să te ajut să urci, îi spuse.

Cu o mișcare bruscă, violentă, întinse mâna și o trase sus cu ușurință, aducând-o pe scenă. Ea ateriză în picioare, clătinându-se.

– Mulțumesc.

– Eu sunt Nikos. Nikos Kouris. Pe tine cum te cheamă?

– Mariana. Ești student?

– Da. Și sunt răspunzător pentru asta, zise el arătând spre decorul distrus din jur. Sunt regizorul. Te uiți la distrugerea ambițiilor mele teatrale. Cu un râset cavernos, adăugă: Spectacolul a fost anulat.

– Din cauza Veronicăi?

Nikos îi aruncă o privire furioasă.

– Convinsesem un agent să vină de la Londra ca să-l vadă. Am muncit toată vara ca să-l pregătesc. Și e în zadar...

Smulse cu ferocitate o parte din perete. Panoul ateriză cu o bufnitură care făcu podeaua să se zguduie.

Mariana îl studie cu atenție. Totul la el părea să vibreze de mânie; o furie abia stăpânită, ca și cum ar fi putut să-și iasă din țâțâni în orice clipă, să izbească ce nimerea – și s-o lovească pe ea în locul decorului. O înspăimânta.

– Mă întrebam dacă aș putea să-ți cer niște informații despre Veronica, îi spuse.

– Ce-i cu ea?

– Sunt curioasă când ai văzut-o ultima dată.

– La repetiția cu costume. I-am făcut câteva observații critice. Nu i-au plăcut. Era o actriță mai degrabă mediocră, dacă vrei să știi adevărul. Nici pe departe așa de talentată pe cât se credea.

– Înțeleg. În ce stare de spirit era?

– După ce i-am făcut observațiile? Nu bună.

Nikos zâmbi, dezgolindu-și dinții.

– La ce oră a plecat? Îți amintești?

– Pe la șase, aș zice.

– A spus unde se duce?

– Nu, răspunse el clătinând din cap. Dar cred că se ducea să se întâlnească cu profesorul.

Își îndreptă atenția spre niște scaune pe care le punea unul peste altul.

Mariana simți că inima îi bătea mai repede.

– Profesorul? îngăimă.

– Da. Nikos ridică din umeri. Nu-mi amintesc numele. A venit să vadă repetiția cu costume.

– Cum arăta? Îl poți descrie?

Tânărul se gândi un pic.

– Înalt. Cu barbă. American. Aruncă o privire spre ceas. Ce altceva mai vrei să știi? Pentru că sunt ocupat.

– Asta-i tot, mulțumesc. Dar pot să arunc o privire în cabină? Știi cumva dacă Veronica a lăsat ceva aici?

– Nu cred. Polițiștii au luat totul. Nu era mare lucru.

– Tot mi-ar plăcea să văd. Dacă se poate.

– Bine, zise el făcând semn spre culise. Pe scară în jos, la stânga.

– Mulțumesc.

Nikos se uită la ea un moment, ca și cum s-ar fi gândit la ceva, dar nu spuse nimic. Mariana porni cu pași mari spre culise.

Era întuneric, și ochii ei avură nevoie de câteva secunde ca să se adapteze. Ceva o făcu să privească peste umăr spre scenă – și îl văzu pe Nikos cu fața schimonosită de furie, distrugând decorul. „Urăște faptul că lucrurile nu merg după voia lui", își zise. Exista o furie reală în acel tânăr; era bucuroasă să se îndepărteze de el.

Se răsuci și coborî repede treptele înguste până în cabina din pântecele teatrului.

Cabina era un spațiu strâmt folosit de toți actorii. Stative cu costume se înghesuiau printre peruci, produse de machiaj, recuzită, cărți și mese de machiaj. Mariana se uită la acea harababură – n-aveai cum să știi ce anume îi aparținuse Veronicăi.

Se îndoia că va găsi aici ceva folositor. Și totuși...

Își îndreptă atenția spre mesele de machiaj, ale căror oglinzi erau împodobite cu inimi și sărutări și mesaje de noroc desenate cu rujul. În rame erau prinse câteva felicitări și fotografii.

O ilustrată îi atrase imediat privirea. Nu arăta ca nici una dintre celelalte.

O examină mai atent. Era o pictură religioasă – icoana unei sfinte. Sfânta era frumoasă, cu păr blond și lung... la fel ca Veronica. Din gât îi răsărea un pumnal de argint. Lucru și mai tulburător, ținea o tavă pe care erau doi ochi omenești.

Mariana simți că o cuprinde greața. Mâna îi tremura când o întinse să scoată ilustrata din rama oglinzii. O întoarse pe partea cealaltă.

Descoperi un citat scris de mână în greaca veche:

ἴδεσθε τὰν Ἰλίου
καὶ Φρυγῶν ἐλέπτολιν
στείχουσαν, ἐπὶ κάρα στέφη
βαλουμέναν χερνίβων τε παγάς,
βωμόν γε δαίμονος θεᾶς
ῥανίσιν αἱματορρύτοις
χρανοῦσαν εὐφυῆ τε σώματος δέρην
σφαγεῖσαν.

8

După a doua crimă, la St. Christopher's era o atmosferă împietrită, fără viață.

Părea că un soi de molimă, o ciumă, se împrăștia prin colegiu – ca într-o legendă grecească, boala care a distrus Teba, o otravă nevăzută din aer plutind peste curți –, iar acele ziduri vechi, odinioară refugiu față de lumea exterioară, nu mai ofereau nici o apărare.

În ciuda protestelor decanului și a asigurărilor că nu exista nici un pericol, tot mai mulți părinți își retrăgeau copiii. Mariana nu-i învinuia; nu-i putea învinui nici pe studenți că voiau să plece. O parte din ea ar fi vrut s-o ia pe sus pe Zoe și s-o ducă la Londra. Știa însă că nu era cazul să propună asta: acum era de la sine înțeles că Zoe avea să rămână acolo – la fel și Mariana.

Uciderea Veronicăi fusese o lovitură grea pentru Zoe. Faptul că o tulburase atât de tare o surprindea pe fată, care se acuza de ipocrizie.

– Nici măcar nu-mi *plăcea* de Veronica! Nu pricep de ce nu mă mai pot opri din plâns.

În opinia Marianei, nepoata ei folosea moartea Veronicăi ca pe o modalitate de a-și exprima durerea pentru Tara, durere care fusese prea mare și înspăimântătoare ca s-o înfrunte. Așa că aceste lacrimi erau un lucru bun, sănătos, și-i spuse asta în timp ce o ținea în brațe, șezând pe pat și legănându-se cu ea, în vreme ce Zoe plângea.

– E în ordine, iubito. E în ordine. O să te simți mai bine, lasă totul să iasă din tine.

Într-adevăr, lacrimile lui Zoe secară până la urmă. Mariana insistă s-o ducă să mănânce de prânz; nu pusese aproape nimic în gură în ultimele douăzeci și patru de ore. Cu ochii înroșiți și obosită, Zoe acceptă. În drum spre sala de mese dădură nas în nas cu Clarissa, care le invită să stea alături de ea la „masa înaltă".

„Masa înaltă" era partea din sala de mese rezervată exclusiv profesorilor și invitaților acestora. Se afla la un capăt al sălii mari, pe un postament înalt, ca o scenă, sub portretele foștilor profesori de pe pereții lambrisați cu stejar. În celălalt capăt era un bufet pentru studenți la care servea personalul cantinei, îmbrăcat elegant cu vestă și papion. Studenții ședeau la mese lungi înșirate până aproape de estradă.

Nu erau mulți studenți în sala de mese. Mariana nu se putea stăpâni să nu-i privească pe tinerii care vorbeau cu voci scăzute, cu fețele neliniștite, în timp ce ciuguleau din mâncare. Nici unul dintre ei nu părea să fie într-o formă mai bună decât Zoe.

Mătușa și nepoata se așezară lângă Clarissa la coada „mesei înalte", departe de ceilalți profesori. Clarissa cercetă cu interes meniul. În ciuda evenimentelor groaznice din ultimele zile, pofta de mâncare nu-i scăzuse deloc.

– O să iau fazan, anunță. Și apoi... poate pere fierte în vin. Sau budincă de caramel lipicios.

Mariana încuviință.

– Și tu, Zoe?

Fata clătină din cap.

– Nu mi-e foame.

Clarissa îi aruncă o privire îngrijorată.

– Trebuie să mănânci ceva, dragă... Nu arăţi bine. Ai nevoie de un pic de hrană ca să-ţi păstrezi puterile.

– Ce zici de somon înăbuşit cu legume? sugeră Mariana. Bine?

– Bine, oftă Zoe ridicând din umeri.

După ce dădură comanda, Mariana le arătă ilustrata pe care o găsise la Teatrul ADC.

Clarissa o luă şi examină cu atenţie imaginea.

– A, Sfânta Lucia, dacă nu mă înşel.

– Sfânta Lucia?

– Nu ţi-e cunoscută? Presupun că e cam obscură printre sfinţi. O martiră din vremea în care Diocleţian îi năpăstuia pe creştini, în jurul anului 300. I-au fost scoşi ochii înainte să fie ucisă prin înjunghiere.

– Biata Lucia.

– Chiar aşa. De aceea este patroana orbilor. De obicei este pictată în maniera asta, ţinându-şi ochii pe o tavă. Clarissa întoarse ilustrata. Buzele i se mişcară în tăcere în timp ce citea versurile greceşti. Ei bine, zise în cele din urmă, de data asta e un fragment din *Ifigenia în Aulida* a lui Euripide.

– Ce spune?

– E scena în care Ifigenia e condusă la moarte. Clarissa luă o înghiţitură de vin şi traduse: „Iată fecioara... cu cununi în păr şi stropită cu apă sfinţită... mergând spre altarul zeiţei cu nume cu neputinţă de rostit, care va fi scăldat în sânge" – „αἱματορρύτοις" este cuvântul în greacă – „atunci când frumosul ei gât va fi tăiat".

Marianei i se întoarse stomacul pe dos.

– Doamne fereşte!

– Nu-i prea apetisant, zău aşa, spuse Clarissa dându-i înapoi ilustrata.

Mariana se uită la Zoe.

– Ce părere ai? Crezi că Fosca ar fi putut-o trimite?

– Profesorul Fosca? exclamă surprinsă Clarissa în timp ce Zoe studia ilustrata. Doar nu sugerezi... nu crezi că profesorul...

– Profesorul are un grup de studente preferate. Știai asta, Clarissa? Mariana îi aruncă o privire scurtă lui Zoe. Se întâlnesc în particular, în secret. El le zice Fecioarele.

– Fecioarele? se minună Clarissa. E prima oară când aud așa ceva. O aluzie la Apostoli, poate?

– Apostoli?

– Societatea literară secretă a lui Tennyson. Acolo l-a cunoscut pe Hallam.

Marianei îi trebui un moment ca să-și recapete vocea. Într-un târziu încuviință din cap.

– Poate.

– Desigur, Apostolii erau toți bărbați. Cu siguranță grupul Fecioarelor este alcătuit doar din femei?

– Întocmai. Iar Tara și Veronica făceau parte din el. Nu crezi că e o coincidență stranie? Zoe? Tu ce părere ai?

Zoe părea stânjenită. Însă dădu din cap aprobator, privind spre Clarissa.

– Sinceră să fiu, cred că acesta *este* genul de lucru pe care l-ar face el. Să trimită o astfel de ilustrată.

– De ce spui asta?

– Profesorul face lucruri de modă veche – să trimită ilustrate, vreau să zic. Adesea trimite bilete scrise de mână. Și în semestrul trecut a ținut un curs despre importanța scrisorii ca formă de artă... Știu că asta nu dovedește nimic.

– Oare? făcu Mariana. N-aș băga mâna-n foc.

Clarissa bătu cu degetul în ilustrată.

– Ce crezi că înseamnă asta? Pur și simplu nu înțeleg care îi este scopul.

– Înseamnă... că e un joc. Să-și anunțe în acest fel intenția. E o provocare, iar el o savurează. Își alese cu grijă cuvintele înainte de a continua: Și mai este ceva... S-ar putea nici măcar să nu fie conștient de asta. Există un motiv pentru care a ales aceste citate; ele înseamnă ceva pentru el.

– În ce sens?

– Nu știu. Mariana clătină din cap. Nu-mi dau seama, însă trebuie neapărat să înțelegem. Este singurul fel în care-l putem opri.

– Te referi la Edward Fosca?

– Poate.

Clarissa, părând foarte tulburată, scutură din cap fără să mai facă vreun comentariu. Mariana privea în tăcere ilustrata din fața sa.

Apoi li se aduse comanda și Clarissa se apucă să mănânce, iar Mariana își îndreptă atenția asupra lui Zoe, asigurându-se că lua măcar câteva îmbucături.

Edward Fosca nu mai fu pomenit în timpul mesei. Dar rămase în gândurile Marianei – zăbovind acolo, în umbră, ca un liliac.

9

După prânz Mariana şi Zoe se duseră la barul colegiului să bea ceva.

În bar era mai linişte decât de obicei, pe la mese se aflau doar câţiva studenţi. Mariana o observă pe Serena şezând singură. Ea nu le remarcă.

În timp ce Zoe comanda două pahare cu vin, Mariana se duse la capătul barului, unde Serena era cocoţată pe un scaun, terminând un gin tonic şi tastând pe telefon.

— Bună, îi zise.

Fata ridică privirea, apoi se întoarse la mesajul pe care-l scria fără să răspundă.

— Ce mai faci, Serena?

Nici un răspuns. Îi aruncă o privire lui Zoe cerându-i ajutorul, iar nepoata ei mimă gestul de a duce un pahar la gură. Mariana îi făcu semn că înţelesese.

— Pot să-ţi ofer o băutură?

Serena clătină din cap.

— Nu. Trebuie să plec curând.

Mariana zâmbi.

— Admiratorul tău secret?

Fusese o greşeală enormă să spună asta. Serena se repezi la ea cu o ferocitate surprinzătoare.

— Care mama dracului e problema ta?

— Poftim?

– Ce ai cu profesorul Fosca? Parcă ai fi obsedată de el! De ce l-ai turnat la poliție?

– Nu știu despre ce vorbești, se apără Mariana, dar în sinea ei era ușurată că inspectorul-șef Sangha o luase în serios destul de mult ca să-l interogheze pe Fosca. Nu l-am acuzat de nimic. Am sugerat doar că ar trebui să-i pună niște întrebări.

– Ei bine, au făcut-o. I-au pus o mulțime de întrebări. Și mie. Ești mulțumită?

– Ce le-ai spus?

– Adevărul. Că eram cu profesorul Fosca atunci când a fost omorâtă Veronica, miercuri seara – am avut lecție cu el toată seara. Bine?

– Și n-a plecat? Nici măcar să fumeze o țigară?

– Nici măcar pentru o țigară.

Serena îi aruncă Marianei o privire rece. În acel moment, sosirea unui mesaj pe telefon îi abătu atenția. Îl citi și se ridică în picioare.

– Trebuie să plec.

– Stai. Cu voce coborâtă, Mariana îi spuse: Serena, vreau să ai foarte multă grijă, bine?

– Oh, du-te dracului!

Serena își înhăță geanta și plecă.

Mariana slobozi un oftat. Peste câteva clipe, Zoe se așeză pe scaunul lăsat liber de Serena.

– N-a mers bine.

– Nu. N-a mers.

– Și acum?

– Nu știu.

Zoe ridică din umeri.

– Dacă profesorul Fosca era cu Serena când Veronica a fost omorâtă, n-avea cum s-o facă el.

– În afară de cazul în care Serena minte.

– Chiar crezi că ar minți pentru el? De două ori? Zoe îi aruncă o privire neîncrezătoare. Știu și eu, Mariana...
– Ce?
Fata își feri privirea și rămase tăcută. Într-un târziu, murmură:
– E atitudinea ta față de el... e ceva ciudat.
– Cum adică, ciudat?
– Profesorul are un alibi pentru ambele crime, și tu tot nu te lași. E vorba despre el, sau despre *tine*?
– Despre mine? Marianei nu-i venea să creadă. Simțind cum i se aprind obrajii de indignare, se răsti: Ce tot spui acolo?
Zoe clătină din cap.
– Las-o baltă.
– Dacă e ceva ce vrei să-mi spui, spune-o și gata.
– N-are rost. Cu cât aș încerca mai mult să te fac să te răzgândești în privința chestiei ăsteia cu profesorul Fosca, cu atât mai mult o să te opui. Ești tare încăpățânată.
– Nu sunt încăpățânată.
Zoe râse.
– Sebastian zicea că ești cel mai încăpățânat om pe care l-a cunoscut în viața lui.
– Nu mi-a spus-o niciodată.
– Ei bine, mi-a spus-o *mie*.
– Nu înțeleg ce se întâmplă aici, Zoe. Nu înțeleg la ce te referi. Ce *chestie* cu Fosca?
– Tu să-mi spui.
– Ce? Nu sunt atrasă de el, dacă asta sugerezi!
Își dădu seama că ridicase vocea; doi studenți din cealaltă parte a barului o auziră și-și întoarseră capetele spre ele. Pentru prima dată de când își amintea, ea și Zoe mai aveau un pic și se certau. Mariana se simțea irațional de mânioasă. De ce oare?

Se uitară una la alta o vreme.
Zoe bătu în retragere prima.
— Las-o baltă, zise clătinând din cap. Îmi pare rău. Vorbesc aiurea.
— Și mie îmi pare rău.
Fata se uită la ceas.
— Trebuie să plec. Am un curs despre *Paradisul pierdut*.
— Atunci du-te.
— Ne vedem la cină?
— Oh... Mariana șovăi. Nu pot. Mă... mă întâlnesc cu...

Nu voia să-i spună despre planul de a cina cu profesorul Fosca — nu acum; Zoe ar fi citit în asta tot soiul de lucruri care nu erau acolo.
— Mă întâlnesc cu un prieten.
— Cine?
— Nu-l cunoști, un vechi prieten din studenție. Ar trebui să pleci, o să întârzii.

Zoe încuviință din cap și îi dădu un pupic pe obraz. Mariana o strânse de braț.
— Zoe. Și tu să ai grijă. Bine?
— Vrei să zici să nu urc în mașina unui necunoscut?
— Nu te prosti. Vorbesc serios.
— Pot să am grijă de mine, Mariana. Nu mi-e frică.

Acea notă de sfidare din vocea fetei era ceea ce o îngrijora cel mai mult pe Mariana.

10

După plecarea lui Zoe, Mariana mai rămase la bar, sorbind din când în când din vin. Își tot repeta în gând discuția lor.

Și dacă Zoe avea dreptate? Dacă Fosca era nevinovat?

Profesorul avea alibi pentru amândouă crimele, și totuși ea țesuse în jurul lui o plasă de bănuieli doar apucând câteva fire de... ce anume? Nici măcar fapte, nimic concret. Mărunțișuri: privirea temătoare din ochii lui Zoe, faptul că le ținea un curs despre tragedie Tarei și Veronicăi și convingerea ei că Fosca trimisese acele ilustrate.

Intuiția îi spunea că individul care le trimisese fetelor ilustratele, oricine o fi fost el, le și ucisese. Chiar dacă asta putea să-i pară unui om ca inspectorul-șef Sangha un salt irațional, de-a dreptul nebunesc, pentru un terapeut ca Mariana intuiția era adesea tot ce avea ca să meargă mai departe. Cu toate că părea incredibil ca un profesor universitar să-și omoare studentele într-un mod atât de îngrozitor, de public, și să spere că avea să scape cu fața curată.

Și totuși... dacă ea avea dreptate...

Atunci Fosca scăpase cu fața curată.

Dar dacă ea se înșela?

Trebuia să gândească limpede – însă nu putea să gândească. Avea capul încețoșat, și nu era din cauza vinului.

Se simțea copleșită și tot mai nesigură pe sine. Deci, ce urma? N-avea habar în ce direcție să se îndrepte.

„Liniștește-te", își zise. „Dacă aș lucra cu un pacient și m-aș simți așa, complet depășită de situație, ce aș face?"

Răspunsul îi veni imediat. Ar fi cerut ajutor, desigur. Ar fi căutat îndrumare.

Nu era o idee rea.

Nu i-ar fi stricat deloc să-și vadă supervizoarea. Pe deasupra, să se ducă la Londra, să evadeze din acel colegiu și din atmosfera lui otrăvitoare, fie și numai pentru câteva ore, ar fi fost o imensă ușurare.

„Da", se gândi. „Asta o să fac: o s-o sun pe Ruth și o să mă văd cu ea mâine la Londra."

Dar mai întâi avea o întâlnire acolo, la Cambridge.

La ora opt avea să cineze cu Edward Fosca.

11

La ora opt Mariana ajunse acasă la Fosca.

Se uită la uşa înaltă, impunătoare. *Profesor Edward Fosca* era scris caligrafic cu alb pe o placă neagră de pe perete.

Dinăuntru se auzea muzică clasică. Bătu la uşă. Nici un răspuns.

Bătu din nou, mai tare. Nici un răspuns un moment, şi apoi...

– E deschis, rosti o voce de departe. Vino sus.

Mariana răsuflă adânc, se calmă şi deschise uşa. Se pomeni în faţa unei scări din lemn de ulm: veche, îngustă şi strâmbă pe alocuri, unde lemnul se umflase. Trebui să aibă grijă cum păşea în timp ce urca.

Acum muzica era mai puternică. Era ceva în latină, o arie religioasă sau un psalm pus pe muzică. Îl mai auzise undeva, dar nu-şi dădea seama unde. Era frumos şi totodată ameninţător, cu sunete de coarde care pulsau ca o inimă, imitând ironic bătăile neliniştite ale inimii sale în timp ce urca treptele.

La capătul de sus uşa era întredeschisă. Intră. Primul lucru pe care-l zări fu o cruce mare atârnată în hol. Era frumoasă – din lemn negru, împodobită, gotică, cu sculpturi complicate –, însă intimida prin simpla ei mărime, şi Mariana se grăbi să treacă pe lângă ea.

În living era greu să vezi ceva: singura lumină venea de la lumânările pe jumătate topite, diforme, presărate în jur. Ochii ei avură nevoie de câteva clipe ca să se adapteze la penumbra ca de iad, îngroșată de fumul de tămâie care făcea și mai difuză lumina lumânărilor.

Era o încăpere mare, cu ferestre spre curte. Câteva uși dădeau spre alte camere. Pereții erau acoperiți de tablouri și rafturile gemeau de cărți. Tapetul era verde-închis și negru, un model vegetal cu un efect neliniștitor, dându-i senzația că se afla în junglă.

Pe polița șemineului și pe mese erau aranjate sculpturi și ornamente: un craniu uman lucind în întuneric și o statuetă a lui Pan – cu părul lățos, ținând un burduf cu vin, cu picioare, coarne și coadă de țap. Și lângă el, un con de pin.

Dintr-odată, Mariana avu impresia că era privită – simți niște ochi ațintiți pe ceafa sa. Se răsuci.

Edward Fosca stătea în picioare acolo. Nu-l auzise intrând. Fusese tot timpul în umbră, uitându-se la ea?

– Bună seara, îi spuse.

Ochii negri și dinții albi îi scânteiau în lumina lumânărilor și părul zburlit îi cădea pe umeri. Purta un smoching negru cu cămașă albă imaculată și papion negru. Era foarte chipeș, își zise Mariana – și imediat se certă pentru acel gând.

– Nu mi-am dat seama că mergem la „masa înaltă", comentă ea.

– Nu mergem.

– Dar sunteți îmbrăcat...

– Ah. Fosca se uită la hainele sale și zâmbi. N-am prea des ocazia să cinez cu o femeie atât de frumoasă. M-am gândit să mă îmbrac corespunzător. Îngăduie-mi să-ți ofer ceva de băut.

Fără să aștepte răspunsul, scoase din frapiera de argint o sticlă de șampanie desfăcută. Își umplu din nou

paharul, apoi turnă într-un pahar pentru Mariana și i-l întinse.
— Mulțumesc.
Profesorul rămase în loc un moment, privind-o, măsurând-o cu ochii lui negri.
— În cinstea noastră!
Mariana nu repetă urarea. Duse paharul la buze și sorbi din șampanie. Era efervescentă și seacă, răcoritoare. Avea gust bun și poate că urma să-i calmeze nervii. Mai luă o înghițitură.
În acea clipă se auzi o bătaie în ușa de jos.
— A, făcu mulțumit stăpânul casei. Trebuie să fie Greg.
— Greg?
— De la cantină.
Răsunară pași iuți pe trepte, apoi Greg, un ospătar suplu cu picioare agile, cu vestă și cravată, își făcu apariția cu o cutie termoizolantă într-o mână și o cutie frigorifică în cealaltă. Îi zâmbi Marianei.
— Bună seara, domnișoară. Se uită la profesor: Pot să...?
— Sigur. Fosca încuviință din cap. Haide. Pune-le dincolo. O să servesc eu.
— Prea bine, domnule.
Când Greg dispăru în sufragerie, Mariana îl privi întrebător pe Fosca. El zâmbi.
— Am vrut să avem mai multă intimitate decât poate să ofere sala de mese. Dar nu sunt un bucătar grozav, așa că i-am convins pe cei de la cantină să ne aducă mâncarea acasă.
— Și cum ați făcut asta?
— Prin intermediul unui bacșiș foarte gras. N-o să te flatez spunându-ți cât de gras.
— V-ați dat multă osteneală, domnule profesor.

– Te rog, spune-mi Edward. Și îmi face plăcere, Mariana.

Se uita la ea surâzător. Stingherită, Mariana își feri privirea. Ochii i se abătură spre măsuța de cafea... și spre conul de pin.

– Ce e acela?

– Conul de pin, vrei să zici? Nimic, îmi amintește doar de casă. De ce?

– Parcă țin minte că ai prezentat un diapozitiv cu un con de pin la cursul tău despre Eleusis.

Fosca încuviință.

– Da, într-adevăr. Așa este. Fiecare nou membru primește un con de pin în momentul inițierii.

– Înțeleg. De ce un con de pin?

– Păi, nu este conul în sine. Este ceea ce simbolizează.

– Și anume?

El zâmbi privind-o stăruitor.

– E sămânța – sămânța din con. Sămânța din noi, spiritul din trup. Faptul că trebuie să-ți deschizi mintea, să privești înăuntru și să-ți găsești sufletul. Luă conul în mână și i-l oferi. Ți-l dăruiesc. E al tău.

– Nu, mulțumesc, zise ea clătinând din cap. Nu-l vreau.

Vorbise mai aspru decât avusese de gând.

– Înțeleg.

Cu un zâmbet amuzat, profesorul puse conul la loc pe masă. Tăcerea care se lăsă fu întreruptă peste câteva clipe de Greg.

– Totul e gata, domnule. Și budinca e în frigider.

– Mulțumesc.

– Noapte bună.

O salută pe Mariana și ieși. Mariana îl auzi coborând treptele și închizând ușa.

Erau singuri.

Apăruse o tensiune între ei în timp ce se uitau unul la celălalt. În orice caz, Mariana o simțea; nu știa ce simțea Fosca, ce zăcea sub purtarea lui dezinvoltă, fermecătoare. Bărbatul era aproape imposibil de citit.

Fosca făcu semn spre cealaltă încăpere.

– Mergem?

12

În sufrageria întunecată, lambrisată, masa lungă era acoperită cu o pânză albă de in. Lumânări înalte ardeau în sfeşnice de argint, iar o sticlă cu vin roşu fusese decantată şi aştepta pe masa de servit.

În spatele mesei, dincolo de fereastră, se vedea stejarul din mijlocul curţii, profilat pe cerul care se întuneca; stelele licăreau printre crengi. În orice altă situaţie, se gândi Mariana, să mănânci în această încăpere veche şi frumoasă ar fi fost incredibil de romantic. Dar nu acum.

– Ia loc, o invită Fosca.

Mariana se apropie de masă. Fuseseră aranjate două locuri faţă în faţă. Se aşeză, iar Fosca se duse la masa de servit, unde fuseseră aranjate platourile cu mâncare – o pulpă de miel, cartofi prăjiţi şi o salată de verdeţuri.

– Miroase apetisant, constată el. Crede-mă, o să fie mult mai bun decât dacă încercam eu să gătesc ceva. Am gusturi destul de sofisticate, însă în bucătărie nu-s foarte priceput. Stăpânesc doar obişnuitele reţete cu paste pe care orice mamă italiană i le transmite fiului ei.

Îi zâmbi Marianei şi luă un cuţit mare pentru friptură. Lama scânteia în lumina lumânărilor. Îl urmări cum folosea cu iscusinţă şi iuţeală cuţitul ca să taie carnea de miel.

– Eşti italian? îl întrebă.

Fosca încuviință din cap.

– La a doua generație. Bunicii au venit cu vaporul din Sicilia.

– Ai crescut la New York?

– Nu chiar. În statul New York. La o fermă, în mijlocul unei pustietăți.

Puse pe o farfurie, pentru Mariana, câteva felii de miel, câțiva cartofi și niște salată. Își pregăti și lui o farfurie asemănătoare.

– Tu ai crescut la Atena?

– Da, spuse ea. Chiar lângă.

– Ce exotic! Sunt invidios.

Mariana zâmbi.

– Aș putea spune același lucru despre o fermă din New York.

– Nu, dacă ai fi văzut-o. Era o dărăpănătură. Am așteptat ca pe ghimpi să scap naibii din locul ăla.

Zâmbetul îi păli când spuse asta; părea cumva alt om, mai dur și mai bătrân. Puse farfuria în fața ei, apoi dădu ocol mesei și se așeză.

– Îmi place în sânge. Sper că e în ordine.

– E bine așa.

– Poftă bună!

Mariana se uită în farfuria din fața sa. Feliile de carne subțiri ca hârtia erau atât de puțin prăjite, atât de crude, încât din ele se scurgea o băltoacă de sânge roșu strălucitor care se lățea pe farfuria de porțelan alb. I se făcu greață văzându-l.

– Îți mulțumesc că ai acceptat să cinezi cu mine, Mariana. Așa cum spuneam în Fellows' Garden, mă faci curios. Sunt întotdeauna curios când cineva se interesează de mine. Și tu cu siguranță ai făcut asta, chicoti el. Acum am ocazia să-ți răspund cu aceeași monedă.

Mariana luă furculița, însă nu se putea hotărî să mănânce carnea. Așa că se concentră pe cartofi și pe salată, îndepărtând frunzele de băltoaca de sânge care se tot mărea.

Simțea asupra ei ochii lui Fosca. Cât de rece îi era privirea – ca a unui vasilisc!

– N-ai gustat din miel. Nu vrei să încerci?

Cum nu mai avea încotro, tăie o bucățică de carne și strecură în gură o fâșiuță roșie. Avea gust metalic, ud, de sânge. Trebui să-și adune toate puterile ca s-o mestece și s-o înghită.

Fosca zâmbi.

– Perfect.

Mariana întinse mâna spre pahar și spălă gustul de sânge cu ce mai rămăsese din șampanie.

Observând că paharul ei era gol, Fosca se ridică.

– Hai să bem niște vin, da?

Se duse la masa de servire și turnă în două pahare din decantorul cu bordeaux roșu-închis. Se întoarse și-i dădu un pahar Marianei, care îl duse la buze și sorbi. Avea un gust brut, aspru și puternic. Simțea deja efectele șampaniei pe stomacul gol; nu trebuia să mai bea dacă nu voia să se îmbete curând. Cu toate acestea, nu se opri.

Fosca se așeză la loc și, cu ochii ațintiți asupra ei, îi zâmbi.

– Povestește-mi despre soțul tău.

Mariana scutură din cap.

– Nu.

El păru surprins.

– Nu? De ce nu?

– Nu vreau.

– Nici măcar numele lui?

– Sebastian, murmură ea.

Cumva, prin simpla rostire a numelui, știu că-și chemase îngerul păzitor și se simți mai în siguranță, mai liniștită. Sebastian îi șoptea la ureche: „Nu fi înspăimântată, iubito, nu te da bătută. Să nu-ți fie frică..."

Mariana hotărî să-i urmeze sfatul. Ridică ochii și înfruntă privirea lui Fosca fără să clipească.

– Vorbiți-mi despre dumneavoastră, domnule profesor.

– Edward. Ce ai vrea să știi?

– Bine, Edward. Povestește-mi despre copilărie.

– Copilăria mea?

– Cum era mama ta? Ți-era dragă?

Fosca râse.

– Mama? Ai de gând să mă psihanalizezi la cină?

– Sunt doar curioasă. Mă întreb ce altceva te-a mai învățat în afară de rețete cu paste.

Profesorul clătină din cap.

– Mama m-a învățat foarte puține, din nefericire. Dar tu? Cum era mama ta?

– N-am cunoscut-o.

– Ah. Dacă stau să mă gândesc, cred că nici eu n-am cunoscut-o pe a mea cu adevărat.

O cântări un timp, căzut pe gânduri. Mariana îi vedea mintea lucrând febril – avea o minte cu adevărat sclipitoare, își zise. Ascuțită ca briciul. Trebuia să fie atentă. Își luă un ton degajat.

– A fost o copilărie fericită?

– Văd că ești hotărâtă să transformi asta într-o ședință de terapie.

– Nu ședință de terapie, doar conversație.

– Conversațiile merg în două sensuri, Mariana.

Fosca zâmbi și așteptă. Văzând că n-avea de ales, ea acceptă provocarea.

– N-am avut o copilărie prea fericită, îi spuse. Uneori, poate. Mi-am iubit foarte mult tatăl, însă...
– Însă ce?
Mariana ridică din umeri.
– Era prea multă moarte.
Se priviră o clipă în tăcere. Fosca încuviință încet din cap.
– Da, o văd în ochii tăi. E acolo o mare tristețe. Știi, îmi amintești de un personaj de-al lui Tennyson – *Mariana in the Moated Grange*: „«El nu mai vine», zise ea. «Mi-s istovită, istovită. Mai bine aș fi moartă»".
Zâmbi. Mariana se uită în altă parte, simțindu-se vulnerabilă și iritată. Întinse mâna după vin, goli paharul, apoi se hotărî să-l înfrunte:
– E rândul tău.
– Prea bine. Fosca luă o gură de vin și începu: Am fost un copil fericit? Clătină din cap. Nu. N-am fost.
– De ce?
El nu răspunse imediat. Se ridică și se duse să aducă vinul. Îi umplu paharul Marianei în timp ce vorbea.
– Adevărul adevărat? Tata era un om foarte violent. Trăiam temându-mă pentru viața mea și pentru viața mamei. L-am văzut de multe ori brutalizând-o.
Mariana nu se aștepta la o mărturisire atât de sinceră. Cu siguranță, vorbele păreau să reflecte adevărul, și totuși erau complet lipsite de vreo emoție. Era ca și cum el n-ar fi simțit nimic.
– Îmi pare rău, spuse. E cumplit.
El ridică din umeri și se așeză la loc.
– Ai un fel aparte de a-ți descoase interlocutorul, Mariana. Ești un bun terapeut, îmi dau seama. În ciuda intenției mele de a nu mă dezvălui în fața ta, până la urmă m-ai lungit pe canapea. Terapeutic vorbind, preciză cu un zâmbet.

Mariana şovăi.

– Ai fost vreodată căsătorit?

Fosca râse.

– Asta înseamnă să urmezi neabătut o linie de gândire. Ne mutăm de pe canapea în pat? Sorbi iarăşi din vin, apoi reluă: N-am fost căsătorit, nu. N-am întâlnit niciodată femeia potrivită. Până acum, adăugă scrutând-o.

Mariana nu comentă. Privirea lui apăsătoare, intensă, o făcea să se simtă ca un iepure prins în lumina farurilor. Se gândi la cuvântul folosit de Zoe – „fascinant". În cele din urmă, neputând să mai rabde, privi în altă parte, ceea ce păru să-l amuze.

– Eşti o femeie frumoasă, îl auzi spunând, dar ai mai mult decât frumuseţe. Ai o anumită calitate – o nemişcare. Ca nemişcarea din adâncul oceanelor, departe de valuri, unde nu se clinteşte nimic. Foarte nemişcată... şi foarte tristă.

Marianei nu-i plăcea direcţia pe care o luau lucrurile – simţea că-şi pierde avantajul, dacă l-o fi avut vreodată. Mai era şi cherchelită şi nepregătită pentru brusca trecere a lui Fosca de la povestea de dragoste la crimă.

– Azi-dimineaţă am primit o vizită de la inspectorul-şef Sangha. Voia să ştie unde mă aflam când a fost ucisă Veronica.

Se uită la Mariana, sperând să vadă o reacţie. Ea nu-i oferi nici una.

– Şi ce i-ai spus?

– Adevărul. Că făceam o lecţie particulară cu Serena în apartamentul meu. I-am sugerat să discute cu ea dacă nu mă crede.

– Înţeleg.

– Inspectorul mi-a pus o mulţime de întrebări, iar ultima se referea la tine. Ştii ce a vrut să ştie?

Mariana clătină din cap.

– N-am nici cea mai mică idee.

– Se întreba de ce ești așa de înverșunată împotriva mea. Ce am făcut ca să merit asta.

– Și ce ai spus?

– Am spus că n-am habar, dar o să te întreb. Așa că te întreb. Ce se întâmplă, Mariana? Ai pornit o campanie împotriva mea de când a fost ucisă Tara. Și dacă ți-aș spune că sunt nevinovat? Mi-ar plăcea să-ți fac pe voie și să fiu țapul tău ispășitor, însă...

– Nu ești țapul meu ispășitor.

– Nu? Un outsider, un american din clasa muncitoare în lumea elitistă a învățământului superior englez? Ies în evidență ca un buboi.

– Nu prea, îl contrazise Mariana. Aș spune că te potrivești de minune aici.

– Păi, firește, am făcut tot ce mi-a stat în puteri ca să mă încadrez, dar, în ultimă instanță, cu toate că englezii sunt infinit mai subtili decât americanii în xenofobia lor, voi fi întotdeauna un străin și, ca atare, privit cu suspiciune. Cum ești și tu, de altfel. Nici tu nu aparții acestui loc.

– Nu vorbim despre mine.

– O, ba da. Suntem exact la fel.

Ea se încruntă.

– Nu suntem. Deloc.

– Oh, Mariana! râse Fosca. Doar nu crezi cu adevărat că-mi ucid studenții. E absurd. Asta nu înseamnă că vreo câțiva dintre ei n-ar merita.

Râse din nou – și râsul lui făcu să treacă un fior pe șira spinării Marianei.

Îl studie atent, simțind că tocmai avusese o imagine a celui care era el cu adevărat: împietrit, sadic, lipsit de orice urmă de afecțiune. Pășea pe un teren primejdios, știa asta, însă vinul o făcuse îndrăzneață și nesăbuită, și poate că nu avea să i se mai ivească o asemenea ocazie. Își alese cu multă grijă cuvintele.

— Atunci aș vrea să știu ce tip anume de persoană crezi că le-a omorât.

Fosca se uită la ea ca și cum ar fi fost surprins de întrebare. Dar încuviință din cap.

— Întâmplător, m-am gândit un pic la asta.

— Sunt sigură că ai făcut-o.

— Primul lucru care mă frapează este natura religioasă a crimelor. Asta-i clar. E un om religios. În propriii săi ochi, în orice caz.

Mariana își aduse aminte de crucea din holul lui. „La fel ca tine", se gândi.

Fosca sorbi din vin și continuă:

— Omorurile nu sunt doar niște atacuri la nimereală. Nu cred că polițiștii și-au dat seama de asta. Crimele sunt un gest de sacrificiu.

Mariana ridică rapid privirea.

— Un gest de sacrificiu?

— Da, e un ritual. Un ritual al renașterii și învierii.

— Nu văd nici o înviere aici. Doar moarte.

— Depinde numai de felul în care privești, spuse el zâmbind. În plus, e un om al scenei. Îi place spectacolul.

„La fel cum îți place și ție", își zise ea.

— Crimele îmi amintesc de o tragedie iacobină, adăugă profesorul. Violență și oroare, menite să șocheze și să distreze deopotrivă.

— Să distreze?

— În plan teatral vorbind.

Zâmbi, iar Mariana simți brusc dorința să se îndepărteze de el cât mai mult posibil. Împinse deoparte farfuria.

– Am terminat.
– Ești sigură că nu mai vrei?
Ea încuviință din cap.
– Nu mai pot.

13

Profesorul Fosca o invită să treacă în living pentru cafea și desert, iar Mariana îl urmă șovăielnic în camera alăturată. El arătă spre o canapea mare, neagră, de lângă șemineu.

– Ia loc, te rog.

Mariana n-avea nici un chef să stea lângă el și să fie atât de aproape – cumva, îi inducea un sentiment de nesiguranță. Dar dacă *ea* se simțea atât de neliniștită în prezența lui, oare cum putea să se simtă o fată de optsprezece ani?

Clătină din cap.

– Sunt obosită. Cred că o să sar peste desert.

– Nu pleca, nu încă. O să fac niște cafea.

Nu apucă să protesteze, că stăpânul casei ieși din încăpere, dispărând în bucătărie.

Mariana se luptă cu impulsul de a fugi, de a pleca naibii de acolo. Se simțea amețită și frustrată – și supărată pe sine. Nu obținuse nimic. Nu aflase nimic nou, nimic din ce nu știa deja. Trebuia să plece, pur și simplu, înainte ca el să se întoarcă și să fie silită să se lupte cu avansurile lui amoroase, sau mai rău.

În timp ce chibzuia ce să facă, ochii îi rătăceau prin încăpere. La un moment dat, privirea îi poposi pe un teanc mic de cărți de pe măsuța de cafea. Își înclină capul ca să citească titlul volumului de deasupra.

Operele complete ale lui Euripide.

Aruncă o privire peste umăr spre bucătărie. Nici urmă de Fosca. Se duse repede la măsuță.

Luă cartea în mână. Un semn de carte roșu, de piele, se ițea din ea.

O deschise la acea pagină. Semnul era pus la mijlocul unei scene din *Ifigenia în Aulida*. Textul era în engleză pe o parte a paginii și în greaca veche pe cealaltă parte.

Câteva versuri fuseseră subliniate. Mariana le recunoscu imediat. Erau cele de pe ilustrata care-i fusese trimisă Veronicăi:

> ἴδεσθε τὰν Ἰλίου
> καὶ Φρυγῶν ἑλέπτολιν
> στείχουσαν, ἐπὶ κάρα στέφη
> βαλουμέναν χερνίβων τε παγάς,
> βωμόν γε δαίμονος θεᾶς
> ῥανίσιν αἱματορρύτοις
> χρανοῦσαν εὐφυῆ τε σώματος δέρην
> σφαγεῖσαν.

– Ce-ai găsit?

Mariana sări ca arsă – vocea era chiar în spatele ei. Închise cu zgomot cartea și se răsuci spre el cu un zâmbet forțat.

– Nimic, doar mă uitam.

Fosca îi înmână o ceșcuță cu espresso.

– Uite.

– Mulțumesc.

El aruncă o privire spre carte.

– Euripide, după cum poate ți-ai dat seama, este unul dintre preferații mei. Îl consider un vechi prieten.

– Chiar așa?

– O, da. Este singurul autor de tragedii care spune adevărul.
– Adevărul? Despre ce?
– Despre tot. Viața. Moartea. Incredibila cruzime a oamenilor. El spune lucrurilor pe nume.

Fosca sorbi din cafea, privind-o țintă. Și când se uită în ochii lui negri, Mariana nu mai avu nici o îndoială. Era absolut sigură:

Privea în ochii unui ucigaș.

PARTEA A PATRA

Şi astfel, atunci când un om vine şi vorbeşte ca tatăl tău şi se poartă ca el, chiar şi adult fiind [...] te vei supune acestui om, îl vei admira, te vei lăsa manipulat de el şi vei avea încredere în el, în cele din urmă lăsându-te cu totul în voia lui, fără ca măcar să fii conştient de înrobirea ta. În mod normal, nu eşti conştient de ceva ce este o continuare a copilăriei tale.

Alice Miller, *For Your Own Good*

Copilăria arată cum va fi omul,
Precum zorii arată cum va fi ziua.

John Milton, *Paradisul regăsit*

1

Moartea și ceea ce se petrece după aceea m-au interesat foarte mult dintotdeauna.

De la Rex încoace, presupun.

Rex este prima mea amintire. O făptură frumoasă, un câine ciobănesc alb cu negru. Cel mai bun soi de animal. Îmi îngăduia să-l trag de urechi și să încerc să stau pe el, mă lăsa să-l necăjesc în toate felurile de care e în stare un copilaș care abia a învățat să meargă, și cu toate astea dădea din coadă când mă vedea venind, mă întâmpina cu dragoste. A fost o lecție despre iertare – nu doar o dată, ci iar și iar.

M-a învățat mai mult decât despre iertare. M-a învățat despre moarte.

Când aveam aproape doisprezece ani, Rex îmbătrânise și îi era greu să țină pasul cu oile. Mama a propus să-l scoatem la pensie, să luăm un câine mai tânăr în locul lui.

Știam că tatei nu-i plăcea de Rex – uneori bănuiam că-l ura. Sau pe mama o ura? Ea îl iubea pe Rex, chiar mai mult decât îl iubeam eu. Îl iubea pentru dragostea lui necondiționată – și pentru că nu vorbea. Era însoțitorul ei permanent, muncea împreună cu ea toată ziua, iar ea gătea pentru el și îl îngrijea cu mai mult devotament decât îi arătase vreodată soțului ei, țin minte că a zis tata o dată, când se certau.

Îmi amintesc ce a zis tata când mama a propus să luăm alt câine. Eram în bucătărie. Eu ședeam pe podea, mângâindu-l pe Rex.

Mama era la sobă, gătind. Tata își turna un pahar de whisky. Nu primul.

„Nu plătesc ca să mănânce doi câini", a zis el. „Întâi îl împușc pe ăsta."

A fost nevoie de câteva secunde ca să pătrund înțelesul acelor vorbe, să pricep exact ce voia să zică. Mama a scuturat din cap.

„Nu", a spus. De data asta era hotărâtă. „Dacă te atingi de câinele acela, o să…"

„Ce? Mă ameninți?", s-a răstit tata.

Știam ce urma. Ai nevoie de mare curaj ca să încasezi un glonț în locul cuiva. Asta a făcut mama când i-a luat apărarea lui Rex în acea zi.

Tata și-a ieșit din minți, desigur. Zgomotul de sticlă spartă mi-a spus că era prea târziu – ar fi trebuit să dau fuga să mă ascund, ca Rex, care sărise din brațele mele și era pe jumătate afară din încăpere. Nu mi-a rămas decât să șed acolo, pe podea, încolțit, când tata a azvârlit masa, care a trecut la câțiva centimetri de mine. Mama a ripostat aruncând în el cu farfurii.

El s-a năpustit spre ea printre farfuriile sparte. Avea pumnii ridicați. Ea era cu spatele spre blatul de lucru. Era încolțită. Și apoi…

Ea a apucat un cuțit. Un cuțit mare – folosit la tăierea mieilor. L-a ridicat, îndreptându-l spre pieptul tatei. Spre inima lui.

„Te omor, fir-ar să fie. Vorbesc serios."

O clipă a fost tăcere.

Mi-am dat seama că era foarte posibil să-l înjunghie. Spre dezamăgirea mea, n-a făcut-o.

Tata n-a mai spus nimic. Doar s-a răsucit pe călcâie și a ieșit. Ușa bucătăriei s-a trântit în urma lui.

O clipă, mama nu s-a mișcat. Apoi a început să plângă. E groaznic să-ți vezi mama plângând. Te simți atât de neputincios, de slab.

„O să-l omor eu pentru tine", am zis.

Dar asta a făcut-o să plângă și mai abitir.

Și apoi… am auzit o împușcătură.

Și încă una.

Nu țin minte cum am ieșit din casă – sau cum m-am împleticit în curte. Tot ce îmi amintesc este că am văzut pe pământ trupul moale, însângerat, al lui Rex și pe tata plecând de acolo cu pușca în mână.

Am privit cum se scurgea viața din Rex. Ochii i-au devenit sticloși și lipsiți de vedere. Limba i s-a albăstrit. Membrele i-au înțepenit treptat. Nu puteam să-mi iau ochii de la el. Am simțit – chiar și atunci, la vârsta aceea fragedă – că priveliștea acestui animal mort mi-a pătat pe veci viața.

Blana moale, udă. Trupul zdrobit. Sângele. Am închis ochii, dar îl vedeam în continuare.

Sângele.

Iar mai târziu, când mama și cu mine l-am cărat pe Rex la puț și l-am aruncat acolo, în adânc, să putrezească împreună cu celelalte stârvuri nedorite, am știut că o parte din mine coborâse odată cu el. Partea bună.

Am încercat să-mi storc niște lacrimi pentru el, însă n-am putut să plâng. Acel biet animal nu-mi făcuse niciodată vreun rău – mi-a arătat doar iubire, doar bunătate.

Și totuși, n-am putut să plâng după el.

În schimb, învățam să urăsc.

Un sâmbure dur, rece, de ură se închega în inima mea, ca un diamant într-o bucată neagră de cărbune.

Am jurat că n-o să-l iert niciodată pe tata. Și într-o zi o să mă răzbun. Dar până atunci, până ce aveam să cresc, eram prins în capcană.

Așa că m-am retras în imaginație. În fanteziile mele, tata suferea.

Sufeream și eu.

În baie, cu ușa încuiată, sau în șură, sau în fundul hambarului, nevăzut, evadam – din acest corp... din această minte.

Născoceam scene de moarte crudă, cumplit de violentă: otrăviri chinuitoare, înjunghieri brutale – măcelărire și eviscerare.

Îmi erau scoase mațele și eram sfârtecat în patru, schingiuit până la moarte. Sângeram.
 Stăteam în picioare pe pat și mă pregăteam să fiu sacrificat de preoți păgâni. Mă înșfăcau și mă azvârleau de pe faleză jos, jos, în mare, în adâncuri – unde dădeau târcoale monștrii marini, așteptând să mă înfulece.
 Închideam ochii și săream jos din pat.
 Și eram sfâșiat în bucăți.

2

Mariana plecă din apartamentul profesorului Fosca pășind nesigur.

Nu era de la vin și șampanie, chiar dacă băuse mai mult decât ar fi trebuit, ci de la șocul provocat de ceea ce tocmai văzuse – citatul grecesc subliniat în cartea lui. E ciudat, își zise, cum clipele de limpezime extremă au adesea aceeași textură ca beția.

Nu putea ține asta pentru sine. Trebuia să-i spună cuiva. Dar cui?

Se opri în curte să se gândească. N-avea rost s-o caute pe Zoe – nu acum, nu după ultima lor discuție; Zoe pur și simplu n-ar fi luat-o în serios. Avea nevoie de o ureche înțelegătoare. Se gândi la Clarissa, dar nu era sigură că Clarissa ar fi fost dispusă s-o creadă.

Așa că mai rămânea doar o persoană.

Scoase telefonul și-l sună pe Fred. Declarându-se mai mult decât fericit s-o revadă, el îi propuse să se întâlnească la Gardies peste vreo zece minute.

Gardenia, sau Gardies, numele sub care o cunoscuseră și o iubiseră generații de studenți, era un local grecesc din inima orașului care servea fast-food până la ore târzii. Mariana merse până acolo de-a lungul aleii pietonale curbate, simțind mirosul tavernei înainte s-o vadă: cartofii care sfârâiau în uleiul încins și peștele pus la prăjit emanau o aromă inconfundabilă.

Gardies era un local mititel, nu încăpeau înăuntru decât o mână de clienți, așa că oamenii se adunau afară, mâncând pe alee. Fred aștepta în fața intrării, sub copertina verde și pancarta pe care scria *Faceți o pauză în stil grecesc*.

Îi zâmbi larg Marianei când o văzu apropiindu-se.

— Salut. Ai chef de cartofi prăjiți? Fac cinste.

Mirosul de prăjeală îi aminti că era moartă de foame — abia se atinsese de cina însângerată de la Fosca. Încuviință din cap recunoscătoare.

— Mi-ar plăcea câțiva.

— Imediat, domnișoară.

Fred se năpusti pe ușă, se împiedică de o treaptă și se ciocni de alt client, care-l înjură. Mariana nu-și putu stăpâni zâmbetul — chiar că era unul dintre cei mai stângaci oameni pe care-i cunoscuse în viața ei. Peste câteva minute, el ieși cu două pungi de hârtie pline cu cartofi prăjiți care abureau.

— Poftim, îi zise. Ketchup sau maioneză?

Mariana clătină din cap.

— Nimic, mulțumesc.

Suflă o vreme peste cartofi ca să-i răcorească. Apoi gustă unul. Era sărat și acru, un pic prea acru, de la oțet. Tuși, iar Fred îi aruncă o privire neliniștită.

— Prea mult oțet? Îmi pare rău. Mi-a alunecat mâna.

— E în ordine. Mariana zâmbi și clătină din cap. Sunt grozavi.

— Super.

Stătură acolo o vreme, ronțăindu-și cartofii în tăcere. În timp ce mânca, Mariana se uită la el. Lumina blândă a felinarului îi făcea fața de băiețandru să arate și mai tânără. „Nu-i decât un copil", se gândi. „Un cercetaș plin de zel." O cuprinse o tandrețe sinceră pentru puștiul acela, pe care se grăbi s-o izgonească.

Fred, surprinzându-i privirea, îi zâmbi sfios. Începu să vorbească printre înghițituri:

– O să-mi pară rău că am spus asta, sunt sigur. Dar sunt tare bucuros că m-ai sunat. Înseamnă că mi-ai simțit lipsa, chiar dacă doar un picuț... Îi văzu expresia și zâmbetul i se șterse. Ah. Văd că m-am înșelat. Nu de aceea m-ai sunat.

– Te-am sunat pentru că s-a întâmplat ceva și vreau să vorbesc cu tine despre asta.

Fred se mai învioră puțin.

– Deci, chiar ai vrut să vorbești cu mine?

– Of, Fred! exclamă ea dându-și ochii peste cap. Ascultă și gata.

– Zi.

Fred își termină cartofii în timp ce Mariana îi povestea ce se întâmplase – că găsise ilustratele și descoperise același citat subliniat în cartea lui Fosca.

El rămase o vreme tăcut. În cele din urmă, o întrebă:

– Ce-o să faci?

Mariana clătină din cap.

– Nu știu.

Fred își șterse firimiturile de la gură, făcu ghemotoc punga de hârtie și o aruncă în coșul de gunoi. Ea îl privea, încercând să-i deslușească expresia.

– Nu crezi că-mi imaginez toată chestia asta?

– Nu. Nu cred.

– Chiar dacă are alibi pentru ambele crime?

El ridică din umeri.

– Una dintre fetele care i-au dat alibiul e moartă.

– Da.

– Și Serena ar putea să mintă.

– Da.

– Și mai este o posibilitate, desigur...

– Și anume?

– Acționează împreună cu cineva. Un complice.

Mariana îl scrută, frapată de această idee.

– Nu m-am gândit la asta.

– De ce nu? Ar explica faptul că poate să fie în două locuri deodată.

– Posibil.

– Nu pari convinsă.

Mariana dădu din umeri.

– Nu-mi pare genul de om care să aibă un partener. E un adevărat lup singuratic.

– Poate. Oricum, avem nevoie de niște *dovezi*, știi tu, ceva concret, altfel n-o să ne creadă nimeni.

– Și cum le obținem?

– Ne gândim noi la ceva. Hai să ne întâlnim mâine la prima oră și să facem un plan.

– Nu pot mâine, trebuie să mă duc la Londra. Dar te sun când mă întorc.

– Bine. Coborându-și vocea, Fred adăugă: Ascultă-mă cu atenție, Mariana. Fosca știe fără îndoială că l-ai luat în vizor, așa că...

Lăsă fraza în aer. Mariana dădu din cap aprobator.

– Nu-ți face griji. O să fiu atentă.

– Bine. După o clipă de tăcere, Fred reluă cu un zâmbet larg: Mai e doar ceva de spus. Ești uluitor, incredibil de frumoasă în seara asta. Vrei să-mi faci cinstea de a deveni nevasta mea?

– Nu. Mariana clătină din cap. Nu vreau. Dar mulțumesc foarte mult pentru cartofi.

– Cu plăcere.

– Noapte bună.

Își zâmbiră. Apoi Mariana se răsuci pe călcâie și se îndepărtă. La capătul străzii, încă zâmbind, aruncă o privire înapoi – însă Fred dispăruse.

Era straniu, părea să fi intrat în pământ.

*

În timp ce se îndrepta spre colegiu îi sună telefonul. Îl scoase din buzunar şi se uită la el – numărul apelantului era ascuns.

Şovăi, dar în cele din urmă răspunse.

– Alo?

Nimic.

– Alo?

Tăcere – apoi o voce şoptită.

– Bună, Mariana.

Ea încremeni.

– Cine eşti?

– Te văd, Mariana. Te urmăresc cu privirea...

– Henry? Era sigură, îi recunoscuse vocea. Henry, tu eşti?

Celălalt închise. Mariana rămase un moment acolo, holbându-se la telefon. Se simţea profund tulburată. Se uită în jur, însă strada era pustie.

3

A doua zi Mariana se trezi devreme ca să plece la Londra.

În timp ce traversa Main Court aruncă o privire prin arcadă spre Angel Court.

Și iată-l pe Edward Fosca în fața scării lui, fumând.

Însă nu era singur. Vorbea cu cineva – unul dintre portarii colegiului, care stătea cu spatele la ea. Era evident, după corpolență și înălțime, că bărbatul respectiv era Morris.

Mariana se duse în grabă la arcadă, se ascunse după ea și se uită cu băgare de seamă în partea cealaltă.

Ceva îi spusese că merita să investigheze, ceva de pe fața lui Fosca. O expresie de iritare prelungită pe care nu i-o mai văzuse. Îi răsări în minte supoziția lui Fred că profesorul avea un complice.

Era cu putință să fie Morris?

Îl văzu pe Fosca strecurând ceva în mâna portarului. Părea un plic burdușit. Un plic burdușit cu ce? Bani?

Se lăsă purtată în zbor de imaginația ei deloc săracă. Oare Morris îl șantaja pe Fosca? Asta să fie? Era plătit ca să-și țină gura?

Putea să fie asta ceea ce îi trebuia? Un soi de dovadă concretă?

În acel moment, Morris se răsuci brusc și se îndepărtă de Fosca, venind spre Mariana.

Ea se trase înapoi și se lipi strâns de zid. Morris trecu prin arcadă și pe lângă ea fără s-o observe. Mariana îl privi cum traversă Main Court și ieși pe poartă.

Se grăbi să-l urmeze.

4

Mariana ieși iute pe poartă, iar pe stradă se ținu la o distanță sigură de Morris. El nu părea să-și dea seama că era urmărit. Mergea în pas săltat, fluierând încetișor, bucurându-se de plimbare și aparent fără grabă.

Trecu pe lângă Emmanuel College, pe lângă șirul de case ce se întindea pe toată lungimea străzii și pe lângă bicicletele legate de garduri. Apoi coti la stânga, pe o alee, și dispăru din vedere.

Mariana se zori să ajungă în dreptul aleii. Se uită de-a lungul ei. Era o străduță îngustă, cu șiruri de case pe amândouă părțile.

Era o fundătură, blocată în capăt de un zid vechi din cărămizi netencuite, acoperit cu totul de iederă.

Spre surprinderea Marianei, Morris continuă să meargă până la zid.

Întinse mâna spre el. Își înfipse degetele în spațiul lăsat de o cărămidă prost fixată, se prinse bine și se trase în sus. Apoi se cățără pe zid cu ușurință, trecu peste el și se făcu nevăzut pe partea cealaltă.

„La naiba", își zise Mariana.

După un moment de gândire se duse repede la zid și-l examină. Nu era sigură că putea s-o facă. Cercetă răbdătoare cărămizile până când văzu un spațiu de care se putea agăța.

Ridică mâna și se prinse, însă cărămida ieși din zid și-i rămase în mână. În clipa următoare se prăbușea înapoi pe alee.

Azvârli într-o parte cărămida și încercă din nou.

De data asta reuși să se tragă în sus. Cu greu, ajunse în vârful zidului, după care se lăsă să cadă pe partea cealaltă...

Aterizā în altă lume.

5

De cealaltă parte a zidului nu era nici un drum. Nu erau case. Doar ierburi sălbatice, conifere și tufe de mure neîngrijite. Îi trebuiră câteva secunde ca să-și dea seama unde se afla.

Era în cimitirul părăsit de pe Mill Road.

Fusese aici o dată, cu aproape douăzeci de ani înainte, când îl explorase împreună cu Sebastian, într-o după-amiază înăbușitoare de vară. Nu-i plăcuse atunci cimitirul; i se păruse sinistru, lăsat în părăsire.

Nu-i plăcea nici acum.

Se ridică în picioare și privi în jur. Nici urmă de Morris. Ascultă: liniște, nu se auzeau pași – nici măcar ciripit de păsări. Doar o tăcere de moarte.

Se uită la cărările care se întretăiau mai departe, într-o mare de morminte năpădite de mușchi și tufe mari de laur. Multe pietre tombale căzuseră ori se crăpaseră în două, aruncând pe iarbă umbre întunecate, zimțate. Toate numele și datele de pe pietre fuseseră de mult șterse de trecerea timpului și de intemperii. Toți acești oameni de care nu-și mai amintea nimeni – aceste vieți uitate. Era o atmosferă de pierdere, de zădărnicie. Abia aștepta să plece de acolo.

O luă pe cărarea cea mai apropiată de zid. N-avea de gând să se rătăcească, nu acum.

Se opri și ascultă – dar, din nou, nu se auzeau pași.

Nimic. Nici un sunet.

Îl pierduse.

Poate că o văzuse și fugise de acolo? N-avea rost să meargă mai departe.

Tocmai când voia să se întoarcă, o statuie mare îi atrase atenția: un înger așezat pe o cruce, cu brațele întinse, cu aripi mari, ciobite. O contemplă hipnotizată câteva secunde. Statuia era pătată și spartă, dar tot frumoasă – semăna un pic cu Sebastian.

Și apoi zări ceva chiar sub statuie, printre crengi: o tânără care mergea pe cărare. O recunoscu imediat.

Era Serena.

Serena, neștiind că era observată, se apropie de o criptă cu acoperiș plat, dreptunghiular, de marmură care cândva fusese albă, însă acum era stropită cu cenușiu și verde ca mușchiul, cu flori sălbatice crescând împrejur.

Se așeză, scoase telefonul și se uită la el.

Mariana se ascunse după un copac din apropiere și pândi printre crengi.

O văzu pe Serena ridicând privirea – spre un bărbat care ieșea din frunziș.

Era Morris.

Morris se duse la Serena. Nici unul dintre ei nu vorbi. El își scoase melonul și-l așeză pe o piatră de la căpătâiul unui mormânt, apoi o prinse pe tânără de ceafă și, cu o mișcare bruscă, violentă, o trase în sus, sărutând-o apăsat.

Sub ochii măriți de uimire ai Marianei, o culcă pe Serena pe marmură, încă sărutând-o, și se urcă pe ea. Începură să facă dragoste – o dragoste animalică, agresivă. Mariana simțea repulsie, și totuși era încremenită, nu putea să-și desprindă privirea de ei. În cele din urmă, la fel de brusc cum începuseră, ajunseră la orgasm, după care se lăsă tăcerea.

Zăcură acolo câteva clipe, nemișcați. Apoi Morris se ridică, își aranjă hainele, își luă melonul și-l șterse de praf.

Mariana își zise că ar fi fost mai înțelept să plece de acolo. Făcu un pas în spate, moment în care o crenguță se frânse sub talpa ei.

Se auzi un trosnet puternic.

Printre crengi îl văzu pe Morris privind în jur. Îi făcu semn Serenei să nu scoată nici un sunet, apoi trecu în spatele unui copac, dispărând din câmpul vizual al Marianei.

Ea se pregăti să se întoarcă pe cărare. Dar în ce parte era intrarea? Hotărî s-o ia pe unde venise, de-a lungul zidului. Se răsuci...

Morris stătea chiar în spatele ei.

O privea răsuflând greu. Câteva secunde domni tăcerea.

Într-un târziu, portarul vorbi cu voce joasă.

– Ce mama dracului faci?

– Poftim? Scuze.

Încercă să treacă de el, însă Morris îi tăie calea. Zâmbi.

– Ți-a plăcut spectacolul, nu?

Cu obrajii în flăcări, Mariana își plecă ochii.

El râse.

– Te citesc clar. Nu mă păcălești, nici măcar pentru o clipă. Te-am dibuit de la bun început.

– Ce vrea să însemne asta?

– Înseamnă să nu-ți bagi afurisitul de nas în treburile altora, cum zicea bunicul meu, că te pomenești cu el tăiat. Te-ai prins?

– Mă ameninți?

Vorbise cu mai mult curaj decât simţea. Morris se mulţumi să râdă. Îi mai aruncă o privire, apoi se îndepărtă cu pas săltat.

Mariana rămase tremurând, speriată, furioasă şi în pragul plânsului. Se simţea paralizată, prinsese rădăcini acolo. Apoi ridică privirea şi zări statuia – îngerul se uita drept la ea, cu braţele desfăcute, oferind o îmbrăţişare.

În acel moment simţi cum o copleşea dorul de Sebastian – să o ia în braţe, să o strângă şi să lupte pentru ea. Dar el nu mai era.

Trebuia să înveţe să lupte pentru ea însăşi.

6

Mariana luă rapidul spre Londra.

Nu oprea în nici o stație pe drum, părând să fie într-o competiție de alergat spre destinație. Dădea impresia că merge prea repede – sălta și se zguduia nebunește pe șine, legănându-se și clătinându-se dezlănțuit. Șinele scrâșneau – un vaier ascuțit în urechile Marianei – ca un om care țipă. Iar ușa vagonului nu se închidea cum trebuie. Se tot deschidea și se trântea la loc, fiecare bubuitură speriind-o și deranjându-i gândurile.

Avea o mulțime de lucruri la care să se gândească. Se simțea profund tulburată de confruntarea cu Morris. Încercă să înțeleagă ce se întâmplase. Așadar, el era bărbatul cu care se întâlnea Serena? Nu-i de mirare că păstrau secretul – Morris și-ar fi pierdut slujba dacă se descoperea legătura lui cu o studentă.

Mariana spera că asta era tot. Dar cumva se îndoia.

Morris avea ceva de împărțit cu Fosca, dar ce? Și cum se lega asta de Serena? Îl șantajau împreună pe Fosca? Dacă da, era un joc primejdios să provoace un psihopat – unul care ucisese deja de două ori.

Își dădea seama acum că se înșelase în privința lui Morris; se lăsase amăgită de rolul de personaj de modă veche pe care îl jucase – dar el nu era un gentleman. Se gândi la expresia fioroasă din ochii lui când o amenințase. Voise s-o sperie, și reușise.

Bang – uşa vagonului se trânti, făcând-o să tresară.

„Încetează, te scoţi singură din minţi", îşi zise. Trebuia să-şi abată atenţia, să se gândească la altceva.

Scoase exemplarul din *British Journal of Psychiatry*, care era încă în geantă. Îl frunzări şi încercă să citească, însă nu se putea concentra. Altceva o deranja: nu-şi putea alunga senzaţia că era privită.

Se uită peste umăr prin vagon – erau câţiva oameni, dar nu recunoştea nici un chip. Nimeni nu părea că se uită la ea.

Şi totuşi nu putea scăpa de senzaţia aceea agasantă. În vreme ce trenul se apropia de Londra, îi veni o idee îngrijorătoare.

Şi dacă se înşela în privinţa lui Fosca? Dacă ucigaşul era un străin – un individ pe care nu-l cunoştea şi care şedea chiar acolo, în vagon, privind-o chiar în acea clipă? Gândul o făcu să se înfioare.

Bang, răsună uşa.

Bang.

Bang.

7

Curând, trenul ajunse în gara King's Cross. În vreme ce ieșea din stație, Mariana avea în continuare senzația că era privită. Senzația sinistră, care îi dădea fiori, că niște ochi erau ațintiți în ceafa ei.

Dintr-odată, convinsă că era cineva chiar în spatele său, se răsuci pe călcâie, pe jumătate așteptându-se să fie Morris...

Dar el nu era acolo.

Și totuși, senzația persista. Ajunse la casa lui Ruth simțindu-se tulburată și paranoică. „Poate că sunt nebună. Poate că asta este", se gândi.

Nebună sau nu, nu exista ființă pe care să-și dorească mai mult s-o vadă decât pe doamna în vârstă care o aștepta pe Redfern Mews, numărul 5. Era o ușurare până și să apese pe sonerie.

Ruth era cea cu care Mariana făcuse în studenție pregătirea în domeniul terapiei. Și când Mariana își luase licența, Ruth îi devenise supervizoare. Un supervizor joacă un rol important în viața unui terapeut – Mariana îi dădea raportul despre pacienți, despre grupuri, iar Ruth o ajuta să-și scoată la lumină sentimentele, făcând distincția între emoțiile pacienților și cele proprii, ceea ce nu este întotdeauna lesnicios. Fără supervizare, un terapeut ar putea cu ușurință să fie copleșit și împotmolit în plan emoțional de toată suferința pe care trebuie s-o controleze. Și ar putea să-și piardă acea imparțialitate care e atât de importantă pentru a putea lucra eficient.

După moartea lui Sebastian, Mariana începuse să se vadă mai des cu Ruth, având nevoie mai mult ca oricând de sprijinul ei. Era terapie din toate punctele de vedere, în afara denumirii – și Ruth propusese să se implice deplin, oferindu-i ședințe de terapie în toată puterea cuvântului. Însă Mariana refuzase. Nu putea să explice exact de ce, doar că n-avea nevoie de terapie; avea nevoie, pur și simplu, de Sebastian. Și toate vorbele din lume nu-l puteau înlocui.

– Mariana, draga mea! exclamă încântată Ruth când deschise ușa. Intră, te rog.

– Bună, Ruth.

Era așa de bine să intre în casă și în livingul care mirosea întotdeauna a lavandă, și să audă ceasul de argint ticăind liniștitor pe polița șemineului!

Își ocupă locul său obișnuit, pe marginea canapelei de un albastru decolorat. Ruth se așeză în fața ei, pe fotoliu.

– Păreai tare tulburată la telefon. Spune-mi despre asta, Mariana.

– Nu prea știu de unde s-o apuc. Presupun că a început când Zoe m-a sunat în seara aceea, din Cambridge.

Mariana îi povesti pe cât de limpede și amănunțit putea. Ruth asculta, încuviințând din cap din când în când, dar vorbind foarte puțin. Când terminâ, Ruth tăcu o vreme. Oftă, aproape inaudibil – un oftat trist, obosit, care era un ecou al neliniștii Marianei mult mai elocvent decât orice cuvinte.

– Simt încordarea pe care ți-o provoacă, îi zise. Trebuie să fii tare, pentru Zoe, pentru colegiu, pentru tine însăți...

Mariana clătină din cap.

– Eu nu contez. Însă Zoe și fetele acelea... Mi-e atât de frică... Ochii i se umplură de lacrimi. Ruth se aplecă în față și împinse spre ea cutia cu șervețele. Mulțumesc, îmi pare rău. Nici măcar nu știu de ce plâng.

– Plângi din cauză că te simți neputincioasă.

– Așa mă simt, într-adevăr, suspină Mariana.

– Însă nu-i adevărat. Știi asta, nu? Ești mult mai pricepută decât îți imaginezi, îi spuse Ruth. Colegiul, la urma urmei, nu-i decât alt grup, un grup care e bântuit de o boală îngrozitoare. Dacă ceva atât de toxic, de perfid, de ucigaș ar acționa într-unul dintre grupurile tale...

Ruth lăsă fraza în aer. Mariana cugetă.

– Ce aș face? E bună întrebarea. Presupun... că aș vorbi cu ei – ca grup, vreau să zic.

– Întocmai ceea ce gândesc și eu. Se ivi o licărire în ochii lui Ruth când spuse asta. Vorbește cu acele fete, Fecioarele, nu *individual*, ci ca *grup*.

– Un grup de terapie, vrei să zici?

– De ce nu? Fă o ședință cu ele, vezi ce iese.

Mariana zâmbi fără voie.

– E o idee interesantă. Nu prea știu cum ar reacționa la asta.

– Gândește-te la idee, asta-i tot. După cum știi, cea mai bună cale de a trata un grup...

– ... este *ca* grup. Mariana dădu din cap aprobator. Da, înțeleg.

Tăcu un moment. Era un sfat bun – nu ușor de pus în practică, dar ținând de o metodă despre care chiar avea cunoștințe și în care credea. Deja se simțea mai puțin depășită de situație. Zâmbi recunoscătoare.

– Mulțumesc.

Ruth șovăi.
— Mai este ceva. Ceva mai greu de formulat... ceva care mă frapează... în privința acestui bărbat, Edward Fosca. Vreau să ai foarte multă grijă.
— Am grijă.
— De *tine*?
— Ce vrei să spui?
— Ei bine, cu siguranță asta îți scoate la lumină tot felul de sentimente și asocieri... Sunt surprinsă că nu ai pomenit de tatăl tău.
Mariana o privi surprinsă.
— Ce are tata de-a face cu Fosca?
— Păi, amândoi sunt bărbați charismatici, puternici în comunitatea lor — și, după cum se pare, cu un înalt grad de narcisism. Mă întreb dacă simți același impuls să-l cucerești pe acest bărbat ca în cazul tatălui tău.
— Nu, spuse ritos Mariana, iritată de sugestie. Nu. Și, oricum, am un transfer foarte negativ spre Edward Fosca.
Ruth nu părea convinsă.
— Sentimentele față de tatăl tău n-au fost cu totul blânde.
— E altceva.
— Zău? Încă îți este atât de greu, chiar și acum — nu-i așa? — să-l critici, sau să recunoști faptul că te-a dezamăgit în feluri fundamentale, reale. Nu ți-a dat niciodată dragostea de care aveai nevoie. Ți-a trebuit mult timp ca să fii în stare să vezi asta și să-i spui pe nume.
Mariana clătină din cap.
— Sincer, Ruth, cred că tata n-are nimic de-a face cu asta.
Ruth o privi cu tristețe.
— Am impresia că, în ceea ce te privește, tatăl tău este în miezul acestei situații. Asta ar putea să n-aibă

prea mult sens acum. Dar într-o zi ar putea să însemne foarte mult.

Cum nu știa ce să răspundă, Mariana ridică din umeri.

— Și Sebastian? zise Ruth după o pauză. Ce simți în privința lui?

Mariana făcu un gest hotărât de refuz.

— Nu vreau să vorbesc despre Sebastian. Nu astăzi.

După aceea nu mai stătu mult. Pomenirea tatălui ei aruncase un văl de neplăcere asupra întâlnirii, care nu se dispersă cu totul până ce ajunse în holul casei lui Ruth.

La plecare, Mariana o îmbrățișă pe bătrâna doamnă. Simțindu-i căldura și afecțiunea, ochii i se umplură de lacrimi.

— Îți mulțumesc din suflet, Ruth. Pentru tot.

— Sună-mă dacă ai nevoie de mine, oricând. Nu vreau să crezi că ești singură.

— Mulțumesc.

— Știi, zise Ruth după o mică ezitare, poate că ți-ar fi de folos să vorbești cu Theo.

— Theo?

— De ce nu? La urma urmei, psihopatia este specialitatea lui. E sclipitor. Orice idee pe care o are va fi utilă.

Mariana se gândi un pic. Theo era un psihoterapeut criminalist care făcuse pregătirea împreună cu ea la Londra. În afară de faptul că amândoi o aveau ca terapeut pe Ruth, nu se cunoșteau prea bine.

— Știu și eu..., murmură. Adică, nu l-am văzut pe Theo de foarte mult timp... Crezi că l-ar deranja?

— Deloc. Ai putea să încerci să-l vezi înainte să te întorci la Cambridge. O să-i telefonez.

Ruth îl sună, iar Theo zise că da, sigur că-și amintea de Mariana și ar fi fost bucuros să stea de vorbă cu ea. Stabiliră să se întâlnească într-un local din Camden.

În seara aceea, la ora șase, Mariana se duse să-l vadă pe Theo Faber.

8

Mariana ajunse prima la Oxford Arms. Comandă un pahar de vin alb în timp ce aștepta.

Era curioasă să-l vadă pe Theo, dar și neîncrezătoare. Faptul că împărțeau același terapeut îi adusese în situația de a fi ca doi frați, fiecare invidios pe atenția pe care mama i-o acorda celuilalt. Mariana fusese un pic geloasă pe Theo, chiar îl antipatiza, dându-și seama că Ruth avea o slăbiciune pentru el. Vocea lui Ruth lua un ton protector ori de câte ori îl pomenea, ceea ce o făcuse pe Mariana, în mod nerezonabil, să clocească o fantezie cum că Theo ar fi fost orfan. Fusese un șoc când părinții lui apăruseră la absolvire, vii și teferi.

Adevărul era că Theo avea ceva de copil oropsit. Fără legătură cu statura lui, era ceva sugerat în întregime de purtare: un fel de reținere, o ușoară distanțare de ceilalți – o stângăcie, ceva ce Mariana recunoștea și la ea însăși.

Theo ajunse cu o întârziere de câteva minute. O salută cu căldură pe Mariana, își luă de la bar o coca-cola dietetică și i se alătură la masă.

Arăta la fel; nu se schimbase deloc. Avea în jur de patruzeci de ani și-și păstrase suplețea. Purta o haină de catifea reiată roasă și o cămașă albă șifonată și mirosea un pic a fum de țigară. Avea o față plăcută, își zise ea, o față afectuoasă, dar în ochii lui era o expresie...

Care era cuvântul? Neliniștită, chiar bântuită. Și își dădu seama că, deși îl plăcea, nu se simțea cu totul în largul său în prezența lui. N-ar fi știut să spună de ce.

– Îți mulțumesc că ai acceptat să ne vedem, îi spuse. Te-am luat cam pe nepregătite.

– Nici o problemă. Sunt curios. Am urmărit povestea, la fel ca toată lumea. E fascinant... Theo se corectă repede: Adică, e cumplit, desigur. Dar și fascinant. Aș vrea să știu ce crezi tu despre asta.

Mariana zâmbi.

– De fapt, speram să aflu ce crezi tu.

– Ah, făcu el părând surprins. Dar tu ești *acolo*, Mariana, în Cambridge. Eu nu sunt. Ideile tale sunt mult mai valoroase decât orice aș putea să-ți spun eu.

– N-am prea multă experiență în domeniul ăsta, în criminalistică.

– Să știi că nu contează prea mult, de vreme ce fiecare caz este cu totul unic, din experiența mea.

– Asta-i ciudat. Julian spunea exact invers. Că toate cazurile sunt la fel.

– Julian? Vrei să zici Julian Ashcroft?

– Da. Colaborează cu poliția.

Theo înălță o sprânceană.

– Mi-l amintesc pe Julian din institut. Mi se părea un pic... ciudat. Un pic prea setos de sânge. Și, oricum, greșește: cazurile sunt foarte diferite. La urma urmei, nu toți avem aceeași copilărie.

– Da, sunt de acord, zise Mariana. Totuși, nu crezi că există niște caracteristici pe care le putem căuta?

Theo sorbi din coca-cola și ridică din umeri.

– Uite ce-i. Să zicem că sunt omul vostru. Să zicem că mă simt foarte rău și sunt extrem de periculos. E perfect posibil să pot ascunde toate astea de voi. Poate că nu pentru foarte mult timp, poate că nu într-un mediu terapeutic, însă la nivel superficial e foarte uşor să prezinţi lumii un eu fals. Chiar şi celor cu care te vezi zilnic. Îşi făcu de lucru un moment cu verigheta, răsucind-o pe deget, apoi reluă: Vrei sfatul meu? Uită-l pe *cine*. Începe cu *de ce*.

– De ce ucide, vrei să zici?

– Da. Ceva din toată povestea asta nu-mi sună bine. Victimele au fost agresate sexual?

Mariana clătină din cap.

– Nu, nimic de genul ăsta.

– Deci, ce ne spune asta?

– Că uciderea în sine, înjunghierea şi mutilarea, îi oferă satisfacţia pe care o caută? Poate. Nu cred că e atât de simplu.

– Nici eu nu cred, spuse Theo.

– Legistul a spus că tăierea beregatei a fost cauza decesului, iar înjunghierea s-a produs după moarte.

– Înţeleg, zise Theo, părând intrigat. Ceea ce înseamnă că toate astea au o latură dramatică. Sunt puse în scenă – pentru public.

– Şi noi suntem publicul?

– Întocmai. Dar oare de ce? De ce vrea să vedem această violenţă îngrozitoare?

Mariana chibzui câteva clipe.

– Mă gândesc... că el vrea să *credem* că au fost ucise într-un acces de nebunie de un ucigaş în serie, un nebun cu un cuţit. În realitate, el era complet calm şi stăpân pe sine, iar aceste crime au fost plănuite cu mare migală.

– Exact. Rezultă de aici că avem de-a face cu un tip mult mai inteligent – şi mult mai periculos.

Mariana se gândi la Edward Fosca şi făcu un gest aprobator.

– Da, aşa cred.

– Dă-mi voie să te întreb ceva, îi zise Theo privind-o cu atenție. Când ai văzut cadavrul de aproape, care a fost primul lucru care ți-a venit în minte?

Mariana clipi – și o fracțiune de secundă văzu chipul Veronicăi. Alungă imaginea.

– Păi, nu știu... că e îngrozitor.

Theo clătină din cap.

– Nu. Nu asta ai gândit. Spune-mi adevărul. Care a fost primul lucru care ți-a venit în minte?

Mariana ridică din umeri stingherită.

– Destul de ciudat... a fost o replică dintr-o piesă.

– Interesant. Spune mai departe.

– *Ducesa de Amalfi*. „Acoperă-i fața, ochii mi-s orbiți..."

– Da. Ochii lui Theo se luminară brusc și se aplecă în față, ațâțat. Da, asta este.

– Păi... nu cred că înțeleg...

– „Ochii mi-s *orbiți*." Cadavrele sunt prezentate așa – ca să ne *orbească* pe noi. Ca oroarea să ne orbească. *De ce?*

– Nu știu.

– Gândește-te la asta. De ce încearcă să ne orbească? *Ce nu vrea să vedem?* De la ce încearcă să ne abată atenția? Răspunde la asta, Mariana, și o să-l prinzi.

Mariana încuviință din cap în vreme ce-i asimila sugestia. Rămaseră un timp într-o tăcere contemplativă, uitându-se unul la altul.

Theo zâmbi.

– Ai un dar al empatiei ieșit din comun. Simt asta. Îmi dau seama de ce te lăuda atât de tare Ruth.

– Nu merit, dar îți mulțumesc. E plăcut să auzi așa ceva.

– Nu fi atât de modestă. Nu-i ușor să fii atât de deschis și receptiv, să poți simți ceea ce simte altă persoană... E o cupă otrăvită, din multe puncte de vedere. Întotdeauna am crezut asta. Tăcu brusc, apoi reluă cu voce joasă: Iartă-mă. N-ar trebui s-o spun... dar mai desluşesc ceva la tine. Un soi de... teamă. Te temi de ceva. Şi crezi că e acolo, afară... Făcu semn cu mâna prin aer. Dar nu-i acolo, ci aici, înăuntru, zise atingându-şi pieptul. În adâncul tău.

Mariana clipi, simţindu-se vulnerabilă şi jenată.

– Nu... nu ştiu ce vei să zici.

– Ei bine, sfatul meu e să-i acorzi atenţie. Împrieteneşte-te cu acel lucru. Întotdeauna ar trebui să fim atenţi când trupul ne spune ceva. Asta zice Ruth. Brusc păru stingherit, simţind, poate, că sărise peste cal. Se uită la ceas şi spuse: Ar trebui să plec. Mă întâlnesc cu soţia mea.

– Desigur. Îţi sunt recunoscătoare pentru că ai fost de acord să stăm de vorbă, Theo.

– Nici o problemă. Mi-a făcut plăcere să te văd, Mariana... Ruth a spus că acum ai cabinetul tău particular.

– Aşa-i. Şi tu eşti la Broadmoor[1]?

– Pentru păcatele mele, zâmbi Theo. Nu ştiu cât de mult mai rezist, sincer să fiu. Nu sunt prea fericit acolo. Mi-aş căuta altă slujbă, dar, ştii tu, nu-i timp.

În vreme ce el spunea asta, Marianei îi veni brusc o idee.

– Stai un pic, îi zise.

Scotoci prin geantă şi scoase numărul din *British Journal of Psychiatry* pe care îl căra după ea. Îl răsfoi până ajunse la ceea ce căuta. Îi dădu lui Theo revista, arătând spre anunţul din casetă.

– Uite.

---

[1] Veche instituţie psihiatrică cu grad înalt de securitate din comitatul Berkshire

Era un anunț pentru postul de psihoterapeut criminalist la Grove, o unitate psihiatrică securizată din Edgware.
Îl privi întrebător.
– Ce zici? Îl cunosc pe profesorul Diomedes, el e șeful acolo. E specializat în terapia de grup – mi-a predat o vreme.
– Da, știu cine este, spuse Theo în timp ce studia anunțul cu evident interes. Grove? Nu acolo au trimis-o pe Alicia Berenson? După ce și-a omorât soțul?
– Alicia Berenson?
– Pictorița... care nu vorbește.
– Oh, îmi amintesc. Mariana îi zâmbi încurajator. Poate că ar trebui să-ți depui candidatura pentru postul ăsta. S-o faci să vorbească iar.
– Poate. Theo zâmbi gânditor. Încuviințând din cap pentru sine, murmură: Poate că o să fac asta.

9

Nici nu știu când ajunse înapoi la Cambridge.

Pe tot drumul fusese cufundată în gânduri, reluând discuția cu Ruth și întâlnirea cu Theo. Ideea lui că acele crime erau dinadins înfiorătoare ca să abată atenția de la ceva era demnă de luat în seamă; pe deasupra, i se părea validă din punct de vedere emoțional, într-un fel pe care nu-l putea explica.

Cât despre sugestia lui Ruth de a organiza cu Fecioarele un grup de terapie – ei bine, n-avea să fie ușor, și poate nici măcar posibil, dar cu siguranță merita să încerce.

Ceea ce spusese Ruth despre tatăl ei era mult mai problematic.

Nu înțelegea de ce îl adusese în discuție. Ce spusese Ruth?

„Ar putea să n-aibă prea mult sens acum – dar într-o zi ar putea să însemne foarte mult."

Era cum nu se poate mai criptic. Evident, Ruth făcea aluzie la ceva, dar la ce anume?

Mariana își frământă mintea, uitându-se la câmpurile care zburau prin dreptul ferestrei. Se gândi la copilăria sa la Atena și la tatăl său: cum îl adorase pe acel bărbat chipeș, deștept, charismatic – îl venerase și îl idealizase. Îi trebuise multă vreme ca să-și dea seama că tatăl ei nu era întocmai eroul pe care și-l închipuise.

Revelația se produsese la scurt timp după ce absolvise facultatea la Cambridge. Locuia la Londra și se pregătea să devină profesoară. Începuse terapia cu Ruth, intenționând să se ocupe de pierderea mamei, dar se pomenise vorbind mai ales despre tatăl ei.

Se simțea obligată s-o convingă pe Ruth ce om minunat era: cât de strălucit, cât de muncitor, cât de mult se sacrificase, crescând singur doi copii, și cât de mult o iubea pe ea.

După câteva luni în care o ascultase pe Mariana și vorbise foarte puțin, într-o bună zi, Ruth o întrerupsese.

Cuvintele ei fuseseră simple, directe și devastatoare.

Ruth sugerase, cât de blând putea, că Mariana refuza să recunoască realitatea în privința tatălui ei. Că, după tot ce auzise, trebuia să pună sub semnul întrebării portretul de părinte iubitor pe care i-l făcuse ea. Bărbatul a cărui descriere o auzise Ruth părea despotic, rece, indisponibil în plan emoțional, mereu critic și lipsit cu totul de blândețe – chiar crud. Nici una dintre aceste calități n-avea nimic de-a face cu iubirea.

– Iubirea nu este condiționată, zisese Ruth. Nu depinde de faptul că te dai peste cap ca să mulțumești pe cineva – și nu izbutești niciodată. Nu poți iubi pe cineva dacă îți este frică de el, Mariana. Știu că e greu să auzi asta. E un fel de orbire – dar, în afară de cazul în care te trezești și vezi limpede, o să continue toată viața ta, afectând felul în care te vezi pe tine, ca și pe ceilalți.

Mariana scuturase din cap.

– Te înșeli în privința tatălui meu. Știu că e un om dificil, dar mă iubește. Și eu îl iubesc.

– Nu, îi replicase Ruth ferm. În cel mai bun caz, hai să-i zicem dorință de a fi iubită. În cel mai rău caz, este un atașament patologic față de un bărbat narcisist: un ghiveci de recunoștință, teamă, așteptare și supunere din datorie, care n-are nimic de-a face cu iubirea în adevăratul sens al cuvântului. Nu-l iubești. Și nici nu te cunoști și nu te iubești pe tine.

Ruth avea dreptate – era greu să auzi asta, ce să mai vorbim de acceptare. Mariana se ridicase și ieșise din încăpere, cu lacrimi de furie șiroindu-i pe față. Jurase să nu se întoarcă niciodată.

Apoi însă, pe stradă, în fața casei lui Ruth, ceva o făcuse să se oprească. Se gândise brusc la Sebastian – la cât de stingherită se simțea întotdeauna când el îi făcea un compliment.

– N-ai idee ce frumoasă ești, îi spunea Sebastian.

– Încetează, răspundea Mariana, cu fața îmbujorată de jenă, alungând complimentul cu o fluturare a mâinii.

Sebastian se înșela; ea nu era deșteaptă sau frumoasă – nu așa se vedea pe sine.

De ce nu?

Cu ai cui ochi se vedea? Cu ai săi?

Sau cu ai tatălui său?

Sebastian n-o vedea cu ochii tatălui ei, sau ai oricui altcuiva; o vedea cu ochii lui. Și dacă ar fi făcut asta și Mariana? Și dacă, la fel ca Lady of Shalott, nu s-ar mai fi uitat la viață printr-o oglindă, ci s-ar fi răsucit, să o privească direct?

Și așa începuse – o crăpătură în zidul amăgirii și al refuzului de a recunoaște realitatea, lăsând să intre un pic de lumină; nu multă, dar destul ca să vadă. Acel moment se dovedise a fi o epifanie, propulsând-o într-o călătorie a descoperirii de sine pe care tare ar mai fi vrut s-o refuze. Până la urmă, renunțase la pregătirea pentru profesorat și o începuse pe cea de terapeut. Cu toate că de atunci trecuseră mulți ani, nu-și revizuise pe deplin sentimentele față de tatăl său; acum, că el era mort, probabil că n-avea s-o facă niciodată.

10

Mariana coborî din tren în stația Cambridge, pierdută în gânduri melancolice, și merse pe jos până la St. Christopher's, abia observând ce era în jur. Când ajunse, primul om pe care-l zări fu Morris. Stătea lângă loja portarilor cu niște polițiști. Vederea lui îi aduse în memorie toată neplăcerea întâlnirii lor. Simți cum i se întoarce stomacul pe dos.

Refuză să se uite la el – trecu pe alături ignorându-l. Cu coada ochiului îl văzu ridicându-și un pic pălăria spre ea, ca și cum nu s-ar fi întâmplat nimic. Era limpede că se simțea în avantaj.

„Bine, lasă-l să creadă asta", își zise.

Hotărî ca pe moment să nu spună nimic despre cele întâmplate – parțial pentru că își putea imagina reacția inspectorului-șef Sangha: sugestia ei că Morris putea fi mână în mână cu Fosca n-ar fi provocat decât neîncredere și ridiculizare. Așa cum spusese Fred, avea nevoie de dovezi. Era mai bine să tacă, să-l lase pe Morris să creadă că scăpase cu fața curată – și să-i dea destulă funie ca să se spânzure singur.

Simți brusc dorința să-l sune pe Fred, să vorbească cu el, dar și-o înfrână.

Ce naiba era în capul ei? Era cu putință să nutrească unele sentimente față de el? Față de acel *băiat*? Nu, nu-și îngăduia nici măcar să se gândească la asta. Era ceva necinstit – și, de asemenea, înspăimântător. De fapt, era mai bine să nu-l mai sune niciodată pe Fred.

Când ajunse la camera ei văzu că ușa era întredeschisă.

Încremeni. Trase cu urechea, dar nu se auzea nici un sunet.

Cu mare încetineală, puse mâna pe ușă și o împinse. Scârțâi deschizându-se.

Se uită înăuntru, iar scena din fața ochilor ei o făcu să tragă brusc aer în piept. Părea că cineva răscolise încăperea: toate sertarele și dulapurile erau deschise și scotocite, toate lucrurile ei erau împrăștiate, hainele erau rupte și sfâșiate.

Îl sună repede pe Morris în loja portarilor și-i ceru să cheme poliția.

Peste câteva clipe Morris și doi polițiști erau în camera ei, examinând harababura.

– Sunteți sigură că n-a fost furat nimic? o întrebă unul dintre agenți.

Mariana încuviință din cap.

– Așa pare.

– N-am văzut pe nimeni suspect plecând din colegiu. Mai degrabă e fapta cuiva din interior.

– Pare opera unui student ranchiunos, comentă Morris. Îi zâmbi Marianei. Ați supărat pe cineva, domnișoară?

Ea nu-l băgă în seamă. Le mulțumi polițiștilor și fu de acord că probabil nu fusese o spargere. Se oferiră să caute amprente, și Mariana era pe cale să accepte – când observă ceva care o făcu să se răzgândească.

Un cuțit, sau alt obiect ascuțit, fusese folosit pentru a cresta adânc o cruce pe biroul de mahon.

– Nu-i nevoie, le zise. N-am de gând să depun plângere.
– Ei bine, dacă sunteți sigură...
După ce plecară, Mariana mângâie cu vârful degetelor șanțurile crucii.
Rămase acolo minute în șir, gândindu-se la Henry.
Pentru prima dată, îi era frică de el.

11

Tocmai mă gândeam la timp.

La faptul că nimic nu dispare cu adevărat. A fost acolo permanent – trecutul meu, vreau să zic –, și motivul pentru care mă ajunge din urmă este faptul că niciodată n-a plecat altundeva.

Într-un fel ciudat, voi fi întotdeauna acolo, întotdeauna de doisprezece ani – prizonier în timp, în acea zi cumplită, cea de după ziua mea, când totul s-a schimbat.

E ca și cum mi s-ar întâmpla chiar acum, când scriu asta.

Mama mă pune să stau jos ca să-mi dea vestea. Știu că ceva nu-i în ordine, pentru că m-a chemat în camera din față, cea pe care n-o folosim niciodată, și mi-a cerut să stau pe scaunul de lemn incomod și s-o ascult.

Crezusem că o să spună că era pe moarte, că avea o boală în ultima fază – asta îmi sugerase expresia ei.

Însă era mult mai rău.

A spus că pleca. Relația cu tata ajunsese într-un punct fără întoarcere – avea drept dovadă un ochi învinețit și buza spartă. Și, în cele din urmă, găsise curajul să-l părăsească.

Am simțit un val uriaș de încântare – „bucurie" este singurul cuvânt care se apropie de asta.

Însă zâmbetul mi s-a stins repede când am auzit-o pe mama turuind despre planurile ei imediate, care însemnau să doarmă pe canapeaua unei verișoare și apoi să-și viziteze părinții, până se punea pe picioare – și a devenit limpede, din felul în care se ferea să se uite în ochii mei și din ceea ce trecea sub tăcere, că nu avea de gând să mă ia și pe mine.

M-am holbat la ea șocat.

Nu eram în stare să simt ceva sau să gândesc – nu țin minte mare lucru din ce a spus. Dar a încheiat cu promisiunea că avea să trimită după mine când se stabilea în noua ei casă. Care ar fi putut la fel de bine să fie pe altă planetă, după cât de reală era pentru mine. Mă lăsa în urmă. Mă lăsa acolo. Cu el.

Eram sacrificat. Osândit la chinurile iadului.

Și apoi, cu acea stranie stupiditate crasă pe care o avea câteodată, a zis că încă nu-i spusese tatei că urma să plece. Voia să mă înștiințeze întâi pe mine.

Nu cred că avea de gând să-i spună. Acesta era singurul său rămas-bun – pentru mine, acolo, în momentul acela. Apoi, dacă avea cât de cât minte, avea să-și pregătească o valiză și să fugă în noapte.

Asta aș fi făcut eu.

Mi-a cerut să jur că voi păstra secretul. Mama mea frumoasă, nesăbuită, încrezătoare – din multe puncte de vedere eram mult mai vârstnic și mai înțelept decât ea. Cu siguranță eram mai viclean. Nu trebuia decât să-i spun lui. Să-i spun nebunului ăluia turbat de planul ei de a părăsi corabia. Și atunci ar fi fost împiedicată să plece. N-aș fi pierdut-o. Și nu voiam s-o pierd.

Nu?

O iubeam, nu?

Se întâmpla ceva cu mine, cu gândirea mea. A fost în timpul acelei discuții cu mama și în orele de după – un soi de conștientizare înceată, care se furișa – o stranie epifanie.

Crezusem că mă iubea.

Se dovedise că avea două fețe însă.

Iar în clipa aceea, brusc, am început s-o văd pe cealaltă persoană – am început s-o văd acolo, pe fundal, privind în vreme ce tata mă tortura. De ce nu-l împiedicase? De ce nu mă apărase?

De ce nu mă învățase că meritam să fiu apărat?

Îi luase apărarea lui Rex – îndreptase un cuțit spre pieptul tatei, amenințând că avea să-l înjunghie. Dar nu făcuse niciodată asta pentru mine.

Simțeam un foc arzând – o mânie care creștea, o furie care nu voia să se stingă. Știam că e rău – știam că ar trebui s-o înfrâng înainte să mă copleșească. În loc de asta, am ațâțat flăcările. Și am ars.

Toate ororile acelea le îndurasem de dragul ei, ca s-o țin în siguranță. Dar ea niciodată nu mă pusese pe primul plan. Se părea că e fiecare pentru sine. Tata avea dreptate: era egoistă, răsfățată, nepăsătoare. Crudă.

Trebuia să fie pedepsită.

Nu i-aș fi putut spune asta atunci. N-aveam vocabularul necesar. Însă peste un timp aș fi putut s-o înfrunt – după ce împlineam douăzeci de ani, poate, când vârsta m-ar fi făcut mai elocvent. Și după un pahar prea mult, după cină, m-aș fi ridicat împotriva ei, a acestei femei bătrâne, încercând s-o rănesc, așa cum mă rănise ea pe mine cândva. Mi-aș fi înșirat supărările – și apoi, în închipuirea mea, ea s-ar fi prăbușit, ar fi îngenuncheat în fața mea și m-ar fi implorat s-o iert. Și, binevoitor, i-aș fi împlinit rugămintea.

Ce lux ar fi fost – să iert. Dar n-am avut această ocazie.

În noaptea aceea m-am dus la culcare arzând, plin de ură... Era ca lava roșie, fierbinte, urcând într-un vulcan. Am adormit... și am visat că mă duc la parter, iau din sertar un cuțit mare și tai cu el capul mamei. Am tăiat și am ciopârțit și am ferăstruit prin gâtul ei cu cuțitul până ce s-a desprins de trup. Apoi i-am ascuns capul în sacoșa ei pentru tricotat, cu dungi roșii și albe, și am vârât-o sub patul meu, unde știam că era în siguranță. Cadavrul l-am aruncat în puț, cu celelalte stârvuri, unde n-avea s-o găsească nimeni vreodată.

Când m-am trezit din acest vis, în lumina galbenă, oribilă a zorilor, m-am simțit amețit, dezorientat – și speriat, nedumerit în privința celor întâmplate.

Eram destul de nesigur ca să cobor în bucătărie să verific. Am deschis sertarul în care erau ținute cuțitele. L-am luat pe cel mai mare. M-am uitat la el, căutând urme de sânge. Nu era nici una. Lama scânteia curată în lumina soarelui.

Și apoi am auzit pași. Am ascuns iute cuțitul la spate. Mama a intrat, vie și nevătămată.

Ciudat, faptul că am văzut-o pe mama cu capul la locul lui nu m-a liniștit deloc.

De fapt, eram dezamăgit.

12

A doua zi dimineață, Mariana se întâlni la micul dejun cu Zoe și Clarissa, în sala de mese.

Bufetul profesorilor se afla într-o nișă de lângă „masa înaltă". Era o mare varietate de pâine, produse de patiserie și vase cu unt, gem și marmeladă; și tăvi mari de argint cu mâncăruri calde, ca omletă, șuncă și cârnați.

În vreme ce stăteau la coadă la bufet, Clarissa proslăvea virtuțile unui mic dejun bogat.

– Îți pune burta la cale pentru întreaga zi. Nu-i nimic mai important, după părerea mea. De obicei heringi, ori de câte ori se poate. În timp ce examina diferitele opțiuni așternute în fața lor, adăugă: Dar nu azi. Azi, *kedgeree*, nu credeți? Mâncare de modă veche, reconfortantă. Atât de liniștitoare. Cod, ouă și orez. Nu poți greși cu asta.

Curând, după ce se așeză și luă prima înghițitură, se dovedi că se înșelase. Se înroși ca focul, se înecă – și scoase din gură ditamai osul de pește. Se uită la el alarmată.

– Dumnezeule mare! Se pare că bucătarul are de gând să ne omoare. Aveți grijă, dragile mele.

Clarissa cercetă cu grijă restul peștelui, cu furculița, în vreme ce Mariana le dădu raportul despre drumul la Londra – transmițându-le sugestia lui Ruth de a organiza o ședință de grup cu Fecioarele.

O văzu pe Zoe înălțând o sprânceană.

– Zoe? Ce crezi?

Fata îi aruncă o privire prudentă.

– Nu trebuie să particip, nu?

Mariana își ascunse amuzamentul.

– Nu, nu trebuie să participi, nu-ți face griji.

Zoe păru ușurată.

– Atunci dă-i bătaie. Dar, sinceră să fiu, nu cred că vor accepta. Nu, dacă nu le spune el s-o facă.

Mariana încuviință din cap.

– Cred că ai dreptate în privința asta.

Clarissa o împunse cu cotul.

– Vorbești de lup...

Mariana și Zoe ridicară privirea și văzură că Fosca își făcuse apariția la „masa înaltă".

Profesorul se așeză la capătul opus al mesei față de cele trei femei. Simțind privirea Marianei, își înălță fruntea și ochii îi zăboviră câteva secunde asupra ei. Apoi se uită în altă parte.

Mariana se ridică brusc în picioare. Zoe o privi alarmată.

– Ce faci?

– Nu-i decât o cale ca să aflăm.

– Mariana...

Însă ea n-o băgă în seamă și se duse la celălalt capăt al mesei lungi, unde profesorul Fosca sorbea câte puțin dintr-o cafea și citea dintr-un volum de poezii subțire.

Când îi simți prezența ridică privirea spre ea.

– Bună dimineața.

– Domnule profesor, vreau să vă cer ceva.

– Zău? Fosca o privi întrebător. Ce anume, Mariana?

Ea se uită în ochii lui și-i susținu privirea o clipă.

– Ați avea ceva împotrivă să vorbesc cu studentele dumneavoastră? Studentele speciale, vreau să zic. Fecioarele.
– Credeam că ai vorbit deja.
– Aș vrea să le abordez ca grup.
– Grup?
– Da. Grup de terapie.
– Presupun că asta ține de ele, nu de mine.
– Cred că vor fi de acord numai dacă le-o cereți dumneavoastră.

Fosca zâmbi.

– Așadar, de fapt nu-mi ceri permisiunea, ci colaborarea?
– Îi puteți spune și așa.

Profesorul continuă să se uite la ea surâzând.

– Ai hotărât unde și când ai vrea să aibă loc această ședință?

Mariana se gândi o clipă.

– Ce-ați zice de ora cinci, astăzi... în OCR?
– Pari să crezi că am foarte multă influență asupra lor, Mariana. Te asigur că nu este cazul. După un moment de gândire, Fosca reluă: Dă-mi voie să întreb un lucru. Care este scopul grupului? Ce speri să obții?
– Nu sper să obțin nimic. Nu așa funcționează terapia. Pur și simplu vreau să le ofer acestor tinere un spațiu în care să proceseze evenimentele îngrozitoare prin care au trecut de curând.

Fosca sorbi din cafea gânditor.

– Și invitația mă include și pe mine? Ca membru al grupului?
– Aș prefera să nu veniți. Cred că prezența dumneavoastră le-ar putea inhiba pe fete.
– Și dacă asta ar fi condiția ca să te ajut?

Mariana ridică din umeri.

– Atunci n-aş avea de ales.
– În cazul acesta, o să particip.
Bărbatul îi zâmbi. Mariana nu-i răspunse la zâmbet; dimpotrivă, se încruntă.
– Asta mă face să mă întreb, domnule profesor, ce naiba încercaţi cu atâta disperare să ascundeţi.
– Nu încerc să ascund nimic, îi răspunse el, deloc afectat de acuzaţie. Hai să zicem că doresc să fiu acolo ca să-mi protejez studentele.
– Să le protejaţi? De ce anume?
– De tine, Mariana, îi spuse. De tine.

13

În acea după-amiază, la ora cinci, Mariana le aștepta pe Fecioare în OCR.
Rezervase sala de la cinci la șase și jumătate. OCR, Old Combination Room, era o încăpere spațioasă, folosită de membrii colegiului ca sală comună; avea câteva canapele mari, măsuțe de cafea joase și o masă de sufragerie lungă, care acoperea lățimea unui perete întreg. Pe pereți atârnau tablouri de vechi maeștri; picturi estompate, întunecate, pe tapetul catifelat purpuriu cu auriu.
În șemineul de marmură ardea mocnit focul, iar pâlpâirea lui se reflecta în ornamentele aurite din încăpere. Era o atmosferă liniștitoare și controlată, perfectă pentru o sesiune de terapie, în opinia Marianei.
Așeză în cerc nouă scaune cu spătar.
Apoi se așeză pe unul dintre ele, asigurându-se că vedea ceasul de pe polița șemineului. Trecuse cu două minute de ora cinci.
Se întreba dacă aveau să vină. N-ar fi fost deloc surprinsă de un refuz general.
Totuși, peste o clipă ușa se deschise.
Și, una câte una, intrară cele cinci tinere. Judecând după expresia lor împietrită, nu veniseră cu dragă inimă.
– Bună ziua, le spuse Mariana zâmbind. Vă mulțumesc că ați venit. Vă rog să luați loc.

Fetele se uitară la aranjarea scaunelor, apoi una la alta, după care se așezară prudente. Blonda cea înaltă părea să fie conducătoarea; Mariana sesiză că celelalte se lăsau în seama ei. Ea se așeză prima, iar celelalte îi urmară exemplul.

Se poziționară una lângă alta, lăsând scaune goale de fiecare parte, în fața Marianei. Ea se simți brusc un pic intimidată de acest zid de fețe tinere neprietenoase.

Ce ridicol, își zise, să fie intimidată de câteva fete de douăzeci de ani, oricât de frumoase și inteligente or fi fost ele. Avea impresia că era din nou la școală, rățușca cea urâtă care se aținea la marginea curții, înfruntată de o bandă de fete populare. Partea adolescentă a Marianei se simțea înspăimântată, și se întrebă o clipă cum erau părțile adolescente ale acelor tinere – dacă nu cumva încrederea lor în sine masca sentimente de inferioritate asemănătoare. Era posibil ca sub purtarea lor superioară să se simtă la fel de mici ca ea? Era greu de imaginat.

Serena era singura cu care stătuse de vorbă, și părea să-i fie greu s-o privească pe Mariana în ochi. Morris trebuie să-i fi spus despre discuția lor. Își ținea fruntea aplecată, privirea ațintită în poală, părând stingherită.

Celelalte o scrutau fără nici o expresie. Păreau să aștepte un cuvânt de introducere din partea celei care-i invitase acolo, însă ea nu spunea nimic.

Mariana aruncă o privire spre ceas; era cinci și zece minute. Profesorul Fosca nu-și făcuse apariția – și, cu un pic de noroc, poate hotărâse să nu vină.

– Cred că ar trebui să începem, zise în cele din urmă.

– Și domnul profesor? întrebă blonda.

– Probabil a fost reținut altundeva. Ar trebui să începem fără el. Ce-ar fi să ne prezentăm mai întâi? Eu sunt Mariana.

Câteva clipe nu reacționară. În cele din urmă, blonda ridică din umeri.
– Carla.
– Natașa.
– Diya.
– Lillian.
Serena vorbi ultima.
– Îmi știi numele.
– Da, Serena, ți-l știu.
Mariana își potoli gândurile care i se îmbulzeau prin minte, apoi li se adresă ca grup.
– Mă întreb cum e să fiți așezate aici împreună.
Tăceau. Absolut nici o reacție, nici măcar o ridicare din umeri. Le simțea ostilitatea rece, împietrită. Fără să se descurajeze, continuă:
– O să vă spun cum e pentru mine. E ciudat. Ochii îmi sunt atrași mereu de scaunele goale. Persoane care ar trebui să fie aici, dar nu sunt.
– Ca domnul profesor, zise Carla.
– Nu mă refeream doar la dumnealui. La cine altcineva credeți că mă gândeam?
Carla se uită spre locurile libere și-și dădu ochii peste cap cu un aer disprețuitor.
– Pentru asta sunt celelalte scaune? Pentru Tara și Veronica? E așa de stupid.
– De ce e stupid?
– Pentru că nu vor veni. Evident.
Mariana ridică din umeri.
– Asta nu înseamnă că nu fac în continuare parte din grup. Știți, vorbim adesea despre asta în terapia de grup – chiar și atunci când oamenii nu mai sunt printre noi, pot să fie în continuare o prezență puternică.

În timp ce vorbea se uită la unul dintre scaunele goale – și-l văzu pe Sebastian așezat acolo, privind-o amuzat.

– Asta mă face să mă întreb, reluă, cum e să faci parte dintr-un grup ca acesta... Ce înseamnă pentru voi?

Nici una dintre fete nu răspunse. Erau ca niște sloiuri de gheață.

– În terapia de grup prefacem adesea grupul în familia noastră. Atribuim figuri de frați și părinți, unchi și mătuși. Presupun că acesta este un pic ca o familie. Într-un fel, v-ați pierdut două surori.

Nici un răspuns. Continuă prudent.

– Presupun că profesorul Fosca este „tatăl" vostru...

Pauză. Încercă din nou.

– Este un tată bun?

Natașa oftă adânc, cu iritare.

– Asta-i așa o *aiureală*, zise cu un puternic accent rusesc. Manevra ta e evidentă.

– Care anume?

– Încerci să ne faci să spunem ceva rău despre domnul profesor. Să ne păcălești. Să-l prinzi în capcană.

– De ce crezi că încerc să-l prind în capcană?

Natașa scoase un pufnet disprețuitor, fără a catadicsi să răspundă.

Carla vorbi în locul ei:

– Uite ce-i, Mariana. Știm ce gândești. Însă domnul profesor n-are nimic de-a face cu crimele.

– Așa-i. Natașa încuviință din cap cu tărie. Am fost cu el *tot* timpul.

Avea în glas o vehemență bruscă, o revoltă arzătoare.

– Ești foarte mânioasă, Natașa, remarcă Mariana. O simt.

Natașa râse.

– Foarte bine, pentru că tu ești ținta.

Mariana dădu din cap aprobator.
– E ușor să fii supărată pe mine. Eu nu reprezint o amenințare. Trebuie să fie mai greu să fii supărată pe „tatăl" tău pentru că și-a lăsat să piară doi copii.
– Pentru numele lui Dumnezeu, nu-i vina lui că sunt moarte, se răsti Lillian, vorbind pentru prima oară.
– Și atunci, a cui este vina? vru să știe Mariana.
Lillian ridică din umeri.
– A lor.
Mariana o fixă cu privirea.
– Poftim? Cum este vina lor?
– Ar fi trebuit să fie mai atente. Tara și Veronica erau proaste, amândouă.
– Așa este, întări Diya.
Carla și Natașa încuviințară.
Mariana se uită la ele, rămasă pe moment fără cuvinte. Știa că e mai ușor să simți furie decât tristețe – însă ea, care era atât de sensibilă la emoții, nu simțea aici nici o tristețe. Nici o jale, nici un regret sau pierdere. Numai dispreț. Numai sfidare.

Era ciudat. În mod normal, când se confruntă cu un atac din exterior, un grup ca acesta strânge rândurile, se adună, se unește; și totuși, singura persoană din St. Christopher's care exprimase o emoție reală față de moartea Tarei sau a Veronicăi fusese Zoe.

Se gândi la grupul de terapie al lui Henry, din Londra. Observa aici ceva asemănător – felul în care prezența lui Henry diviza grupul dinăuntru, atacându-l, astfel încât să nu poată funcționa normal.

La fel stăteau lucrurile și cu acest grup? Dacă era așa, însemna că grupul nu reacționa la o amenințare exterioară.

Însemna că amenințarea era deja acolo.

În acel moment se auzi o bătaie în uşă. Aceasta se deschise...
Şi în prag stătea profesorul Fosca.
Zâmbi.
– Mă primiţi şi pe mine?

14

– Cer iertare pentru întârziere, zise Fosca. A fost ceva de care trebuia să mă ocup.

Mariana se încruntă un pic.

– Mă tem că am început deja.

– Ei bine, îmi este totuși îngăduit să intru?

– Asta nu ține de mine; ține de grup. Mariana se uită la fete. Cine crede că domnul profesor Fosca ar trebui să fie primit?

Înainte ca măcar să-și fi terminat întrebarea, cinci mâini din cerc erau ridicate. Toate, în afară de a ei.

– N-ai ridicat mâna, Mariana, observă surâzător Fosca.

Ea clătină din cap.

– Nu, n-am ridicat-o. Dar sunt în minoritate.

Mariana percepu schimbarea energiei din încăpere când Fosca li se alătură în cerc.

Le simți pe fete încordându-se și observă privirea rapidă dintre Fosca și Carla în timp ce el se așeza.

Fosca îi zâmbi Marianei.

– Continuă, te rog.

Psihoterapeuta hotărî să încerce altă abordare. Zâmbi cu nevinovăție.

– Le predați fetelor tragedia greacă, domnule profesor?

– Așa este.

– Aţi studiat *Ifigenia în Aulida*? Povestea despre Agamemnon şi Ifigenia?

Îl studie cu mare atenţie când rosti acele cuvinte, însă nu sesiză nici o reacţie la menţionarea piesei. El făcu un gest de confirmare.

– Da, într-adevăr. După cum ştii, Euripide este unul dintre preferaţii mei.

– Aşa-i. Ei bine, ştiţi, întotdeauna personajul Ifigenia mi s-a părut foarte ciudat... Mă întreb ce cred studentele dumneavoastră.

– Ciudat? Cum adică?

Mariana se gândi o clipă.

– Păi, presupun că mă deranjează faptul că este atât de pasivă... de supusă.

– Supusă?

– Nu luptă pentru viaţa ei. Nu este legată sau ţinută cu forţa; îşi lasă de bunăvoie tatăl s-o omoare.

Fosca zâmbi şi se uită la fete.

– Mariana face o observaţie interesantă. Ar vrea cineva să răspundă...? Carla?

Carla păru încântată că fusese numită. Îi surâse Marianei, ca şi cum i-ar fi făcut pe plac unui copil.

– Felul în care moare Ifigenia este *esenţialul*.

– Adică?

– Adică aşa îşi dobândeşte dimensiunea tragică – printr-o moarte eroică.

Carla se uită la Fosca în căutarea aprobării, pe care o primi imediat.

Mariana clătină din cap.

– Îmi pare rău, dar nu sunt de acord cu asta.

– Nu? Fosca părea curios. De ce nu?

Mariana se uită la tinerele din cerc.

– Cred că modul cel mai bun de a răspunde este s-o aducem pe Ifigenia aici, în ședință – s-o punem să ni se alăture, pe unul dintre scaunele goale. Ce ziceți?

Două fete schimbară între ele priviri disprețuitoare.

– Ce mai prostie, zise Natașa.

– De ce? Era cam de vârsta voastră, nu? Un pic mai tânără, poate. Șaisprezece, șaptesprezece ani? Ce persoană curajoasă, remarcabilă era. Închipuiți-vă ce ar fi putut face cu viața ei – dacă ar fi supraviețuit –, ce-ar fi putut realiza. Ce am putea să-i spunem Ifigeniei acum, dacă ar ședea aici? Ce i-am spune?

– Nimic. Diya nu părea impresionată. Ce-ar fi de spus?

– Nimic? N-ați încerca s-o preveniți în legătură cu tatăl ei psihopat? Să ajutați la salvarea ei?

– Salvarea ei? Diya o privi de sus. De la ce? De la soartă? Tragedia nu funcționează așa.

– Oricum, nu era vina lui Agamemnon, spuse Carla. Artemis a fost cea care a cerut moartea Ifigeniei. A fost voința zeilor.

– Și dacă n-ar exista zei? sugeră Mariana. Doar o fată și tatăl ei. Atunci?

Carla ridică din umeri.

– Atunci nu-i o tragedie.

Diya încuviință din cap.

– Doar o familie grecească plină de probleme.

În tot acest timp Fosca rămăsese tăcut, urmărind dezbaterea cu un amuzament calm. Însă acum curiozitatea păru să învingă.

– Ce i-ai spune tu ei, Mariana? Acestei fete care a murit ca să salveze Grecia. În treacăt fie spus, era mai tânără decât crezi, mai aproape de paisprezece sau cincisprezece ani. Dacă ar fi acum aici – ce i-ai spune?

Mariana se gândi un moment.

– Presupun că aș vrea să știu despre relația cu tatăl ei... și de ce se simțea obligată să se sacrifice pentru el.

– Și de ce crezi că a făcut-o?

– Păi, copiii ar face orice ca să fie iubiți, sunt convinsă. Când sunt foarte mici este vorba despre supraviețuirea fizică, apoi cea psihologică. Ar face orice este nevoie ca să primească afecțiune. Își coborî glasul, vorbind nu pentru Fosca, ci pentru tinerele așezate în jurul lui: Și unii oameni profită de asta.

– Ce vrei să spui, mai exact? o întrebă el.

– Vreau să spun că, dacă aș fi terapeutul ei, aș încerca s-o ajut pe Ifigenia să vadă ceva – ceva ce era *invizibil* pentru ea.

– Și anume ce? vru să știe Carla.

Mariana își alese cu multă băgare de seamă vorbele.

– Faptul că, la o vârstă foarte fragedă, Ifigenia a confundat abuzul cu iubirea. Și acea greșeală a colorat felul în care se vedea pe sine... și lumea din jurul său. Agamemnon nu era un erou, ci un nebun, un psihopat infanticid. Ifigenia n-ar fi trebuit să-l iubească și să-l cinstească pe acest bărbat. Nu era nevoie să moară ca să-i facă lui pe plac.

Se uită în ochii fetelor. Se străduia cu disperare să ajungă la ele. Spera că va pătrunde... dar o făcuse? Nu putea să-și dea seama. Fosca o sfredelea cu privirea, pregătindu-se s-o întrerupă, așa că se grăbi să continue:

– Și dacă Ifigenia ar fi încetat să se mai mintă în privința tatălui ei... dacă ar fi deschis ochii la adevărul cumplit, devastator – că asta *nu era iubire*, că el n-o iubea, pentru că nu știa să iubească –, în clipa aceea ar fi încetat să fie o fecioară lipsită de apărare, cu capul pe butuc. Ar fi luat securea din mâna călăului. Ar fi devenit zeița.

Mariana se răsuci și se uită lung la Fosca. Încercă să nu lase mânia să-i pătrundă în glas, dar nu putea s-o mascheze prea bine.

– Însă asta nu i s-a întâmplat Ifigeniei, nu? Nici Tarei, nici Veronicăi. Ele n-au avut șansa să devină zeițe. N-au avut șansa să crească.

În vreme ce îl scruta de-a curmezișul cercului, văzu în ochii lui o scânteiere de furie. Însă, la fel ca ea, Fosca n-o exprimă.

– Înțeleg că, într-un fel, mi-ai atribuit rolul de tată în situația de față. Ca Agamemnon. Asta sugerezi?

– E interesant că spuneți asta. Înainte să ajungeți, vă dezbăteam meritele ca „tată" al grupului.

– Nu zău? Și care a fost consensul?

– N-am ajuns la el. Însă le-am întrebat pe Fecioare dacă se simt mai puțin în siguranță în grija dumneavoastră, acum, că două dintre ele sunt moarte.

În timp ce spunea asta, ochii îi alunecară spre cele două scaune goale. Fosca îi urmări privirea.

– Ah. Acum înțeleg, spuse el. Scaunele goale reprezintă membrele absente ale grupului... Un scaun pentru Tara și un scaun pentru Veronica?

– Corect.

– În acest caz, nu cumva lipsește un scaun?

– Ce vreți să spuneți?

– Nu știi?

– Ce să știu?

– Oh. Nu ți-a zis. Foarte interesant. Fosca zâmbea în continuare. Părea amuzat. Poate că ar trebui să îndrepți spre tine acea puternică lupă analitică, Mariana. Ce fel de „mamă" ești?

– Doctore, vindecă-te pe tine, chicoti Carla.

Fosca râse.

– Da, da, întocmai. Se răsuci și li se adresă celorlalte, parodiind atitudinea unui terapeut: Ce înțelegem din această înșelăciune – ca *grup*? Ce credem noi că *înseamnă*?

– Păi, zise Carla, cred că spune *multe* despre relația lor.

Natașa încuviință din cap.

– O, da. Nu sunt nici pe departe atât de apropiate cât crede Mariana.

– E evident că n-are încredere în ea, adăugă Lillian.

– Oare de ce, mă întreb? șopti Fosca, zâmbind în continuare.

Mariana simțea cum i se aprinde fața, arzând de iritare la micul joc pe care-l puseseră în scenă. Era exact ca în curtea școlii; ca orice tiran, Fosca manipulase grupul, făcându-l să se unească împotriva ei. Erau cu toții complici, rânjind, bătându-și joc de ea. Brusc, își dădu seama că-i ura.

– Despre ce vorbiți? zise.

Fosca își plimbă privirea prin cerc.

– Ei bine, cine face onorurile casei? Serena? Ce zici?

Serena încuviință din cap și se ridică în picioare. Ieși din cerc și se duse la masa lungă, de unde luă un scaun pe care-l amplasă în spațiul de lângă scaunul Marianei. Apoi se așeză la loc.

– Mulțumesc, îi spuse Fosca. Se uită la Mariana. Vezi tu, lipsea un scaun. Pentru ultima membră a Fecioarelor.

– Și cine este ea?

Însă Mariana ghicise deja răspunsul. Profesorul zâmbi.

– Nepoata ta. Zoe.

15

După ședință, Mariana ieși împleticindu-se în Main Court, simțindu-se buimăcită.

Trebuia să vorbească neapărat cu Zoe – și să audă partea ei de poveste. În felul lui crud, grupul îi arătase ceva important: trebuia să se uite îndeaproape la ea însăși și la Zoe – și să înțeleagă de ce Zoe nu-i mărturisise că era membră a Fecioarelor. Mariana trebuia să știe de ce.

Se pomeni îndreptându-se spre camera lui Zoe ca s-o găsească și să-i ceară explicații. Dar în momentul în care ajunse la arcada care ducea spre Eros Court, se opri.

Trebuia să abordeze problema cu mare atenție. Nu numai că Zoe era fragilă și vulnerabilă, dar, cine știe de ce – Mariana suspecta implicarea lui Edward Fosca –, nu voia să i se destăinuie mătușii sale.

Iar Fosca tocmai trădase cu bună știință încrederea lui Zoe, încercând s-o zgândăre pe Mariana. Așa că nu trebuia cu nici un chip să muște momeala. Nu trebuia să dea buzna în camera fetei și s-o acuze că minţea.

Trebuia s-o sprijine pe Zoe și să-și alcătuiască planul cu migală.

Hotărî că era mai bine să vorbească cu Zoe dimineața, după ce se va fi potolit un pic. În definitiv, noaptea

e un sfetnic bun. Făcu cale-ntoarsă; cufundată în gânduri, nu-l observă pe Fred până ce el ieși din umbră.
   Stătea pe cărare, în fața ei.
   – Bună, Mariana.
   Ea trase brusc aer în piept.
   – Fred. Ce faci aici?
   – Te căutam. Voiam să văd dacă ești bine.
   – Da, sunt aproape bine.
   – Știi, ai zis că mă suni când te întorci de la Londra.
   – Știu, îmi pare rău. Am... am fost ocupată.
   – Ești sigură că totul e în ordine? Arăți ca și cum nu ți-ar strica ceva de băut.
   Mariana zâmbi.
   – De fapt, chiar mi-ar prinde bine.
   Fred îi zâmbi și el.
   – Păi, în cazul ăsta, ce zici?
   Mariana șovăi, nesigură că era o idee bună.
   – Oh, păi, eu...
   Tânărul n-o lăsă să continue:
   – Se întâmplă să am un vin de Burgundia absolut impresionant, șterpelit de la o masă festivă. Îl păstram pentru o ocazie specială... ce zici? E în camera mea.
   „La naiba", se gândi Mariana. Încuviință din cap.
   – Bine. De ce nu?
   – Zău? Chipul lui Fred se lumină. Perfect! Haide.
   Îi oferi brațul, însă Mariana nu i-l luă, ci porni cu pași mari, obligându-l să alerge ca s-o prindă din urmă.

16

Camera lui Fred de la Trinity era mai mare decât a lui Zoe, cu toate că mobilierul era un pic mai jerpelit. Primul lucru pe care-l observă Mariana fu ordinea: fără îngrămădeală, toate erau la locul lor, cu excepția hârtiilor care ocupau întreaga încăpere – pagini peste pagini de scris mâzgălit și formule matematice. Arăta mai degrabă ca opera unui nebun – sau a unui geniu –, cu săgeți și însemnări ilizibile pe margini.

Singurele obiecte personale la vedere erau două fotografii înrămate pe raft. Una arăta un pic decolorată, ca și cum ar fi fost făcută prin anii '80: un cuplu de tineri atrăgători, cu siguranță părinții lui Fred, în fața unui gard dincolo de care era o pajiște. Cealaltă era a unui băiat micuț cu un câine; un băiețaș tuns cu castronul, cu o expresie serioasă.

Mariana se uită la Fred. Avea și acum acea expresie, în timp ce se concentra să aprindă niște lumânări. Apoi puse muzică – un disc cu *Variațiunile Goldberg* de Bach. Adună toate hârtiile de pe canapea, făcând din ele un teanc cu echilibru instabil pe birou.

– Scuze că e așa deranj.

– E teza ta? îl întrebă arătând spre teanc.

– Nu. Este... doar ceva ce scriu. Un soi de... carte, presupun, zise el încurcat. Ia loc, te rog.

Mariana se așeză pe canapeaua pe care i-o arătase. Simțind sub ea un arc rupt, se trase un pic într-o parte.

Fred scoase o sticlă de vin de Burgundia de colecție. Pentru o clipă, Mariana își zise că avea s-o scape din mână, însă el izbuti să-i scoată dopul cu un pocnet puternic, după care turnă vinul roșu-închis în două pahare desperecheate și ciobite. I-l dădu musafirei pe cel mai puțin deteriorat.

– Mulțumesc.

– Noroc! spuse el ridicând paharul.

Mariana sorbi din vin – era excelent, desigur. Fred era de aceeași părere. Oftă mulțumit, cu o urmă de vin roșu în jurul buzelor.

– Minunat, zise.

Tăcură o vreme. Mariana asculta muzica, pierzându-se în gamele ascendente și descendente ale lui Bach, cu o construcție atât de elegantă, atât de matematică; nu era de mirare că atrăgeau creierul matematic al lui Fred.

Aruncă o privire spre vraful de hârtii de pe birou.

– Cartea asta pe care o scrii... despre ce este?

– Sincer? Fred ridică din umeri. Habar n-am.

Mariana râse.

– Trebuie să ai cât de cât idee.

– Păi... Tânărul își feri privirea. Într-un fel, presupun... e despre mama.

O privea sfios, ca și cum s-ar fi temut că o să râdă. Însă Marianei nu i se părea amuzant. Îl cercetă cu curiozitate.

– Mama ta?

Fred încuviință din cap.

– Da. M-a părăsit... când eram copil... a murit.

– Îmi pare rău, zise Mariana. Și mama mea a murit.

– Da? Ochii lui Fred se măriră. N-am știut. Atunci suntem amândoi orfani.

– Eu n-am fost orfană. L-am avut pe tata.
– Mda. Și eu, murmură el.
Luă sticla și se apucă să-i toarne vin în pahar.
– Destul, zise ea.
Fără s-o bage în seamă, îi umplu paharul până la buză. N-o deranja cu adevărat – se destindea pentru prima oară după zile întregi și îi era recunoscătoare.
– Vezi tu, spuse Fred turnându-și și lui vin, moartea mamei mele este ceea ce m-a atras spre matematicile teoretice – și spre universurile paralele. Despre asta este teza mea.
– Mă tem că nu prea înțeleg.
– De fapt, mă tem că nici eu. Însă, dacă există alte universuri, identice cu al nostru, înseamnă că undeva există alt univers – în care mama n-a murit. Ridică din umeri. Așa că... m-am dus s-o caut.
Avea în ochi o expresie tristă, îndepărtată, ca un băiețel pierdut. Marianei i se făcu milă de el.
– Ai găsit-o?
El oftă.
– Într-un fel... Am descoperit că timpul nu există, nu cu adevărat, așa că ea n-a plecat nicăieri. Este chiar aici.
În vreme ce Mariana se lupta cu ideea asta, Fred lăsă din mână paharul cu vin, își scoase ochelarii și se întoarse spre ea.
– Mariana, ascultă...
– Nu, te rog.
– Ce? Nu știi ce am de gând să spun.
– O să faci un soi de declarație romantică – și nu vreau s-o aud.
– O declarație? Nu. Doar o întrebare. Îmi este îngăduită o întrebare?
– Depinde.
– Te iubesc.

Mariana se încruntă.

– Asta nu-i o întrebare.

– Te măriți cu mine? Asta-i întrebarea.

– Fred, taci, te rog...

– Te iubesc, Mariana. M-am îndrăgostit de tine în clipa în care te-am văzut șezând în tren. Vreau să fiu cu tine. Vreau să am grijă de tine. Vreau să te protejez...

Asta era ceea ce n-ar fi trebuit să spună. Mariana simți cum îi crește temperatura; obrajii îi ardeau de enervare.

– Ei bine, nu vreau să fiu *protejată*! Nu-mi vine în minte nimic mai rău. Nu sunt o domniță la ananghie, o... *fecioară* care așteaptă să fie salvată. N-am nevoie de un cavaler în armură strălucitoare. Vreau... vreau...

– Ce? Ce vrei?

– Vreau să fiu lăsată *în pace*.

– Nu. Fred clătină din cap. Nu cred asta. Amintește-ți prevestirea mea: într-o bună zi o să-ți cer să te căsătorești cu mine, iar tu o să spui „da".

Mariana nu-și putu stăpâni râsul.

– Îmi pare rău, Fred. Nu în acest univers.

– Ei bine, știi, în alt univers ne sărutăm deja.

Înainte ca ea să se poată împotrivi, Fred se aplecă în față și-și apăsă cu blândețe buzele pe ale ei; moliciunea sărutului, căldura și tandrețea lui o făcură să se simtă alarmată și totodată dezarmată.

Se termină la fel de repede cum începuse. El se trase înapoi, cu ochii căutându-i pe ai ei.

– Îmi pare rău. Nu m-am putut stăpâni.

Mariana scutură din cap fără să scoată o vorbă. Se simțea afectată în feluri pe care nu le putea explica.

– Nu vreau să te rănesc, Fred.

– Nu mă deranjează. Nu-i nimic dacă mă rănești, știi. La urma urmei – „*Să fi iubit și-apoi să pierzi iubirea / Mai bine-i decât neiubind vreodată*".

Izbucni în râs. Apoi însă, văzând că Mariana se schimbase la față, se încruntă îngrijorat.

– Ce-i? Ce-am zis?

– Nu-i nimic. Uitându-se la ceas, adăugă: E târziu, trebuie să plec.

– Deja? făcu el dezamăgit. Bine. Te conduc până jos.

– Nu-i nevoie să...

– Vreau s-o fac.

Purtarea lui părea să se fi schimbat un pic; părea mai aspru. Ceva din căldură se evaporase. Se ridică în picioare fără să se uite la ea.

– Să mergem, îi spuse.

17

Fred și Mariana coborâră scara în tăcere. Când ajunseră în stradă, Mariana se uită la el.

— Atunci, noapte bună.

Fred nu se clinti.

— Mă duc să mă plimb.

— Acum?

— Mă plimb adesea noaptea. E vreo problemă?

În tonul lui era ceva țepos, ostil. Se simțea respins, Mariana își dădea seama. Poate că în mod nedrept, simțea iritare față de el. Însă sentimentele lui rănite nu erau treaba ei, avea lucruri mai importante pentru care să-și facă griji.

— Bine, îi zise. La revedere.

Fred nu se mișcă. O privea în continuare. Și apoi, brusc, rosti:

— Așteaptă. Vârî mâna în buzunarul de la spate și scoase câteva hârtii îndoite. Aveam de gând să ți le dau mai târziu, dar ia-le acum.

I le întinse. Ea nu le luă.

— Ce-i asta?

— O scrisoare. E pentru tine — explică sentimentele mele mai bine decât o pot face prin viu grai. Citește-o. Atunci ai să înțelegi.

— N-o vreau.

Fred împinse din nou foile spre ea.

– Mariana. Ia scrisoarea, te rog.
– Nu. Încetează. N-am de gând să mă las intimidată.
– Mariana...

Însă ea se întoarse cu spatele și plecă. În timp ce mergea pe stradă simți mai întâi mânie, apoi un surprinzător junghi de tristețe – apoi părere de rău. Nu că-l rănise, ci că-l respinsese, că închisese ușa în fața unei povești posibile.

Să fie cu putință? Ar fi putut să ajungă vreodată să-l iubească pe tânărul acela serios? Ar fi putut să-l țină în brațe noaptea și să-i spună povești? Chiar când se gândea la asta știu că era o himeră.

Cum ar fi putut?

Avea prea multe de spus. Și erau doar pentru urechile lui Sebastian.

Când se întoarse la St. Christopher's, Mariana nu se duse imediat în camera ei. Se abătu prin Main Court, intrând în clădirea care adăpostea cantina.

Merse prin pasajul întunecat până ce ajunse în fața tabloului.

Portretul lui Tennyson.

Tabloul îi rămăsese în minte – se tot gândea la el, fără să știe de ce. Chipeșul, tristul Tennyson.

Nu, nu trist – nu era cuvântul potrivit pentru a descrie expresia din ochii lui. Ce era?

Îi cercetă fața mai atent. Din nou avu senzația stranie că privea dincolo de ea, peste umărul ei drept – țintă la ceva... ceva aflat un pic dincolo de marginea câmpului vizual.

Dar la ce anume?

În clipa următoare, Mariana înțelese. Înțelese la ce se uita el; sau, mai degrabă, la *cine*.

Era Hallam.

Tennyson se uita la Hallam – la Hallam, care stătea dincolo de lumină... sub giulgiu. Aceasta era expresia din ochii lui. Ochii unui om care conversează intim cu morții.

Tennyson era pierdut... era îndrăgostit de o stafie. Întorsese spatele vieții. Asta se întâmplase și cu ea însăși?

Cândva crezuse că da.

Și acum...?

Acum, poate... nu era așa de sigură.

Mai stătu acolo o vreme, căzută pe gânduri. Când, în cele din urmă, dădu să plece, auzi pași. Rămase pe loc.

Tălpile dure ale pantofilor unui bărbat pășeau fără grabă pe podeaua de piatră a pasajului lung și întunecos...

Și se apropiau.

La început, Mariana nu văzu pe nimeni. Dar apoi, când individul ajunse destul de aproape, zări ceva mișcându-se în umbră... și scânteierea unui cuțit.

Stătea înghețată, de-abia cutezând să răsufle, încercând să vadă cine era. Peste câteva clipe, încet... Henry se ivi din întuneric.

Cu privirea ațintită asupra ei.

Avea în ochi o expresie îngrozitoare; nu cu totul rațională, un pic nebunească. Se bătuse cu cineva și nasul îi era însângerat. Era mânjit pe față cu sânge, care îi stropise cămașa. Ținea un cuțit de vreo douăzeci de centimetri.

Mariana încercă să vorbească pe un ton liniștit, mascându-și spaima. Dar nu-și putea alunga din voce un tremur.

– Henry? Te rog să lași din mână cuțitul.

El nu răspunse. Doar se uita la ea. Avea ochii imenși, ca niște lămpi, și în mod clar era drogat.

– Ce faci aici?

Un moment, Henry nu răspunse.

– Aveam nevoie să te văd, nu? N-ai vrut să mă primești la Londra, așa că a trebuit să bat drumul până aici.

– Cum m-ai găsit?

– Te-am văzut la televizor. Erai cu polițiștii.

– Nu-mi amintesc asta, rosti ea prudent. Am făcut tot ce mi-a stat în puteri ca să nu fiu prinsă în obiectivul camerei.

– Crezi că mint? Crezi că te-am urmărit până aici?

– Henry, tu ai fost cel care a intrat în camera mea, nu-i așa?

În vocea lui se furișă un ton isteric.

– M-ai părăsit, Mariana. Tu... tu m-ai *sacrificat*...

– Poftim? Mariana îl privea tulburată. De ce ai folosit cuvântul ăsta?

– E adevărat, nu?

Ridică mâna în care ținea arma și făcu un pas spre ea. Mariana rămase pe poziții.

– Pune jos cuțitul, Henry.

El înainta neabătut.

– Nu mai pot continua așa. Trebuie să mă eliberez. Trebuie să tai legăturile.

– Henry, te rog să te oprești...

Bărbatul duse cuțitul deasupra capului, ca și cum s-ar fi pregătit să lovească. Mariana își simți inima galopând.

– O să mă omor chiar acum, în fața ta, zise el. Și tu o să privești.

– Henry...

Henry ridică și mai mult cuțitul, apoi...

– Hei!

Vocea din spatele lui îl făcu să se răsucească. În acel moment, Morris se ivi din întuneric și se repezi la el.

Se luptară pentru cuțit, iar Morris îl învinse cu ușurință, azvârlindu-l într-o parte de parcă ar fi fost făcut din paie. Henry se prăbuși pe podea.

– Lasă-l în pace, îi ceru Mariana portarului. Nu-l lovi.

Se duse la Henry să-l ajute să se ridice, însă el îi împinse deoparte mâna.

– Te urăsc, scânci, cu vocea unui băiețel. Ochii înroșiți i se umplură de lacrimi. Te urăsc.

Morris chemă poliția și Henry fu arestat, însă Mariana insistă că avea nevoie de îngrijiri psihiatrice, așa că îl duseră la spital, unde se luă decizia de internare. I se prescriseră antipsihotice, iar Mariana stabili să discute în dimineața următoare cu specialistul psihiatru.

Desigur, se învinuia pe sine pentru întreaga tărășenie.

Henry avea dreptate: îl sacrificase pe el, ca și pe celelalte persoane vulnerabile aflate în grija ei. Dacă ar fi fost disponibilă, așa cum avea Henry nevoie să fie, poate că nu s-ar fi ajuns aici. Acesta era adevărul.

Acum trebuia să se asigure, cu orice preț, că acest sacrificiu enorm nu fusese în zadar.

18

Până să ajungă Mariana înapoi în camera ei se făcuse aproape ora unu. Era sleită de puteri, dar prea trează, prea neliniștită și încordată ca să doarmă.

Camera era rece, așa că porni vechiul radiator electric montat pe perete. Nu mai fusese folosit din iarna trecută, după cum o dovedea mirosul greu de praf încins. Mariana ședea acolo, pe scaunul tare de lemn, cu ochii ațintiți la rezistența roșie ce lumina în beznă, simțindu-i căldura, ascultându-i zumzetul. Ședea acolo, gândindu-se – gândindu-se la Edward Fosca.

Era așa de îngâmfat, de sigur pe sine. „Crede că a scăpat cu fața curată", își zise. „Crede că a câștigat."

Nu câștigase. Încă nu. Și Mariana era hotărâtă să fie mai isteață decât el. Trebuia. Avea să întoarcă problema pe toate părțile, până ce găsea soluția.

Stătu acolo ore în șir, veghind, într-un fel de transă, trecând în revistă tot ce se petrecuse de la apelul lui Zoe de luni seara. Revăzu fiecare eveniment, toate firele poveștii, și le examină din toate unghiurile, încercând să le deslușească – încercând să vadă limpede.

Trebuia să fie evident. Răspunsul trebuia să fie chiar acolo, în fața sa. Și totuși, nu-l putea dibui – era ca și cum ar fi încercat să facă un puzzle pe întuneric.

Fred ar fi spus că în alt univers dezlegase deja enigma. În alt univers ea era mai isteață.

Din nefericire, nu în acesta.

Chibzui până o apucă durerea de cap. Apoi, în zori, epuizată și deprimată, se dădu bătută. Se târî în pat și pe dată adormi buștean.

Coșmarul nu se lăsă așteptat. Visă că îl căuta pe Sebastian prin locuri sterpe, mergând cu trudă prin vânt și zăpadă. În cele din urmă îl găsi – într-un bar de hotel părăginit, într-un hotel de la munte, pe viscol. Se grăbi spre el nespus de bucuroasă – dar, spre groaza ei, Sebastian n-o recunoscu. Îi spuse că se schimbase, că era altă persoană. Mariana jură iar și iar că era aceeași: *Eu sunt, eu sunt*, striga. Însă când încercă să-l sărute, el se feri. Sebastian o lăsă acolo și ieși în viscol. Mariana cedă nervos, plângând fără să se poată opri – moment în care apăru Zoe, care o înveli într-o pătură albastră. Mariana îi spuse nepoatei sale cât de mult îl iubea pe Sebastian – mai mult decât răsuflarea, mai mult decât viața. Zoe scutură din cap și zise că iubirea n-aduce decât întristare și că Mariana trebuia să se trezească.

– Trezește-te, Mariana!
– Ce?
– Trezește-te... Trezește-te!

Apoi, dintr-odată, Mariana se trezi tresărind – scăldată în sudoare rece, cu inima bătând nebunește.

Cineva bătea cu putere în ușă.

19

Mariana se ridică în capul oaselor, încercând să-şi potolească bătăile inimii. Bubuitul în uşă continua.
— Aşteaptă, vin acum! strigă.
Oare cât era ceasul? Lumina puternică a zilei se strecura pe la marginea perdelelor. Opt? Nouă?
— Cine e?
Nici un răspuns. Bubuitul deveni mai puternic – la fel ca bubuitul din ţeasta ei. După durerea care-i zvâcnea la tâmple, trebuie să fi băut mult mai mult decât crezuse.
— Bine. Un moment.
Se smulse din pat. Era dezorientată şi ameţită. Se târî până la uşă, descuie şi deschise.
În prag stătea Elsie, pregătită să bată din nou. Îi zâmbi radios.
— Bună dimineaţa, dragă.
Avea sub braţ un pămătuf de praf şi ţinea în mână o găleată cu produse de curăţenie. Avea sprâncenele desenate într-un unghi sever, făcând-o să arate destul de înspăimântător, şi avea în ochi o sclipire aţâţată, care Marianei îi părea sinistră şi prădalnică.
— Cât e ceasul, Elsie?
— Trecut de unsprezece, dragă. Doar nu te-am trezit, nu-i aşa?

Se aplecă pe după Mariana şi se uită la patul nefăcut. Mariana simţi miros de ţigară, iar răsuflarea îi duhnea a alcool. Ori îşi mirosea propria răsuflare?

– N-am dormit bine, îi zise. Am avut un coşmar.

– Of, dragă. Elsie ţâţâi cu simpatie. Nu mă mir, cu tot ce se petrece. Mă tem că am alte veşti proaste, dragă. Dar cred că ar trebui să ştii.

– Ce este? Mariana se uită la ea cu ochii mari. Brusc, era complet trează şi speriată. Ce s-a întâmplat?

– O să-ţi spun dacă mă laşi. N-o pofteşti pe Elsie înăuntru?

Mariana se trase înapoi, lăsând-o să intre. Femeia îi zâmbi şi lăsă jos găleata.

– Aşa-i mai bine. Ai face bine să te pregăteşti, dragă.

– Ce este?

– Au mai găsit un cadavru.

– Poftim? Când?

– De dimineaţă... lângă râu. Altă fată.

Marianei îi trebui un moment ca să-şi regăsească vocea.

– Zoe! Unde-i Zoe?

Elsie clătină din cap.

– Nu-ţi bate căpşorul tău drăgălaş cu Zoe. E în siguranţă. Probabil că încă leneveşte în pat, dacă o cunosc bine. Adăugă zâmbind: Se vede că sunteţi neamuri.

– Pentru numele lui Dumnezeu, Elsie, cine este? Spune-mi!

Femeia zâmbi. Era ceva cu adevărat morbid în expresia ei.

– Micuţa Serena.

– Oh, Dumnezeule...

Ochii Marianei se umplură brusc de lacrimi. Îşi înghiţi un suspin.

Elsie ţâţâi cu simpatie.

– Sărăcuța Serena. Ei, mă rog, neștiute sunt căile Domnului... Aș face bine să-mi văd de lucru, nu-i vreme de odihnă pentru păcătoși. Se răsuci pe călcâie să plece, apoi se opri. Dumnezeule mare! Aproape uitasem... Asta era sub ușa ta, dragă. Vârî mâna în găleată și scoase un obiect pe care i-l dădu Marianei: Uite!

Era o ilustrată.

Recunoscu imaginea pe loc: un vas grecesc antic alb cu negru, vechi de mii de ani, care înfățișa sacrificarea Ifigeniei de către Agamemnon.

Când Mariana întoarse ilustrata, mâna îi tremura. Și pe spate, așa cum știuse că va fi, era un citat scris de mână în greaca veche:

> τοιγάρ σέ ποτ᾽ οὐρανίδαι
> πέμψουσιν θανάτοις: ἦ σὰν
> ἔτ᾽ ἔτι φόνιον ὑπὸ δέραν
> ὄψομαι αἷμα χυθὲν σιδάρῳ

Avu o ciudată senzație de zăpăceală, de amețeală, în timp ce se uita la bucata de carton din mână; ca și cum ar fi privit în jos de la mare înălțime, în pericol să-și piardă echilibrul și să cadă într-un abis întunecat.

20

Un moment, Mariana nu se clinti. Se simțea paralizată, ca și când ar fi prins rădăcini în acel loc. Abia dacă observă că Elsie plecase.

Se uita la ilustrata din mâini, neputând să-și smulgă privirea, încremenită; de parcă literele din greaca veche ar fi luat foc în mintea ei și acum ardeau aprig, încrustându-i-se în creier.

Cu oarecare efort întoarse ilustrata cu fața în jos, rupând vraja. Trebuia să gândească limpede, trebuia să-și dea seama ce era de făcut.

Trebuia să le spună polițiștilor, desigur. Chiar dacă o credeau nebună, ceea ce probabil că era deja cazul, nu mai putea să țină pentru sine aceste ilustrate – trebuia să i le prezinte inspectorului Sangha.

Trebuia să-l găsească.

Strecură ilustrata în buzunarul de la spate și ieși din cameră.

Era o dimineață cu cer acoperit; soarele încă nu străpunsese norii, și un covor din firișoare de ceață încă mai plutea în fuioare pe deasupra pământului, ca un fum. Prin această pâclă, Mariana desluși silueta unui bărbat în partea cealaltă a curții.

Edward Fosca stătea acolo.

Ce făcea? Aștepta să-i vadă reacția la ilustrată? Se delecta cu asta, îi savura chinul? Nu-i vedea expresia, dar era sigură că zâmbea.

Dintr-odată, simți cum o năpădea furia.

Nu obișnuia să-și piardă controlul, dar acum, din cauză că abia pusese geană pe geană și era atât de tulburată și speriată și furioasă... se dezlănțui. Nu era atât vitejie, cât disperare: o erupție violentă a angoaselor ei, îndreptată spre Edward Fosca.

Înainte să se dezmeticească, se năpustea de-a curmezișul curții spre el. Bărbatul tresărise oare? Posibil. Era neașteptată această abordare bruscă, însă rămase pe poziție, chiar și atunci când ea ajunse și se opri la câțiva centimetri de fața lui, cu obrajii aprinși, cu ochii sălbatici, gâfâind.

Mariana nu spuse nimic. Doar se uita la el, înfuriindu-se tot mai tare.

Fosca îi zâmbi nesigur.

– Bună dimineața, Mariana.

Ea ridică ilustrata.

– Ce înseamnă asta?

– Hmm?

Fosca o luă, apoi o întoarse. Murmură în greacă pe măsură ce citea. Pe buze îi pâlpâi un surâs.

– Ce înseamnă asta? repetă ea.

– Este din *Electra* lui Euripide.

– Spune-mi ce scrie.

Profesorul se uită în ochii ei zâmbitor.

– Înseamnă: „Zeii ți-au vrut moartea, și în curând din gâtul tău șiroaie de sânge vor țâșni spre sabie".

În acea clipă, mânia Marianei erupse – bula de furie arzătoare se sparse și mâinile i se încleștară în pumni. Îl lovi în față din răsputeri.

Fosca se împletici în spate.

– Iisuse...

Înainte ca el să-și poată trage sufletul, Mariana îl pocni iar. Și iar.

El ridică mâinile ca să se apere, dar ea îl lovea în continuare, izbindu-l cu pumnii, zbierând.

– Ticălosule! Ticălosule nebun...

– Mariana, opreşte-te! Opreşte-te...

Însă Mariana nu se putea opri, nu voia să se oprească – până ce simţi două mâini apucând-o de la spate, trăgând-o înapoi.

Un poliţist o cuprinsese, ţinând-o cu forţa.

Se strânseseră o mulţime de privitori. Julian era acolo, se uita la ea nevenindu-i să creadă.

Alt poliţist se duse să-l ajute pe Fosca, însă profesorul îi făcu semn mânios să-l lase în pace. Nasul îi sângera, erau stropi de sânge pe toată cămaşa lui albă proaspăt călcată. Părea enervat şi stingherit. Era prima dată când Mariana îl vedea pierzându-şi dezinvoltura, iar asta îi oferea o mică satisfacţie.

Îşi făcu apariţia şi inspectorul-şef Sangha. Se uită la Mariana uluit, ca şi cum ar fi avut în faţa ochilor o nebună.

– Ce naiba se întâmplă aici?

21

Curând după aceea, Mariana fu convocată în biroul decanului pentru a da explicații. Stătea de o parte a mesei de lucru, față în față cu inspectorul-șef Sangha, Julian, decanul și Edward Fosca.

Era greu să găsească vorbele potrivite. Cu cât spunea mai mult, cu atât mai mult simțea că nu este crezută. În timp ce-și depăna povestea cu voce tare, își dădea seama cât de neplauzibil suna.

Edward Fosca își regăsise calmul; îi zâmbea tot timpul, ca și cum ea ar fi spus o glumă lungă și el anticipa poanta.

Mariana reușise să se liniștească și se străduia să rămână calmă. Povesti cât de simplu și limpede putea, cu cât mai puțină emoție. Detalie modul în care, pas cu pas, ajunsese la această deducție incredibilă – că profesorul își asasinase trei studente.

Mai întâi îi stârniseră bănuiala Fecioarele, spuse. Un grup de favorite, toate femei tinere. Nimeni nu știa ce se petrece la aceste ședințe. Ca terapeut de grup, și ca femeie, Mariana n-avea cum să nu fie îngrijorată. Profesorul Fosca exercita un soi de control ciudat, ca de guru, asupra elevelor sale. Fusese martoră la asta în direct – până și propria ei nepoată se arătase reticentă să-i trădeze pe Fosca și grupul.

– Acest lucru e tipic pentru un comportament de grup nesănătos – nevoia imperioasă de a se conforma și de a se supune. Părerile contrare grupului sau conducătorului grupului stârnesc multă anxietate, în cazul în care ajung să fie exprimate. Am simțit asta atunci când Zoe a vorbit despre profesor: ceva nu era în ordine. Simțeam că *se teme* de el.

Grupurile mici ca acela al Fecioarelor, explică Mariana, erau deosebit de vulnerabile la manipularea inconștientă sau la abuz. Fără să-și dea seama, fetele ajungeau să se poarte cu conducătorul grupului în felul în care se purtau cu tații lor când erau foarte mici – o atitudine bazată pe dependență și acceptare.

– Și, dacă ești o tânără femeie cu probleme, continuă ea, refuzând să recunoști realitatea celor petrecute în copilărie și a suferințelor îndurate, pentru a-ți menține acel refuz ai putea foarte bine să conspiri cu alt abuzator și să te prefaci că purtarea lui este perfect normală. Dacă ar fi să deschizi ochii și să-l condamni, ar trebui să-i condamni și pe alții din viața ta. Nu știu cum a fost copilăria acestor fete. E ușor s-o excluzi pe Tara afirmând că era o tânără privilegiată, fără probleme. Însă pentru mine faptul că abuza de alcool și de droguri sugerează că avea probleme și că era vulnerabilă. Tara cea frumoasă și răvășită, ea era preferata lui.

Se uita drept în ochii lui Fosca în timp ce spunea asta, conștientă de mânia care-i creștea în voce și făcând tot ce-i stătea în puteri ca să se stăpânească. Fosca îi susținea privirea degajat, zâmbind. Ea vorbi mai departe, încercând să rămână calmă.

– Mi-am dat seama că perspectiva mea era greșită. Asta nu era opera unui nebun, a unui ucigaș psihopat mânat de o furie imposibil de stăpânit. Nu, doar trebuia să arate așa. Aceste fete au fost ucise în mod metodic și rațional. Singura victimă care trebuia să fie ucisă a fost Tara.

– Și de ce crezi asta? zise Edward Fosca, luând cuvântul pentru prima oară.

Mariana îl privi în ochi.

– Pentru că Tara era amanta ta. Și apoi s-a întâmplat ceva. A descoperit că te culci cu celelalte și a amenințat că te dă în vileag? Și după aceea? Ai fi fost dat afară de la catedră și din această lume academică elitistă pe care o îndrăgești; ți-ai fi pierdut reputația... Nu puteai lăsa să se întâmple asta. Ai amenințat c-o omori pe Tara. Și apoi ți-ai pus în practică amenințarea. Din nefericire pentru tine, înainte de asta ea i-a spus lui Zoe... Și Zoe mi-a spus mie.

Fosca se uită lung la ea. Ochii lui negri scânteiau în lumină ca două bucăți de gheață neagră.

– Asta-i teoria ta, da?

– Da. Mariana îi susținu privirea. Asta-i teoria mea. Alături de celelalte, Veronica și Serena ți-au asigurat un alibi – erau sub vraja ta, deci nu era nici o problemă. Dar după aceea? S-au răzgândit? Au amenințat c-o să spună adevărul? Sau ai vrut, pur și simplu, să te asiguri că n-o vor face niciodată?

Nu primi nici un răspuns la această întrebare. Doar tăcere.

Inspectorul-șef își turnă niște ceai. Decanul se holba la Mariana siderat, era clar că nu-i venea să-și creadă urechilor. Julian îi evita privirea și se prefăcea că-și consultă însemnările.

Edward Fosca vorbi primul. I se adresă inspectorului-șef Sangha.

– Evident, neg asta. Toate astea. Și sunt bucuros să răspund la orice întrebări ați avea. Dar, mai întâi, domnule inspector, am nevoie de un avocat?

Inspectorul ridică mâna.

– Nu cred că am ajuns acolo, domnule profesor. Vă rog să așteptați o clipă. Sangha își aținti privirea asupra Marianei. Ai vreo dovadă, cât de cât, în sprijinul acestor acuzații?

Mariana încuviință din cap.

– Da. Ilustratele.

– Ah, faimoasele ilustrate. Sangha se uită la bucățile de carton din fața sa. Le luă și le răsfiră încet, ca pe niște cărți de joc, apoi spuse: Dacă am înțeles bine, crezi că i-au fost trimise fiecărei victime înainte de crimă, ca un fel de carte de vizită? Anunțând intenția de a ucide?

– Da, așa cred.

– Și acum, că ai primit una, probabil ești în pericol iminent? De ce crezi că te-a ales ca victimă?

Mariana ridică din umeri.

– Probabil că am devenit o amenințare pentru el. M-am apropiat prea mult. Am pătruns în mintea lui.

Nu se uită la Fosca; nu era sigură că și-ar fi păstrat calmul.

– Știi, Mariana, îl auzi pe acesta spunând, oricine poate să copieze un citat în greacă dintr-o carte. N-ai nevoie de o diplomă de la Harvard.

– Sunt conștientă de asta, domnule profesor, îi zise, revenind la modul de adresare distant. Însă când am fost în locuința dumneavoastră am găsit același citat subliniat în exemplarul din Euripide pe care-l dețineți. Să fie doar o coincidență?

– Dacă ai merge în locuința mea chiar acum și ai lua orice carte de pe raft, ai vedea că subliniez practic *totul*. Continuă înainte ca ea să poată vorbi: Și chiar crezi că, dacă le-aș fi omorât pe fetele acelea, le-aș fi trimis ilustrate cu citate din textele pe care *eu* le predau la curs? Crezi că aş fi aşa de prost?

Mariana clătină din cap.

– Nu e prostie. N-aţi crezut că aceste mesaje vor fi înţelese, sau măcar observate de poliţişti sau de oricine altcineva. Era gluma dumneavoastră personală pe seama fetelor. Asta m-a făcut să fiu sigură că sunteţi dumneavoastră. Din punct de vedere psihologic, este exact genul de lucru pe care *l-aţi face*.

Inspectorul Sangha interveni:

– Din fericire pentru domnul profesor Fosca, a fost văzut în colegiu exact în momentul în care era omorâtă Serena, la miezul nopţii.

– Cine l-a văzut?

Inspectorul vru să-şi mai toarne ceai, dar îşi dădu seama că termosul era gol. Se încruntă.

– Morris. Şeful portarilor. L-a întâlnit pe domnul profesor, care fuma în faţa locuinţei sale, şi au stat de vorbă câteva minute.

– Minte.

– Mariana...

– Ascultaţi-mă...

Înainte ca Sangha s-o poată opri, Mariana îi dezvălui bănuiala ei că Morris îl şantaja pe Fosca, adăugând că-l urmărise şi-l văzuse cu Serena.

Uimit, inspectorul-şef se aplecă în faţă şi se uită lung la ea.

– I-ai văzut în cimitir? Cred că ar fi mai bine să-mi spui exact ce puneai la cale.

Se conformă, dând toate amănuntele. Spre consternarea ei, cu cât discuţia se îndepărta mai mult de Fosca, cu atât inspectorul părea mai entuziasmat de Morris ca suspect.

Julian era de aceeaşi părere.

— Asta explică faptul că ucigașul s-a putut mișca nevăzut. Cine trece neobservat în colegiu? Pe cine nu vedem? Un bărbat în uniformă, un bărbat pe deplin îndreptățit să se afle acolo. Un portar.
— Exact.
Inspectorul-șef cugetă un moment, apoi chemă un subaltern și-i ceru să-l aducă pe Morris la interogatoriu.

Mariana era pe cale să intervină, deși n-ar fi fost de mare folos, o știa. Atunci însă, Julian i se adresă zâmbind:
— Ascultă, Mariana. Sunt de partea ta, așa că nu te supăra pentru ceea ce-o să spun.
— Ce?
— Sincer să fiu, am observat de cum te-am văzut aici, la Cambridge. M-a izbit imediat faptul că păreai un pic ciudată, un pic paranoică.

Mariana nu-și putu stăpâni râsul.
— Poftim?
— Știu că e greu să auzi asta, dar e evident că suferi de mania persecuției. Nu ești sănătoasă, Mariana. Ai nevoie de ajutor. Și mi-ar plăcea să te ajut... dacă mă lași...
— Du-te dracului, Julian!

Inspectorul lovi cu termosul în masă.
— Destul!

Se făcu liniște. Inspectorul-șef Sangha vorbi cu asprime.
— Mariana. În repetate rânduri mi-ai pus la încercare răbdarea. Ai lansat acuzații complet nefondate la adresa domnului profesorul Fosca — asta, ca să nu mai vorbim că l-ai atacat fizic. Este pe deplin îndreptățit să facă plângere.

Ea încercă să-l întrerupă, dar Sangha nu i-o permise.
— Nu, destul. Acum trebuie să mă asculți dumneata pe mine. Vreau să pleci până mâine-dimineață. Departe

de acest colegiu și de profesorul Fosca, departe de această anchetă, departe de mine. Dacă nu, te arestez și te acuz de obstrucționarea justiției. E clar? Ascultă-l pe Julian, bine? Du-te la doctorul tău. Cere ajutor.

Mariana deschise gura, și în ultima clipă își înăbuși un țipăt, un urlet de frustrare. Înghițindu-și mânia, rămase tăcută. N-avea rost să mai argumenteze. Își înclină capul, indignată, însă înfrântă.

Pierduse.

PARTEA A CINCEA

Resortul este comprimat la maximum. Se va destinde de la sine. Asta este atât de convenabil la tragedie. Cea mai uşoară mişcare a încheieturii mâinii va fi de ajuns.

Jean Anouilh, *Antigona*

1

După o oră, ca să evite presa, o mașină a poliției trase în spatele colegiului, la poarta care dădea spre o stradă îngustă. Mariana stătea printre studenții și membrii personalului care se adunaseră să vadă cum Morris era arestat, încătușat și condus la mașină. Unii portari îl huiduiră și-i strigară injurii când trecu pe lângă ei. Fața lui Morris se coloră ușor, însă nu reacționă. Avea fălcile încleștate și își ținea ochii coborâți.

În ultimul moment, Morris ridică ochii, și Mariana îi urmări privirea spre fereastră, unde stătea Edward Fosca.

Fosca urmărea totul cu un surâs pe față. „Râde de noi", își zise Mariana.

Când ochii lui îi întâlniră pe cei ai portarului-șef, o tresărire de furie fulgeră pe chipul lui Morris.

Apoi polițistul îi scoase melonul și-l înghesui în mașină. Mariana o văzu plecând, după care poarta se închise.

Privi din nou spre fereastra lui Fosca, însă profesorul dispăruse.

– Slavă Domnului, îl auzi pe decan spunând. În sfârșit, s-a terminat.

Se înșela, desigur. Era departe de a se fi terminat.

Vremea se schimbă aproape instantaneu. Ca și cum ar fi reacționat la evenimentele din colegiu, vara, care ținuse atât de mult, se retrase în cele din urmă. Un vânt înghețat șuiera prin curți. Ploua mărunt, iar din depărtare se auzea huruitul unei furtuni cu descărcări electrice.

Mariana și Zoe se întâlniseră cu Clarissa la un pahar în Fellows' Parlor, o sală comună pentru profesori. În acea după-amiază nu mai era nimeni în afară de ele.

Era o sală mare, întunecoasă, cu fotolii și canapele foarte vechi, tapițate cu piele, birouri din mahon și mese încărcate cu ziare și reviste. Mirosea a fum, de la lemnul și cenușa din șemineuri. Afară, vântul zgâlțâia geamurile și ploaia răpăia pe sticlă. Era suficient de frig încât Clarissa să ceară să fie aprins focul.

Cele trei femei ședeau în jurul căminului, pe fotolii joase, bând whisky. Mariana rotea whisky-ul în pahar, privind cum lichidul chihlimbariu licărea în lumina flăcărilor. Se simțea liniștită acolo, cuibărită lângă foc cu Clarissa și Zoe. Acest mic grup îi dădea putere – și curaj, de care aveau toate mare nevoie.

Nepoata ei venise de la un curs de engleză. Poate că ultimul ei curs, zisese Clarissa; se vorbea de închiderea iminentă a colegiului pentru ancheta poliției.

Pe Zoe o prinsese ploaia; în timp ce ea se usca la foc, Mariana le povesti cele întâmplate și confruntarea ei cu Edward Fosca. Când termină, Zoe spuse cu voce scăzută:

– Asta a fost o greșeală. Să-l înfrunți așa... Acum știe că știi.

Mariana se uită la ea.

– Parcă ziceai că e nevinovat.

Zoe îi prinse privirea și clătină din cap.

– M-am răzgândit.

Clarissa se uită de la una la alta.

– Sunteți foarte sigure amândouă că *este* vinovat? Nu-mi vine să cred.

– Știu, zise Mariana. Dar eu cred asta.

– Și eu, întări Zoe.

Fără să comenteze, Clarissa luă carafa și-și umplu paharul. Mariana observă că îi tremura mâna.

– Ce facem acum? întrebă Zoe. N-o să pleci, nu?

– Sigur că nu, îi răspunse Mariana. Lasă-l să mă aresteze, nu-mi pasă. Nu mă întorc la Londra.

Clarissa părea uluită.

– Poftim? Cum așa?

– Nu pot să fug. Nu mai pot. Am tot fugit de când a murit Sebastian. Am nevoie să stau, am nevoie să înfrunt chestia asta, orice o fi. Nu mi-e frică. Propoziția suna neobișnuit în gura ei. Încercă din nou s-o rostească: *Nu mi-e frică.*

Clarissa țâțâi.

– Ăsta-i whisky-ul care vorbește.

– Poate, zâmbi Mariana. Curajul din sticlă e mai bun decât deloc. Se răsuci spre Zoe: Mergem mai departe. Asta facem. Mergem mai departe – și îl prindem.

– Cum? Avem nevoie de o dovadă.

– Da.

Zoe șovăi.

– Ce zici de arma crimei?

Ceva din felul în care o spusese o făcu pe Mariana să tresară.

– Vrei să spui cuțitul?

Zoe încuviință din cap.

– Încă nu l-au găsit, nu-i așa? Cred... că știu unde este.

Mariana se holba la ea.

– De unde știi?

Tânăra își feri privirea o clipă. Se uita în altă parte, la foc, un gest furiș, vinovat, pe care Mariana îl recunoscu din copilărie.
– Zoe?
– E o poveste lungă, Mariana.
– Acum e momentul potrivit pentru ea. Nu crezi? Continuă vorbind aproape în șoaptă: Știi, când m-am întâlnit cu Fecioarele mi-au spus ceva, Zoe... Mi-au spus că *tu* faci parte din grup.
Ochii fetei se măriră. Clătină din cap.
– Nu-i adevărat.
– Zoe, nu minți...
– Nu mint! Nu m-am dus decât o dată.
– Ei bine, de ce nu mi-ai zis?
– Nu știu, oftă Zoe. Mi-a fost frică. Mi-era atât de rușine... Am vrut să-ți spun de mult timp, dar...
Tăcu. Mariana se întinse s-o atingă pe mână.
– Spune-mi acum. Spune-ne amândurora.
Buza de jos îi tremura ușor. În cele din urmă, Zoe începu să vorbească...
Și primul lucru pe care-l rosti făcu sângele Marianei să-i înghețe în vene.
– Presupun că începe cu Demetra – și Persefona. Își privi mătușa. Le cunoști, nu?
Marianei îi trebui un moment ca să-și recapete glasul.
– Da, îngăimă ea. Le cunosc.

2

Zoe își goli paharul și-l puse pe polița șemineului. În jurul ei se învârtejea fumul alb-cenușiu scos de lemnele din vatră.

În timp ce-și privea nepoata, cu flăcările roșii și aurii dansând în spatele ei, Mariana avu o senzație ciudată de foc de tabără, ca și cum era pe cale să asculte o poveste cu stafii... Ceea ce, într-un fel, chiar era.

Zoe începu să povestească, ezitând pe ici, pe colo, că profesorul Fosca îndrăgea foarte mult riturile secrete de la Eleusis în cinstea Persefonei: rituri care te duc într-o călătorie de la viață la moarte și înapoi.

Profesorul cunoștea secretul, se lăudase, și li-l împărtășise câtorva studente speciale.

– M-a pus să jur că voi păstra secretul. Nu puteam să vorbesc cu nimeni despre cele întâmplate. Știu că era ciudat, dar eram măgulită că mă consideră destul de specială, destul de deșteaptă. Și eram și curioasă. Și apoi... a fost rândul meu să fiu inițiată în grupul Fecioarelor... Mi-a spus să vin în pavilion la miezul nopții pentru ceremonie.

– În pavilion?

– Știi tu, e lângă râu, aproape de Paradis.

Mariana încuviință din cap.

– Spune mai departe.

– Puțin înainte de ora douăsprezece m-am întâlnit cu Carla și Diya la hangarul bărcilor și m-au însoțit – pe râu, într-o barcă.
– O barcă, de ce?
– Așa se ajunge acolo cel mai ușor; cărarea e năpădită de mărăciniș. Tăcu o vreme, apoi reluă: Celelalte erau deja acolo. Veronica și Serena stăteau lângă intrarea în pavilion. Purtau măști, întruchipându-le pe Persefona și Demetra.
– Dumnezeule mare, gemu șocată Clarissa.
Îi făcu semn lui Zoe să continue.
– Lillian m-a condus în pavilion, unde aștepta profesorul. M-a legat la ochi, apoi mi-a dat să beau *kykeon*. El zicea că-i doar apă de orz, însă mințea. Tara mi-a spus mai târziu că era amestecată cu GHB – obișnuia să-l cumpere de la Conrad.
Mariana se simțea insuportabil de încordată. Nu voia să asculte mai departe. Dar știa că n-are de ales.
– Continuă.
– Și apoi, zise fata, mi-a șoptit la ureche... că o să mor în noaptea aceea și o să renasc în zori. Și a luat un cuțit, mi-a atins gâtul cu el.
– A făcut el asta? întrebă Mariana.
– Nu m-a tăiat, sau așa ceva. A spus că e doar un sacrificiu ritual. Apoi mi-a scos legătura de la ochi... și atunci am văzut unde a pus cuțitul... L-a strecurat într-o crăpătură din perete, între două plăci de piatră. Zoe închise ochii o clipă. După aceea mi-e greu să-mi amintesc. Picioarele mi-erau ca piftia, de parcă mă topeam... Și am plecat din pavilion. Eram printre arbori... în pădure. Unele fete dansau goale... celelalte erau în râu, înotând, însă eu... eu nu voiam să mă dezbrac... Scuturând din cap, murmură: Nu-mi amintesc exact.

Dar, cumva, m-am rătăcit de ele, și eram singură, drogată și speriată... și... el era acolo.

– Edward Fosca?

– Da, confirmă Zoe, parcă nevrând să-i rostească numele. Am încercat să vorbesc, dar n-am putut. El mă tot săruta... mă atingea, zicea că mă iubește. Avea ochii sălbatici... Îmi amintesc ochii lui, erau de nebun. Am încercat să scap... dar n-am putut. Și atunci a apărut Tara, și au început să se sărute, și, cumva, am izbutit să scap... am fugit printre arbori... am tot fugit... Cu fruntea plecată, rămase tăcută un moment, apoi spuse: Am tot fugit... am scăpat.

– Ce s-a întâmplat după aceea? o îmboldi Mariana.

Zoe ridică din umeri.

– Nimic. N-am mai vorbit cu fetele despre asta... În afară de Tara.

– Și profesorul Fosca?

– S-a purtat ca și cum nu s-ar fi întâmplat nimic. Așa că la rândul meu am încercat să pretind că totul era în regulă. Dar apoi Tara a venit în camera mea în seara aceea... Mi-a spus că el a amenințat-o că o omoară. N-am văzut-o niciodată pe Tara așa de speriată. Era îngrozită!

– Draga mea, ar fi trebuit să alertezi colegiul, interveni Clarissa. Ar fi trebuit să spui cuiva. Ar fi trebuit să vii la *mine*.

– M-ai fi crezut, Clarissa? E o poveste așa de nebunească. E cuvântul meu împotriva cuvântului lui.

Mariana încuviință din cap, simțindu-se în pragul lacrimilor. Voia să-și tragă nepoata spre ea și s-o țină în brațe.

Dar mai întâi era ceva ce trebuia să știe.

– Zoe, de ce acum? De ce ne spui asta acum?

O vreme, Zoe nu spuse nimic. Se duse la fotoliul pe care atârna jacheta ei, uscându-se la foc, şi vârî mâna în buzunar.

Scoase o ilustrată umedă, pătată de ploaie.

O lăsă să cadă în poala Marianei.

— Pentru că am primit şi eu una.

3

Mariana se uită la ilustrata din poală.

Reproducea un tablou rococo sumbru – Ifigenia era pe pat, goală, iar Agamemnon se furişa în spatele ei, ridicând un cuţit. Pe spate era ceva scris în greaca veche. Nu se osteni să-i ceară Clarissei să traducă. N-avea rost.

Trebuia să fie tare, pentru Zoe. Trebuia să gândească limpede şi repede. Îşi alungă toată emoţia din glas.

– Când ai primit asta, Zoe?

– Azi după-masă. Era sub uşa mea.

– Înţeleg. Mariana încuviinţă din cap pentru sine. Asta schimbă lucrurile.

– Nu, nu le schimbă.

– Ba da, le schimbă. Trebuie să te scoatem de aici. Acum. Trebuie să mergem la Londra.

– Slavă Domnului! exclamă Clarissa.

– Nu. Pe chipul lui Zoe apăruse o expresie de încăpăţânare feroce. Nu-s copil. Nu plec nicăieri. Stau aici, aşa cum ai spus, şi o să luptăm. O să-l prindem.

Cât de vulnerabilă arăta, cât de obosită şi nefericită, se gândi Mariana. Evenimentele recente o afectaseră şi o schimbaseră în mod vizibil. Părea într-o stare proastă atât mintal, cât şi fizic. Atât de fragilă, şi totuşi, atât de hotărâtă să meargă mai departe. „Aşa arată curajul", îşi zise.

Și Clarissa păru să sesizeze asta. I se adresă fetei pe un ton potolit:

– Zoe, draga mea copilă, curajul tău este lăudabil. Însă Mariana are dreptate. Trebuie să mergem la poliție, să le spunem tot ce ai povestit acum... Și apoi trebuie să plecați din Cambridge – amândouă. În seara asta.

Zoe se strâmbă și scutură din cap.

– N-are rost să le spunem polițiștilor, Clarissa. Vor crede că m-a pus Mariana să-l incriminez pe profesor. E pierdere de timp. N-avem timp. Avem nevoie de *dovezi*.

– Zoe...

– Nu, ascultă. Se întoarse spre mătușa ei: Hai să căutăm în pavilion, pentru orice eventualitate. Unde l-am văzut că ascunde cuțitul. Și dacă nu-l găsim... mergem la Londra, bine?

Până ca Mariana să poată răspunde, Clarissa i-o luă înainte.

– Sfinte Dumnezeule, vă căutați moartea cu lumânarea?

– Nu, răspunse Zoe. Crimele se petrec întotdeauna noaptea, mai avem câteva ore. Se uită pe fereastră, apoi o privi pe Mariana cu speranță: Și ploaia s-a oprit. Se luminează.

– Încă nu, zise Mariana privind la rândul ei afară. Dar se va lumina. După o clipă de gândire se decise: Du-te să faci un duș, schimbă-ți hainele astea ude. Și ne întâlnim în camera ta peste douăzeci de minute.

– Bine, spuse fata, părând mulțumită.

Mariana o urmări cum își aduna lucrurile.

– Draga mea, te rog să ai grijă.

Zoe încuviință din cap și ieși. În clipa în care se închise ușa, Clarissa se răsuci spre Mariana. Părea îngrijorată.

– Mariana, trebuie să protestez. Este foarte nesigur ca vreuna dintre voi să se aventureze pe râu aşa...

Mariana clătină din cap.

– N-am de gând s-o las pe Zoe să se apropie de râu. O s-o pun să-şi împacheteze nişte lucruri şi plecăm imediat. Ne ducem la Londra, aşa cum ai zis.

– Domnul fie lăudat, suspină uşurată bătrâna profesoară. E cel mai bun lucru pe care poţi să-l faci.

– Dar fii foarte atentă. Dacă mi se întâmplă ceva, vreau să te duci la poliţie, bine? Trebuie să le spui toate astea, tot ce a spus Zoe. Ai înţeles?

Clarissa dădu din cap aprobator. Părea profund mâhnită.

– Aş vrea ca voi două să vă duceţi la poliţie în clipa asta.

– Zoe are dreptate – n-are rost, inspectorul Sangha nici măcar n-o să vrea să mă asculte. Dar pe tine o să te asculte.

Clarissa nu spuse nimic. Doar oftă şi-şi aţinti privirea asupra focului.

– Te sun de la Londra, îi promise Mariana.

Nici o reacţie. Clarissa nu părea nici măcar s-o fi auzit.

Mariana era dezamăgită. Se aşteptase la mai mult. Se aşteptase ca fosta ei profesoară să fie ca o stâncă, dar era clar că acea tragedie o copleşise. Ca şi când ar fi îmbătrânit dintr-odată, părea împuţinată, mică şi fragilă.

N-ar fi fost de nici un folos, îşi dădu seama. Orice teroare aveau în faţă ea şi Zoe, trebuiau s-o înfrunte singure.

O sărută cu duioşie pe Clarissa în semn de bun-rămas, apoi o lăsă acolo, lângă foc.

4

În timp ce traversa curtea spre camera lui Zoe, Mariana se gândea la lucruri practice. Aveau să împacheteze rapid și apoi, fără să fie văzute, aveau să se furișeze afară din colegiu pe poarta din spate. Un taxi până la gară; trenul până la King's Cross. Apoi – și inima îi crescu la acest gând – aveau să fie acasă, în siguranță și tefere în căsuța cea galbenă.

Urcă treptele de piatră spre camera lui Zoe. Era goală; fata trebuia să fie în sala de duș de la parter.

În acel moment îi sună telefonul. Era Fred.

După o scurtă ezitare, răspunse.

– Alo?

– Mariana, eu sunt. Fred părea neliniștit. Trebuie să vorbesc cu tine. E important.

– Acum nu e momentul potrivit. Cred că ne-am spus aseară tot ce era de spus.

– Nu-i vorba despre aseară. Ascultă-mă cu atenție, Vorbesc serios. Am o presimțire... despre *tine*.

– Fred, n-am timp...

– Știu că nu crezi, dar e adevărat. Ești în mare primejdie. Chiar acum, în *secunda* asta. Oriunde ai fi, ieși naibii de acolo. Pleacă. Fugi...

Exasperată, Mariana închise. Avea destule pe cap și fără aiurelile lui Fred. Deja fusese neliniștită; acum se simțea mult mai rău.

De ce întârzia Zoe?

În așteptare, se plimbă prin încăpere fără astâmpăr. Ochii îi rătăceau în jur, poposind pe lucrurile fetei: o poză din copilărie în ramă de argint; o poză cu Zoe ca domnișoară de onoare la nunta ei; tot soiul de talismane și zorzoane, pietre și cristale culese în vacanțele din străinătate; alte amintiri din copilărie pe care Zoe le căra după ea de când era mică – cum ar fi vechea și jerpelita Zebră, cocoțată în echilibru fragil pe perna ei.

Acest talmeș-balmeș de vechituri o emoțiomă până la lacrimi. Și-o aminti brusc pe Zoe, copiliță, în genunchi lângă pat, cu mânuțele lipite în rugăciune. „Doamne, binecuvântează-o pe Mariana, Doamne, binecuvântează-l pe Sebastian, Doamne, binecuvântează-l pe bunicul, Doamne, binecuvântează-o pe Zebră" – și așa mai departe, inclusiv oameni ale căror nume nici măcar nu le știa, ca femeia nefericită din stația de autobuz sau bărbatul din librărie care era răcit. Mariana obișnuia să privească cu tandrețe acest ritual copilăresc, însă nici o clipă nu crezuse în ceea ce făcea Zoe. Mariana nu credea într-un Dumnezeu la care puteai să ajungi atât de ușor – sau a cărui inimă nemiloasă ar fi fost mișcată de rugăciunile unei copilițe.

Acum însă, dintr-odată, simți că i se tăiau genunchii, că i se îndoiau, ca și cum ar fi fost îmbrâncită din spate de o forță nevăzută. Se prăbuși pe podea, încleștându-și mâinile una de alta, și își aplecă fruntea în rugăciune.

Însă Mariana nu se ruga la Dumnezeu sau la Iisus, nici măcar la Sebastian.

Se ruga la câteva coloane de piatră murdare, roase de vreme, de pe un deal, profilate pe un cer strălucitor, fără păsări.

Se ruga la o zeiță.

– Iartă-mă, şopti. Pentru orice am făcut – orice o fi ceea ce am făcut – ca să te ofensez. L-ai luat pe Sebastian. Asta-i destul. Te implor, n-o lua pe Zoe. Te rog, n-o să te las. O să...

Se opri, brusc stingherită, jenată de vorbele care îi ieşeau din gură. Se simţea mai mult decât un pic nebună – ca un copil smintit care se târguieşte cu universul.

Şi totuşi, undeva în adâncul sufletului, era conştientă că ajunsese în fine în punctul spre care duseseră toate acestea: mult amânata, dar inevitabila confruntare, răfuiala sa cu Fecioara.

Cu mişcări încete, se ridică în picioare.

În acel moment, Zebra se rostogoli de pe pernă, căzu din pat şi ateriză pe podea.

Ridică jucăria şi o puse înapoi pe pernă. Atunci observă că Zebra avea cusătura de pe burtă destrămată; lipseau trei împunsături. Şi ceva se iţea din umplutură.

Şovăi. Apoi, fără să ştie prea bine ce făcea, trase afară obiectul. Se uită la el. Erau hârtii, îndoite de mai multe ori, ascunse în jucăria de pluş.

Se simţea ca o trădătoare, dar trebuia să vadă ce era acolo. Trebuia să ştie.

Le despături cu grijă şi constată că era un fel de scrisoare bătută la maşină.

Se aşeză pe pat şi începu să citească.

5

Şi apoi, într-o zi, mama a plecat.

Nu-mi amintesc exact momentul, sau ultimul bun-rămas, dar trebuie să fi fost unul. Nu-mi amintesc să fi fost nici tata acolo – trebuie să fi fost pe câmp când ea a evadat.

Până la urmă, n-a trimis niciodată după mine, ştii. De fapt, n-am mai văzut-o niciodată.

În seara în care a plecat m-am dus sus, în camera mea, şi m-am aşezat la biroul meu mic – am scris în jurnal ore în şir. Când am terminat n-am recitit cele scrise.

Şi n-am mai scris niciodată în acel jurnal. L-am pus într-o cutie şi l-am ascuns împreună cu alte lucruri pe care voiam să le uit.

Dar astăzi l-am scos pentru prima oară şi l-am citit – în întregime.

Mă rog, aproape în întregime…

Vezi tu, lipsesc două pagini.

Două pagini rupte.

Au fost distruse din pricină că erau periculoase. De ce? Pentru că spuneau cu totul altă poveste.

Asta e în ordine, presupun. Fiecare poveste poate să suporte o mică schimbare.

Mi-aş dori să pot schimba următorii ani la fermă… să-i schimb sau să-i uit.

Durerea, spaima, umilinţa – pe zi ce trecea, eram tot mai hotărât să evadez. „Într-o zi o să fug. O să fiu în siguranţă. O să fiu fericit. O să fiu iubit."

Îmi repetam asta, iar și iar, în așternut, noaptea. A devenit mantra mea în vremurile grele. Mai mult decât atât, a devenit vocația mea.

M-a condus la tine.

N-aș fi crezut că sunt în stare – de iubire, vreau să zic. Nu cunoșteam decât ura. Mă tem așa de tare c-o să te urăsc și pe tine într-o zi! Dar înainte să-ți fac vreun rău o să întorc cuțitul împotriva mea și o să mi-l înfig adânc în inimă.

Te iubesc, Zoe.

Iată de ce scriu asta.

Vreau să mă vezi așa cum sunt. Și apoi? O să mă ierți, nu-i așa? O să-mi săruți toate rănile și o să le faci bine. Ești soarta mea, știi asta, nu? Poate că încă n-o crezi. Dar eu am știut-o de la bun început. Am avut o presimțire – din clipa în care te-am văzut, am știut.

Ai fost atât de sfioasă la început, atât de neîncrezătoare. A trebuit să ademenesc încetul cu încetul iubirea din tine. Dar eu sunt, mai presus de toate, răbdător.

Vom fi împreună, îți jur, într-o zi, după ce planul meu va fi adus la îndeplinire. Ideea mea minunată, genială.

Trebuie să te previn, implică sânge – și sacrificiu.

O să-ți explic când vom fi singuri. Până atunci, nu-ți pierde credința.

Al tău,
pe vecie...

X

6

Mariana lăsă scrisoarea în poală.

Se uită lung la ea.

Îi era greu să gândească – greu să respire; ca și cum ar fi fost scos tot aerul din ea, ca și cum ar fi fost lovită de mai multe ori cu pumnul în stomac. Nu înțelegea ce citise. Ce însemna hârtia aceea monstruoasă?

N-avea sens. Nu credea că este real – nu voia să creadă. Nu putea să însemne ceea ce gândea ea. Nu putea să fie asta. Și totuși era singura concluzie care putea fi trasă, oricât ar fi fost de inacceptabilă sau lipsită de sens – sau înspăimântătoare.

Edward Fosca era autorul acelei scrisori de dragoste din iad, iar destinatara era Zoe.

Scutură din cap. Nu, nu Zoe, Zoe *a ei*. Nu credea nici în ruptul capului că Zoe ar fi putut să aibă o relație cu *monstrul* acela...

Apoi își aminti brusc expresia ciudată a fetei când îl privea fix pe Fosca în partea cealaltă a curții. O expresie pe care ea o luase drept teamă. Și dacă era ceva mai complicat?

Și dacă, de la bun început, Mariana văzuse totul dintr-un unghi greșit, privind de-a dreptul pe dos? Și dacă...

Pași – urcând treptele.

Mariana încremeni. Nu știa ce să facă – trebuia să spună ceva, să facă ceva. Dar nu acum, nu așa; trebuia mai întâi să se gândească.

Înșfăcă scrisoarea și o vârî în buzunar tocmai când Zoe apărea în prag.

– Scuze, Mariana. M-am grăbit cât am putut de mult.

Zoe intră zâmbitoare. Avea obrajii îmbujorați și părul ud. Purta un halat și ținea în mână două prosoape. Stai un pic să mă îmbrac, îi zise. O secundă.

Mariana nu spuse nimic. Zoe se îmbrăcă, și acea fulgerare de goliciune – acea piele tânără, netedă – îi aminti pentru o clipă de fetița cea frumoasă pe care o iubea, de acel copil drăgălaș, nevinovat. Unde dispăruse? Ce se întâmplase?

Lacrimile care i se scurgeau acum pe obraji nu erau sentimentale, ci lacrimi de neliniște, de durere fizică, ca și cum cineva ar fi pălmuit-o pe obraz. Se întoarse cu spatele și-și șterse repede ochii.

– Sunt gata, anunță Zoe. Mergem?

– Mergem? Mariana se uită la ea fără nici o expresie. Unde?

– La pavilion, desigur. Să căutăm cuțitul.

– Ce? A...

Zoe o privi surprinsă.

– Te simți bine?

Mariana încuviință din cap încet. Toate speranțele de evadare, toate gândurile de a fugi la Londra cu Zoe i se șterseseră din minte. N-avea unde să meargă, unde să fugă. Nu mai avea.

– Da, zise.

Ca o somnambulă, o urmă pe Zoe pe trepte în jos și de-a curmezișul curții. Ploaia se oprise; nori plumburii, apăsători, se învălmășeau deasupra capetelor lor, zvârcolindu-se și învârtejindu-se în vânt.

– Ar trebui să mergem pe râu, sugeră Zoe. E cea mai ușoară cale.

Mariana se mulțumi să dea aprobator din cap.

– Știu să mânuiesc ghionderul, se lăudă fata. Nu sunt la fel de pricepută ca Sebastian, dar mă descurc.

Cu același gest de confirmare, Mariana o urmă spre râu.

În dreptul hangarului, șapte bărci cu fundul plat scârțâiau pe apă, legate cu lanțuri de mal. Zoe luă unul dintre ghionderele rezemate de perete, așteptă ca mătușa ei să urce într-o barcă, apoi desprinse lanțul greu, lăsându-l pe mal.

Mariana se așeză pe banca joasă de lemn; era umedă de la ploaie, însă ea aproape că nu observă.

– N-o să dureze mult, spuse Zoe în timp ce împingea în ghionder, îndepărtându-le de mal.

Apoi ridică mult prăjina și o înfipse în apă; călătoria lor începu.

Nu erau singure, Mariana o știuse din primul moment. Simțea că erau urmărite, dar se împotrivi cât putu tentației de a privi peste umăr. Când, în cele din urmă, întoarse capul, întocmai așa cum se așteptase, zări în depărtare silueta unui bărbat care dispăru după un copac.

Își spuse că probabil imaginația îi juca feste. Pentru că nu era cel care se așteptase să fie – nu era Edward Fosca.

Era Fred.

7

Așa cum prevăzuse Zoe, înaintau repede. Curând, lăsară în urmă colegiile și fură înconjurate de câmpuri largi pe ambele părți ale râului – un peisaj care supraviețuise neschimbat de secole întregi.

Pe pajiște pășteau câteva vaci negre. Mirosea a umezeală și a stejar care se descompune, a noroi. Mariana simțea fumul de la un foc făcut pe undeva, mirosul încins de frunze ude care ard.

De pe râu se ridica un strat subțire de ceață care se răsucea în jurul lui Zoe în timp ce împingea în ghionder. Era atât de frumoasă cum stătea acolo, cu părul fluturând în vânt, cu privirea în zare! Semăna cu Lady of Shalott în ultima ei călătorie damnată.

Mariana încerca să gândească, însă îi era greu. Și cu fiecare bufnitură înfundată a prăjinii în albia râului și cu fiecare salt înainte al bărcii pe apă, știa că timpul se apropia de sfârșit. Curând aveau să ajungă la pavilion.

Și atunci ce avea să se întâmple?

Simțea scrisoarea arzând în buzunar – știa că trebuia să-i dea de rost.

Dar probabil că se înșela. Era necesar să se înșele.

– Ești foarte tăcută, observă Zoe. La ce te gândești?

Mariana ridică privirea. Încercă să vorbească, dar nu-și găsi vocea. Peste câteva clipe reuși să murmure:

– La nimic.

– Ajungem acolo repede.
Zoe arătă spre cotul râului.
Mariana se răsuci să privească.
– Oh...
Spre surprinderea ei, pe apă se ivise o lebădă. Luneca fără efort spre ea, cu penele de un alb murdar unduind alene în vânt. Când se apropie de barcă, lebăda își întoarse capul lunguieț și o privi, ațintindu-și ochii negri în ochii Marianei.
Pe șira spinării îi trecu un fior. Se uită în altă parte. Când se întoarse iar, lebăda dispăruse.
– Am ajuns, zise Zoe. Uite.
Mariana văzu pavilionul pe mal. Nu era o clădire mare – patru coloane de piatră sprijineau un acoperiș înclinat. Inițial albă, fusese decolorată de două secole de ploaie și vânt necurmate, care o pătaseră în auriu și verde cu rugină și alge.
Era un loc straniu pentru o construcție destinată îndeobște momentelor de plăcere – izolat, la malul apei, înconjurat de pădure și mlaștină. Zoe și Mariana plutiră pe alături, dincolo de irișii sălbatici care creșteau în apă și trandafirii cățărători plini de spini care astupau poteca.
Fata mână barca spre mal și înfipse ghionderul adânc în mâlul de pe fundul râului, ancorând-o la marginea albiei.
Urcă apoi pe uscat și întinse mâna să-și ajute mătușa, însă Mariana nu i-o prinse. Nu putea suferi s-o atingă.
– Ești sigură că te simți bine? întrebă Zoe. Te porți ciudat.
Fără să răspundă, Mariana trecu anevoie din barcă pe malul plin de iarbă și o urmă spre pavilion.
Se opri afară și ridică privirea spre el.

Avea o stemă deasupra intrării, săpată în piatră – emblema unei lebede în furtună.
Mariana îngheță văzând-o. Se uită la ea un moment. Dar apoi merse mai departe.
O urmă pe Zoe înăuntru.

8

În pavilion erau două ferestre în zidul de piatră, dând spre râu, și o banchetă de piatră sub ele. Zoe făcu semn spre pădurea verde aflată nu foarte departe.

– Acolo au găsit cadavrul Tarei – printre arbori, lângă mlaștină. O să-ți arăt. Apoi îngenunche și se uită sub banchetă. Și aici a pus el cuțitul. Înăuntru... Își strecură brațul în spațiul dintre două plăci de piatră, iar în clipa următoare exclamă triumfător: Aha!

Când își trase brațul înapoi, în mâna ei se afla un cuțit. Avea vreo douăzeci de centimetri. Cu câteva pete roșii de rugină – sau de sânge uscat.

Sub privirea șocată a Marianei, își încleștă degetele pe mâner, ținându-l cu un aer de familiaritate, după care se ridică și întoarse cuțitul spre mătușa ei.

Se uita la Mariana fără să clipească, cu întuneric izvorând din ochii ei albaștri.

– Haide, îi zise. Mergem la o plimbare.
– Poftim?
– Pe acolo, printre arbori. Să mergem.
– Așteaptă. Oprește-te. Mariana clătină din cap. Asta nu ești tu.
– Ce?
– Asta nu ești tu, Zoe. Asta e *el*.
– Ce tot spui?
– Ascultă. *Știu*. Am găsit scrisoarea.

– Ce scrisoare?
Drept răspuns, Mariana scoase foile din buzunar, le despături și i le arătă.
– Această scrisoare.
Un moment, Zoe nu spuse nimic. Nici o reacție emoțională. Doar o privire goală.
– Ai citit-o?
– N-am vrut s-o găsesc. A fost un accident...
– *Ai citit-o?*
Mariana încuviință din cap și șopti:
– Da.
Prin ochii lui Zoe trecu un fulger de mânie.
– N-aveai dreptul!
Mariana o privi lung.
– Zoe. Nu înțeleg. Asta... asta nu înseamnă... nu-i cu putință să însemne...
– Ce? Ce nu-i cu putință să însemne?
Mariana se trudi să găsească vorbele.
– Că ai avut ceva de-a face cu acele crime... că *tu și el*... sunteți cumva într-o relație...
– M-a iubit. Ne iubeam...
– Nu, Zoe. Asta e important. O spun pentru că te iubesc. Ești victimă. În ciuda a orice ai crede, *n-a fost iubire*...
Zoe încercă s-o întrerupă, însă Mariana n-o lăsă. Vorbi mai departe.
– Știu că nu vrei să auzi asta. Știu că tu crezi că a fost profund romantic, dar orice o fi fost ceea ce ți-a dat el, n-a fost iubire. Edward Fosca nu-i în stare de iubire. Are prea multe probleme, e prea primejdios...
– Edward Fosca? Zoe se uită la ea uimită. Crezi că Edward Fosca a scris scrisoarea? Și că de aceea am ținut-o în siguranță, ascunsă în camera mea? Își scutură capul cu dispreț. N-a scris-o *el*.

– Atunci cine?

Brusc, soarele se târî într-un nor și timpul păru că-și încetinește trecerea. Mariana auzea primii stropi de ploaie răpăind pe pervazul de piatră al pavilionului și o bufniță huhurând undeva, departe. Și, în acest spațiu fără timp, își dădu seama că știa deja ce era pe cale să spună Zoe, și poate că la un anumit nivel știuse întotdeauna.

Apoi soarele se ivi din nou – timpul se prinse singur din urmă cu o smucitură bruscă. Mariana repetă întrebarea.

– Cine a scris scrisoarea, Zoe?

Zoe se uită la ea cu ochii plini de lacrimi. Rosti în șoaptă:

– Sebastian, desigur.

PARTEA A ȘASEA

S-a spus și-am auzit de multe ori
Că roade sufletul adânc durerea
Și-l face temător și-l micșorează;
Gândește-te-așadar la răzbunare și nu plânge.[1]
William Shakespeare, *Henric al VI-lea*, partea a II-a

---

[1] William Shakespeare, *Opere*, vol. 6, traducere de Barbu Solacolu, Editura de Stat pentru Literatură și Artă, București, 1958; partea a II-a, actul IV, scena 4, p. 274

1

Mariana și Zoe se priveau în tăcere.

Norii se spărseseră, Mariana auzea și mirosea ploaia care izbea noroiul de afară. Vedea stropii spărgând oglindirea în râu a arborilor care tremurau, se zguduiau. În cele din urmă rupse tăcerea.

– Minți.

– Nu, spuse Zoe clătinând din cap. Nu mint. Sebastian a scris scrisoarea. Mi-a scris-o mie.

– Nu-i adevărat. El... Mariana se strădui să-și găsească vorbele. Sebastian n-a scris asta.

– Sigur că a scris-o. Trezește-te. Ești așa de oarbă, Mariana!

Mariana se holba neajutorată la paginile din mâna ei.

– Tu... și Sebastian...

Incapabilă să sfârșească propoziția, ridică disperată privirea spre Zoe, sperând că o să-i fie milă de ea.

Însă Zoe nu simțea milă decât pentru sine, și ochii ei scăpărară plini de lacrimi.

– L-am iubit, Mariana. L-am iubit...

– Nu. Nu...

– E adevărat. Am fost îndrăgostită de Sebastian de când mă știu – încă de când eram micuță. Și el mă iubea pe *mine*.

– Zoe, încetează. Te rog...

– Trebuie să înfrunți asta, acum. Deschide ochii. Eram amanți. Eram amanți încă din acea excursie în Grecia. Când am împlinit cincisprezece ani, la Atena, îți amintești? Sebastian m-a dus în livada de măslini de lângă casă – a făcut dragoste cu mine acolo, pe pământul gol.

– Nu. Marianei îi venea să râdă, dar era prea îngrețoșată ca să râdă. Era groaznic. Minți...

– Nu, *tu* minți, te minți pe tine însăți. De aceea e o asemenea harababură în tine, pentru că în adâncul sufletului știi adevărul. Totul a fost o aiureală. Sebastian nu te-a iubit niciodată pe *tine*. Pe mine mă iubea – întotdeauna pe mine. S-a însurat cu tine doar ca să poată fi în preajma mea... și pentru *bani*, firește. Știi asta, nu?

Mariana clătină din cap.

– Nu... nu pot să ascult așa ceva.

Se răsuci pe călcâie și ieși din pavilion. Continuă să meargă.

Apoi o luă la fugă.

2

– Mariana! strigă Zoe în urma ei. Unde te duci? Nu poți să fugi. Nu mai poți.

Fără s-o ia în seamă, Mariana fugi mai departe. Zoe se luă după ea.

Norii întunecați de deasupra erau zguduiți de tunete, și dintr-odată izbucni un fulger uriaș. Cerul era aproape verde. Apoi se deschiseră bolțile. Ploaia începu să cadă aprig, izbind pământul, făcând să clocotească fața râului.

Mariana alerga prin pădure. Era o întunecime mohorâtă printre arbori. Pământul era plin de apă, lipicios, cu un iz umed. Crengile încâlcite ale copacilor erau acoperite de pânze de păianjen întrețesute, cu muște și alte insecte mumificate atârnând de firele de mătase de deasupra capului ei.

Zoe venea după ea, provocând-o, și vocea îi reverbera printre copaci.

– Într-o zi, bunicul ne-a prins în livada de măslini. Ne-a amenințat că o să-ți spună, așa că Sebastian a trebuit să-l omoare. Apoi bunicul ți-a lăsat toți banii ăia... atât de mulți bani... Sebastian era fascinat, trebuia să pună mâna pe ei. Îi voia pentru mine, pentru el – pentru *noi*. Dar tu ne stăteai în cale...

Crengile se agățau de Mariana în timp ce se lupta să treacă, sfâșiindu-i și zgâriindu-i mâinile și brațele.

O auzea pe Zoe aproape în spatele ei, năvălind zgomotos printre arbori ca o Furie răzbunătoare. Și vorbea tot timpul.

– Sebastian a zis că, dacă ți se întâmplă ceva, el o să fie primul suspect. „Ne trebuie ceva care să abată atenția, *ca într-un truc de magie*", a zis. Îți amintești trucurile pe care le făcea pentru mine când eram mică? „Trebuie să-i facem pe toți să se uite la obiectul greșit – și în direcția greșită." I-am spus de profesorul Fosca și Fecioare, și de aici i-a venit ideea. I-a crescut în minte ca o floare frumoasă, a zis el. Avea un fel de a vorbi atât de poetic, îți amintești? A pus la cale fiecare amănunt. Și era frumos. Era perfect. Dar apoi... l-ai luat cu tine și nu s-a mai întors. Sebastian n-a vrut să meargă pe insula Naxos. Tu l-ai silit. Tu ești de vină pentru moartea lui.

– Nu, șopti Mariana. Nu-i cinstit...

– Ba da, este, șuieră Zoe. L-ai omorât. *Și m-ai omorât și pe mine.*

Dintr-odată, arborii se răriră în fața lor. Ajunseseră într-un luminiș, iar în fața lor se întindea mlaștina. Era o baltă mare de apă verde și limpede, năpădită de buruieni și mărăciniș. Un arbore căzut, despicat, putrezea încet, acoperit de mușchi verde-gălbui și înconjurat de ciuperci otrăvitoare cu buline.

Se simțea un miros ciudat de descompunere, duhoarea izvorând din ceva împuțit și putred – să fi fost apa stătătoare?

Sau era moartea?

Zoe se uita fix la Mariana, gâfâind, cu cuțitul în mână. Avea ochii roșii și plini de lacrimi.

– Când a murit, a fost ca și cum aș fi fost înjunghiată în măruntaie. Nu știam ce să fac cu toată furia mea, cu toată durerea... Apoi, într-o zi, am înțeles...

am văzut. Trebuia să aduc eu la îndeplinire planul lui Sebastian în locul lui, întocmai așa cum voia. Era ultimul lucru pe care puteam să-l fac pentru el. În cinstea lui și a amintirii lui, și să mă răzbun.

Mariana se holba la ea, nevenindu-i să creadă. Cu greu își găsi vocea. Bâigui:

– Ce-ai făcut, Zoe?

– Nu *eu*. *El*. A fost întru totul *Sebastian*... N-am făcut decât ce mi-a spus el să fac. Am făcut-o de plăcere; am copiat citatele pe care le-a ales el, am plantat ilustratele așa cum a spus el, am subliniat pasajele în cartea lui Fosca. Când am avut o ședință de îndrumare, m-am prefăcut că mă duc la baie și am pus câteva fire de păr de-ale Tarei în fundul șifonierului lui Fosca... am pus acolo și câțiva stropi din sângele ei. Polițiștii încă nu le-au găsit, dar o să le găsească.

– Edward Fosca e nevinovat? I-ai înscenat totul?

– Nu. Zoe clătină din cap. *Tu* i-ai făcut înscenarea, Mariana. Sebastian a spus că nu trebuie decât să-ți creez impresia că mă tem de Fosca. Tu ai făcut restul. Asta a fost partea cea mai distractivă a întregului spectacol: să te văd cum faci pe detectivul. Adăugă zâmbind: Tu nu ești detectivul... Ești *victima*.

Mariana se uită în ochii lui Zoe în vreme ce toate piesele se așezau la locul lor în mintea ei, astfel că nu mai putea să evite adevărul cumplit. Există în tragedia greacă un cuvânt pentru acest moment: *anagnorisis* – recunoașterea, momentul în care eroul vede în cele din urmă adevărul și înțelege că a fost tot timpul acolo, în fața sa. Mariana se tot întrebase cum este un astfel de moment. Acum știa.

– Le-ai omorât pe fetele acelea. Cum ai putut?

– Fecioarele n-au fost niciodată importante, Mariana, erau doar o diversiune. O pistă falsă, asta a zis

Sebastian. Zoe ridică din umeri. Cu Tara a fost... greu. Dar Sebastian a spus că era un sacrificiu pe care trebuia să-l fac. A avut dreptate. A fost, într-un fel, o uşurare.

– O uşurare?

– Să mă văd pe mine, în sfârşit, limpede. Acum ştiu cine sunt. Sunt precum Clitemnestra, ştii? Sau Medeea. Din asta sunt făcută.

– Nu. Nu, te înşeli. Nemaisuportând s-o vadă, Mariana se întoarse cu spatele. Lacrimile îi şiroiau pe obraji. Nu eşti o zeiţă, Zoe. Eşti un monstru.

– Dacă sunt, Sebastian m-a făcut aşa. Şi tu ai contribuit la asta.

În acea clipă, Mariana simţi brusc o forţă venită din spate.

Fu aruncată la pământ, cu Zoe în spinare. Mariana se luptă să scape, dar tânăra îşi folosi toată greutatea, ţintuind-o în noroi. Pământul era rece şi ud pe faţa ei. Atunci o auzi pe Zoe şoptindu-i la ureche:

– Mâine, când îţi vor găsi cadavrul, o să-i spun inspectorului că am încercat să te opresc, că te-am implorat să nu cercetezi singură pavilionul, dar ai ţinut morţiş. Clarissa o să-i spună povestea mea despre profesorul Fosca; îi vor percheziţiona locuinţa, vor găsi dovezile pe care le-am pus acolo...

Se dădu jos de pe Mariana şi o întoarse pe spate. Stătea aplecată deasupra ei, ridicând cuţitul. Avea ochii sălbatici, monstruoşi.

– Şi vei rămâne în amintire ca încă una dintre victimele lui Edward Fosca. Victima numărul patru. Nimeni n-o să ghicească vreodată adevărul... că *noi* te-am omorât – *Sebastian şi cu mine*.

Ridică arma mai sus... gata să lovească...

Fără să ştie cum, Mariana îşi regăsi puterea. Întinse mâna şi înşfăcă braţul lui Zoe. Se luptară un moment, până ce Mariana smuci brațul tinerei cu toată forța, făcând-o să scape cuțitul...

Acesta îi zbură din mână și șuieră prin aer, dispărând cu o bufnitură în iarba din apropiere.

Zoe sări în picioare cu un țipăt și fugi să-l caute.

În acest timp, Mariana se ridică și văzu pe cineva ieșind dintre arbori.

Era Fred.

Venea zorit, cu un aer preocupat. N-o văzuse pe Zoe îngenuncheată în iarbă, și Mariana încercă să-l avertizeze.

– Fred, stai. Stai...

Însă Fred nu se opri și ajunse repede la ea.

– Ești bine? Te-am urmărit, eram îngrijorat și...

Dincolo de umărul lui, Mariana o văzu pe Zoe ridicându-se cu cuțitul în mână. Țipă din răsputeri:

– Fred!

Prea târziu însă. Zoe înfipse cuțitul adânc în spinarea lui. Cu ochii măriți, se uită la Mariana șocat.

Se prăbuși și rămase acolo, fără să mai miște. De sub el se lățea o baltă de sânge. Zoe îl împunse cu cuțitul, să vadă dacă era mort. Nu părea convinsă.

Fără să se gândească, Mariana cuprinse în palmă o piatră tare, rece, scufundată în noroi și o trase afară.

Se împletici până la Zoe, care era aplecată peste trupul lui Fred.

Tocmai când fata era pe cale să înfigă cuțitul în pieptul lui, Mariana o izbi cu piatra în ceafă.

Lovitura o azvârli într-o parte; căzu alunecând în noroi, apoi ateriză pe burtă, peste cuțit.

Rămase neclintită un moment. Mariana crezu că murise.

Apoi însă, cu un mârâit de animal, Zoe se răsuci pe spate. Zăcea acolo, o făptură rănită, cu ochii mari, speriați. Văzu cuțitul înfipt în piept...

Și începu să urle.

Nu se oprea din urlat: era isterică, urla de durere, frică și oroare – urletele unui copil îngrozit.

Pentru prima dată în viață, Mariana nu se duse să-și ajute nepoata. În loc de asta, își scoase telefonul și sună la poliție.

Tot timpul, Zoe urlă, urlă... până ce urletele ei se contopiră cu vaierul sirenei care se apropia.

3

Zoe fu dusă cu ambulanța, însoțită de doi polițiști înarmați.

Escorta nu era necesară, pentru că ea regresase la copilărie: o copiliță speriată, lipsită de apărare. Cu toate acestea, Zoe fusese arestată sub acuzația de tentativă de crimă; aveau să urmeze și altele. Doar tentativă de crimă, deoarece Fred supraviețuise atacului, la limită. Era rănit foarte grav și fusese dus la spital cu altă ambulanță.

În stare de șoc, Mariana stătea pe o bancă de pe malul râului. Avea mâinile încleștate pe un pahar cu ceai tare, dulce, pe care i-l turnase inspectorul Sangha, din termosul lui, pentru șoc și ca ofrandă de pace.

Ploaia se oprise. Acum cerul era senin; norii se topiseră, lăsând doar câțiva funigei cenușii în lumina palidă. Soarele cobora încet dincolo de arbori și brăzda cerul cu dâre trandafirii și aurii.

Mariana duse la buze paharul cald și sorbi din ceai. O polițistă încercă s-o consoleze, înconjurând-o cu brațul, însă ea nici nu observă. Cineva îi puse pe genunchi o pătură. Aproape că nu era conștientă de asta. Mintea îi era golită de orice gând în vreme ce ochii îi rătăceau de-a lungul râului – și atunci văzu lebăda. Înota iute pe apă, prinzând viteză.

În timp ce o privea, lebăda își desfăcu aripile și-și luă zborul. Ochii Marianei o urmăriră în văzduh.

Inspectorul Sangha se așeză lângă ea pe bancă.

– O să te bucuri să afli că Fosca a fost concediat, îi spuse. A reieșit că se culca cu toate. Morris a mărturisit că îl șantaja, așa că ai avut dreptate. Cu un pic de noroc, amândoi vor căpăta ceea ce merită.

Când se uită la Mariana, văzu că vorbele lui trecuseră pe lângă ea. I se adresă cu blândețe:

– Cum te simți? Ți-e mai bine?

Mariana îl privi și clătină din cap. Nu se simțea mai bine; de fapt, se simțea mai rău...

Și totuși, ceva era diferit. Ce anume?

Cumva, se simțea vioaie – poate că *trezită* era un cuvânt mai bun: totul părea mai limpede, ca și cum s-ar fi ridicat ceața; culorile erau mai vii, marginile lucrurilor, mai bine definite. Lumea nu mai părea estompată și cenușie și îndepărtată – sub un giulgiu.

Părea din nou vie și însuflețită și plină de culoare, udată de ploaia de toamnă și vibrând de zumzetul etern al nașterii și morții.

EPILOG

Multă vreme după aceea, Mariana rămase în stare de șoc.

Întoarsă acasă, își făcuse culcuș pe canapeaua de la parter. N-avea să mai poată dormi niciodată în acel pat; patul pe care-l împărțise cu el... bărbatul acela. Nu mai știa cine fusese. Îl vedea ca pe un fel de străin, un impostor cu care trăise atâția ani – un actor care dormise în același pat cu ea și uneltise s-o omoare.

Cine era el, acea persoană prefăcută? Ce zăcea sub masca lui frumoasă? Oare totul fusese un spectacol?

Acum, că spectacolul se terminase, Mariana trebuia să-și examineze propriul rol. Ceea ce nu era ușor.

Când închidea ochii, îi era greu să-i vadă limpede trăsăturile. Fața lui pălea, ca amintirea unui vis, și în loc se ivea chipul tatălui ei – ochii tatălui ei în locul ochilor lui Sebastian; ca și cum, în esență, ar fi fost aceeași persoană.

Ce spusese Ruth... că tatăl era în miezul poveștii ei? Mariana nu înțelesese în acel moment.

Dar acum poate că începea să înțeleagă.

Nu se dusese s-o vadă pe Ruth. Încă nu. Nu era gata să plângă sau să vorbească sau să simtă. Rana era încă prea vie.

Nu-și reluase nici activitatea cu grupurile de terapie. Cum ar mai fi putut vreodată să ajute altă persoană, sau să dea vreun sfat?

Era pierdută.

Cât despre Zoe... ei bine, nu-și mai revenise din acea criză de urlete isterice. Supraviețuise înjunghierii, însă asta precipitase o cădere psihică gravă. După arestare încercase de câteva ori să se sinucidă, apoi avusese o criză psihotică masivă.

Fusese declarată inaptă pentru un proces. În cele din urmă fusese internată într-o instituție securizată, Grove, în nordul Londrei – aceeași instituție la care Mariana îl sfătuise pe Theo să-și depună candidatura pentru un post.

Și se dovedi că Theo îi ascultase sfatul. Acum lucra la Grove, iar Zoe era pacienta lui.

Theo încercase de câteva ori să ia legătura cu ea, în numele lui Zoe. Însă Mariana refuzase să vorbească cu el și nu-l sunase niciodată.

Știa ce voia Theo. Voia s-o convingă să stea de vorbă cu nepoata ei. Nu-l învinuia. Dacă ar fi fost în locul lui, ar fi făcut același lucru. Orice fel de comunicare pozitivă între cele două femei ar fi fost crucială pentru recuperarea lui Zoe.

Însă Mariana trebuia să se gândească la propria-i recuperare.

Nu suporta gândul de a mai discuta vreodată cu Zoe. O îngrețoșa. Pur și simplu nu putea să suporte.

Nu era vorba de iertare. Oricum, asta nu era ceva ce putea să hotărască Mariana. Ruth spunea întotdeauna că iertarea nu poate fi forțată; e trăită spontan, ca privilegiu, apărând doar atunci când ești pregătit.

Și Mariana nu era pregătită. Nu era sigură că avea să fie vreodată.

Simțea atâta mânie, era atât de rănită! Dacă ar fi revăzut-o pe Zoe, nu știa ce ar fi putut să spună sau să facă; cu siguranță n-ar fi răspuns de faptele sale. Mai bine să stea deoparte și s-o lase pe Zoe în voia sorții ei.

Pe Fred însă îl vizită de câteva ori, în timp ce era în spital. Îi era recunoscătoare. La urma urmei, îi salvase viața; n-avea să uite asta niciodată. La început era slăbit, nu putea să vorbească, dar fața îi era luminată de zâmbet tot timpul cât se afla Mariana acolo. Stăteau într-o tăcere prietenească, și Mariana se minuna de cât de bine se simțea cu el – cu acest bărbat pe care îl cunoștea atât de puțin. Era prea devreme ca să spună dacă avea să se înfiripe ceva între ei, însă nu mai respingea imediat gândul.

În zilele astea se simțea cu totul altfel în toate privințele.

Era ca și cum toate lucrurile pe care le știuse vreodată Mariana, sau crezuse în ele, sau în care avusese încredere, căzuseră – lăsând doar un spațiu gol. Viețuia în acest limb al vidului, care dură săptămâni, apoi luni...

Până ce, într-o zi, primi o scrisoare de la Theo.

În scrisoare, Theo o ruga încă o dată să se mai gândească la refuzul de a-și vedea nepoata. Scria despre Zoe cu perspicacitate, cu multă empatie, înainte de a-și îndrepta atenția asupra Marianei.

Nu mă pot împiedica să nu simt că ar putea să-ți fie de folos la fel de mult ca ei și să-ți ofere un fel de împăcare. Știu că va fi neplăcut, însă cred că ar putea să ajute. Nici nu-mi pot închipui prin ce ai trecut. Zoe începe să se deschidă mai mult și sunt foarte tulburat de lumea secretă pe care a împărțit-o cu soțul tău decedat. Aud lucruri care sunt cu adevărat înspăimântătoare. Și trebuie să spun, Mariana, cred că ești extraordinar de norocoasă să fii în viață.

Theo încheia spunând:

Știu, nu-i ușor. Dar tot ce-ți cer este să te gândești că, la un anumit nivel, și ea este o victimă.

Acea frază o scoase din minți pe Mariana. Rupse în bucăți scrisoarea și o aruncă la coș.

Însă în noaptea aceea, când închise ochii, îi apăru în minte un chip. Nu chipul lui Sebastian sau al tatălui ei, ci chipul unei fetițe.

O fată micuță, speriată, de șase ani.

Chipul lui Zoe.

Ce se întâmplase cu ea? Ce i se făcuse acelui copil? Ce îndurase ea chiar sub nasul Marianei, în umbră, în culise, chiar în spatele scenei?

Mariana o lăsase de izbeliște. Nu reușise s-o protejeze – nu reușise nici măcar să *vadă* – și trebuia să-și asume răspunderea pentru asta.

Cum de fusese atât de oarbă? Trebuia să știe. Trebuia să înțeleagă. Trebuia să se confrunte cu asta. Trebuia s-o înfrunte...

Altfel avea să-și iasă din minți.

Iată de ce, într-o dimineață de februarie cu ninsoare, Mariana se duse în nordul Londrei, la spitalul din Edgware, și la Grove. Theo o aștepta la recepție. O salută călduros.

– N-am crezut că o să te văd aici, îi spuse. E ciudată întorsătura pe care au luat-o lucrurile.

– Da, presupun că așa este.

Theo o conduse prin postul de control și pe coridoarele părăginite ale instituției. În timp ce mergeau, o avertiză că Zoe era cu totul altfel decât o văzuse ultima dată.

– Zoe se simte foarte rău, Mariana. O s-o găsești foarte schimbată. Cred că ar trebui să te pregătești.
– Înțeleg.
– Sunt tare bucuros că ai venit. Va fi cu adevărat de ajutor. Vorbește adesea despre tine, știi. A cerut de multe ori să te vadă.

Mariana nu răspunse. Theo o privi pieziș.
– Uite, știu că nu poate fi ușor. Nu mă aștept să simți cea mai mică blândețe față de ea.

„Nu simt", își zise Mariana.

Theo păru să-i citească gândul. Încuviință din cap.
– Înțeleg. Știu că a încercat să-ți facă rău.
– A încercat să mă omoare, Theo.
– Nu cred că e chiar atât de simplu, Mariana. După un moment de șovăire, Theo îi explică: *El* a încercat să te omoare. Ea n-a fost decât reprezentanta lui. Marioneta lui. Era complet controlată de el. Însă asta era doar o parte din ea, știi? În altă parte a minții ei încă te iubește... și are nevoie de tine.

Mariana se simțea tot mai neliniștită. Fusese o greșeală să vină aici. Nu era pregătită s-o vadă pe Zoe; nu era pregătită pentru trăirile care o așteptau și pentru ce putea să spună ori să facă.

Când ajunseră la biroul lui, Theo făcu semn cu capul spre altă ușă, la capătul coridorului.
– Zoe e în camera de recreere, acolo. Nu-și dorește să fie în relații amabile cu celelalte, însă o punem întotdeauna să li se alăture în perioadele libere. Se uită la ceas și se încruntă. Îmi pare tare rău, te deranjează să aștepți vreo două minute? Am alt pacient pe care trebuie să-l văd un moment în biroul meu. Apoi o să înlesnesc o întâlnire între tine și Zoe.

Înainte ca Mariana să poată răspunde, Theo arată spre banca de lemn lipită de peretele din dreptul biroului său.

– Ia loc, te rog.

Mariana încuviință din cap.

– Mulțumesc.

Theo deschise ușa biroului. Și prin deschizătură Mariana zări în fugă o femeie frumoasă, cu părul roșcat, care aștepta uitându-se pe fereastra cu gratii la cerul cenușiu de afară. Femeia se răsuci și-i aruncă o privire neîncrezătoare lui Theo, care intră și închise ușa.

Mariana se uită la bancă, dar nu se așeză. Merse mai departe, până la ușa din capătul coridorului.

Se opri în fața ei. Șovăi.

Apoi întinse mâna, apăsă pe clanță...

Și intră.

MULȚUMIRI

Am scris cea mai mare parte a acestei cărți în timpul pandemiei de COVID-19. Am fost foarte recunoscător că am ceva pe care să mă concentrez în timpul acelor luni tare lungi în care am trăit singur în izolare în Londra. Și am fost recunoscător că pot să evadez din apartamentul meu în această lume din minte – parțial reală, parțial închipuită, un exercițiu de nostalgie, o încercare de a-mi revedea tinerețea și un loc pe care îl iubesc.

A fost, de asemenea, nostalgia unui anumit gen de roman, a lecturilor care m-au fermecat în adolescență: cărțile polițiste, enigmele, poveștile cu crime, sau cum vreți să le ziceți. Așa încât primele mulțumiri exprimă imensa recunoștință pe care le-o datorez acelor autoare clasice de romane polițiste, toate femei, care mi-au oferit atâta inspirație și încântare de-a lungul anilor. Acest roman este omagiul meu duios pentru ele: pentru Agatha Christie, Dorothy L. Sayers, Ngaio Marsh, Margaret Millar, Margery Allingham, Josephine Tey, P.D. James și Ruth Rendell.

Nu-i un secret că scrierea celui de-al doilea roman e o probă mult mai grea în comparație cu debutul. *Pacienta tăcută* a fost scrisă într-o stare de izolare completă, fără cititori în minte și neavând nimic de pierdut. Acea carte mi-a schimbat viața și a extins-o exponențial. Pe de altă parte, cu *Fecioarele* am simțit mult mai multă presiune; totuși, n-am fost singur de această dată – aveam în jur un grup de oameni incredibil de talentați și străluciți, care mi-au dat sprijin și sfaturi. Sunt mult prea mulți cei cărora trebuie să le mulțumesc, așa că sper să nu las pe nimeni pe dinafară.

Trebuie să încep prin a-i mulțumi agentului meu, și prieten drag, Sam Copeland, pentru că a fost un sprijin solid, precum și un izvor de înțelepciune, umor și bunătate. La fel, sunt recunoscător echipei eminente și pline de dăruire de la Rogers, Coleridge & White – Peter Straus, Stephen Edwards, Tristan Kendrick, Sam Coates, Katharina Volckmer și Honor Spreckley, ca să-i numesc doar pe câțiva.

Din punct de vedere creativ, lucrul la această carte a fost cea mai plăcută experiență profesională pe care am avut-o în viața mea. Am învățat foarte mult. Și mulțumirile mele din inimă sunt adresate excelentului meu redactor din Statele Unite, Ryan Doherty, de la Celadon; iar în Londra, la fel de talentaților Emad Akhtar și Katie Espiner, de la Orion. Colaborarea cu voi toți a fost o delectare, și vă sunt recunoscător pentru ajutorul de excepție. Sper că vom putea lucra împreună întotdeauna.

Îți mulțumesc, Hal Jensen, pentru observațiile incredibil de detaliate și folositoare, precum și pentru prietenia ta, pentru că mi-ai suportat veșnica obsesie pentru această carte afurisită. Îți mulțumesc, Nedie Antoniades, pentru tot sprijinul și pentru că m-ai alinat de multe ori; mă bazez foarte mult pe tine și ai toată gratitudinea mea. La fel, Ivan Fernandez Soto – îți mulțumesc pentru Sfânta Lucia și toate celelalte idei, și pentru că în ultimii trei ani m-ai ascultat ori de câte ori mai veneam cu câte o întorsătură nebunească a intrigii. Și un mare mulțumesc, Uma Thurman, pentru toate observațiile și ideile grozave, precum și pentru mesele gătite acasă la New York. Îți voi fi întotdeauna recunoscător. Și, Diane Medak, îți mulțumesc pentru prietenia și sprijinul tău și pentru că m-ai lăsat să stau la nesfârșit. Abia aștept să mă întorc.

Domnule profesor Adrian Poole, cel mai bun profesor pe care l-am avut vreodată, vă mulțumesc pentru comentariile atât de folositoare și pentru ajutorul cu greaca veche; și, în primul rând, pentru că mi-ați inspirat dragostea față de tragedii. De asemenea, mulțumesc Colegiului Trinity, Cambridge, pentru că m-a primit înapoi cu atâta căldură și mi-a oferit inspirația pentru St. Christopher's College.

Le mulțumesc tuturor minunaților mei prieteni de la Celadon – nu-mi pot închipui viața fără voi. Jamie Raab și Deb Futter, vă sunt veșnic recunoscător – și vă mulțumesc pentru sprijin. Rachel Chou și Christine Mykityshyn – amândouă sunteți sclipitoare, și atât de mult din succesul cărții dinainte vi se datorează vouă. Vă mulțumesc! De asemenea, Cecily van Buren-Freedman – comentariile tale au îmbunătățit cu adevărat cartea și îți sunt foarte recunoscător. Tot de la Celadon, mulțumiri lui Anne Twomey, Jennifer Jackson, Jaime Noven, Anna Belle Hindenlang, Clay Smith, Randi Kramer, Heather Orlando-Jerabek, Rebecca Ritchey și Lauren Dooley. Și mulțumiri lui Will Staehle pentru coperta fantastică, precum și lui Jeremy Pink pentru că totul a fost făcut într-un timp-record. De asemenea, un mare mulțumesc echipei de vânzări de la Macmillan – oameni buni, sunteți pur și simplu cei mai tari!

De la Orion și Hachette, aș vrea să-i mulțumesc lui David Shelley pentru tot sprijinul. M-am simțit foarte încurajat și susținut de tine; îți sunt foarte recunoscător. De asemenea, le mulțumesc lui Sarah Benton, Maura Wilding, Lynsey Sutherland, Jen Wilson, Esther Waters, Victoria Laws – vă mulțumesc pentru munca voastră fantastică! Și mulțumesc, Emma Mitchell și FMCM, pentru publicitate.

Mulțumiri speciale și ție, María Fasce din Madrid, pentru observațiile tale pătrunzătoare și utile – și pentru încurajare.

Mulțumesc, Christine Michaelides, pentru ajutorul la descrieri. Nouăzeci la sută din ele n-au ajuns în carte, însă cel puțin am învățat ceva! Mulțumesc, Emily Holt, pentru observațiile foarte utile și pentru că m-ai încurajat atât de mult. De asemenea, lui Vicky Holt și tatălui meu, George Michaelides, pentru sprijinul vostru.

Și un mare mulțumesc fabuloasei Katie Haines. Încă o dată, lucrul cu tine este o încântare. Abia aștept să putem merge din nou la teatru.

Mulțumesc, Tiffany Gassouk, pentru că m-ai făcut să mă simt atât de bine la Paris cât am scris acolo și pentru că mi-ai oferit atâta încurajare. De asemenea, îți mulțumesc, Tony Parsons, pentru discuțiile inspiratoare și sprijin. Îți sunt foarte recunoscător. Mulțumiri, de asemenea, Anitei Baumann, lui Emily Koch și Hannah Beckerman pentru încurajare și sfaturile utile. Și lui Katie Marsh, prietenă dragă, pentru încurajarea constantă. Mulțumiri, de asemenea, către National Portrait Gallery, pentru ocazia de a vedea portretul tânărului Tennyson. Și lui Kam Sangha, pentru nume. În cele din urmă, dar nu în ultimul rând, îi mulțumesc lui David Fraser.

**În colecția Buzz BOOKS
au apărut:**

Celeste Ng, *Tot ce nu ți-am spus*
L.S. Hilton, *Maestra*
Jonathan Dee, *Privilegiații*
Emma Healey, *Elizabeth a dispărut*
Peter Swanson, *Cei care merită să moară*
Fiona Barton, *Văduva*
Carla Guelfenbein, *Cu tine în depărtare*
Carla Guelfenbein, *Restul e tăcere*
Austin Wright, *Tony și Susan*
Martin Suter, *Maestrul bucătar*
J.P. Delaney, *Fata dinainte*
Patricia Highsmith, *Carol*
Alexandra Oliva, *Supraviețuitoarea*
Charles Belfoure, *Arhitectul parizian*
Ottessa Moshfegh, *Eileen*
Elan Mastai, *Omul care a cucerit timpul*
Carla Guelfenbein, *Femeia vieții mele*
L.S. Hilton, *Domina*
Susanna Tamaro, *Mergi unde te poartă inima*
Agatha Christie, *Crima din Orient Express*
Sana Krasikov, *Patrioții*
Celeste Ng, *Mici focuri pretutindeni*
Darcey Bell, *O mică favoare*
Fiona Barton, *Copilul*
Michel Faber, *Cartea Lucrurilor Noi și Ciudate*
Maria Semple, *Unde ai dispărut, Bernadette?*
Tim Johnston, *Coborârea*

Susanna Tamaro, *Ascultă glasul meu*
Matthew FitzSimmons, *Dispariția*
Agatha Christie, *Casa strâmbă*
Agatha Christie, *Vinovat fără vină*
Agatha Christie, *Zece negri mititei*
A.J. Finn, *Femeia de la fereastră*
Jonas Bonnier, *Jaf cu elicopterul*
Aimee Molloy, *O mamă perfectă*
Greer Hendricks, Sarah Pekkanen, *Soția dintre noi*
Niklas Natt och Dag, *1793. În umbra morții*
Donna Tartt, *Sticletele*
Linda La Plante, *Văduve*
Stefan Ahnhem, *Victimă fără chip*
Cynthia D'Aprix Sweeney, *Moștenirea*
L.S. Hilton, *Ultima*
Sarah Pinborough, *Prin ochii ei*
Alex Michaelides, *Pacienta tăcută*
Sarah Vaughan, *Anatomia unui scandal*
Agatha Christie, *Ucigașul ABC*
Christine Mangan, *Necunoscuta din Tanger*
Shirley Jackson, *Casa bântuită*
Chloé Esposito, *Rea*
Stefan Ahnhem, *Al nouălea mormânt*
J.P. Delaney, *Crede-mă când mint*
Adrian McKinty, *Lanțul*
Peter Swanson, *O minciună perfectă*
Emily Gunnis, *Fetița din scrisoare*
Christopher Bollen, *Prietenie trădată*
Jean Hanff Korelitz, *Ar fi trebuit să știi*
Bernard Cornwell, *Nebuni și muritori*
Anonim, *Nume de cod: Kingfisher*

Ann Napolitano, *Dragă Edward*
Stefan Ahnhem, *Motivul X*
Daniel Silva, *Cealaltă femeie*
Peter Swanson, *Fata cu un ceas în loc de inimă*
Christy Lefteri, *Apicultorul din Alep*
Jeanine Cummins, *Pământ american*
Kate Elizabeth Russell, *Vanessa mea cea întunecată*
Megan Campisi, *Devoratoarea de păcate*
Sarah Pinborough, *Prietena mea de suflet*
Alex Marwood, *Micile ticăloase*
Daniel Silva, *Fata cea nouă*
Stefan Ahnhem, *X feluri de a muri*
Anders Roslund, *Trei zile*
Josh Malerman, *Malorie*
Jasper DeWitt, *Pacientul*
Affinity Konar, *Gemenele de la Auschwitz*
Lisa Jewell, *O viață regăsită*
Daphne du Maurier, *Rebecca*
Max Seeck, *Vânătoarea de vrăjitoare*
Jean Hanff Korelitz, *De la început*
John le Carré, *Pe serviciul adversarului*
Daphne du Maurier, *Verișoara mea Rachel*
Ashley Audrain, *Îndoiala*
John le Carré, *Omul nostru din Panama*
Patricia Highsmith, *Ape adânci*
J.P. Delaney, *Soția perfectă*
Rumaan Alam, *Lasă lumea în urmă*
Sarah Vaughan, *Mici dezastre*

Ruth Druart, *În timp ce Parisul dormea*
Emily Gunnis, *Fetița pierdută*
Harriet Tyce, *Portocala sângerie*
Lisa Jewell, *Secrete întunecate*
Greer Hendricks, Sarah Pekkanen, *Nu ești singură*
Valérie Perrin, *Apă proaspătă pentru flori*
Igor Bergler, *Biblia pierdută*
G.D. Wilkinson, *Când înfloresc caișii*
John le Carré, *Războiul spionilor*
Laurie Elizabeth Flynn, *Fete de treabă*
Daniel Silva, *Ordinul*
Robert Harris, *München*
Alex Michaelides, *Fecioarele*